DIE BEKEHRTEN

C. Jay Cox schrieb neben diesem auch das Drehbuch zu vielen preisgekrönten Filmen mit Schauspielern wie Bette Midler, Antonio Banderas und für Walt Disney Produktionen, darunter der Blockbuster »Sweet Home Alabama«.

Von den Drehbuchautoren von ›Sweet Home Alabama‹

DIE BEKEHRTEN

NACH DEM KINOFILM VON C. JAY COX, ADAPTIERT VON T. FABRIS

Copyright © 2005 Bruno Gmünder Verlag GmbH
Kleiststraße 23-26, 10787 Berlin
info@brunogmuender.com

Titel der Originalausgabe: Latter Days
Copyright© 2004, Alyson Publications, New York

Deutsche Übersetzung von Marc Staudacher

Deutsche Covergestaltung von Dolph Caesar
unter Verwendung eines Fotos von
Copyright © 2004 Carel Bastel, Cover Design Billy Ezell

Druck: Nørhaven Paperback A/S, Dänemark

ISBN : 3-86187-722-8

Bitte fordern Sie unser kostenloses Verlagsprogramm an!

Prolog

Die Wasseroberfläche des Pools in der Schwimmhalle blitzt silbrig. »Aufstellen!«, bellt Coach Collins, der langsam kahl werdende Sportlehrer. Er zieht ein Taschentuch aus seiner Sporthose und wischt sich damit die Schweißperlen von der Stirn, während die nächste Riege von Neuntklässlern mit knubbligen Knien an den Beckenrand tritt und sich lockert. Die blassen Körper und leuchtenden Farben der Badehosen verschwimmen ihm vor den Augen, so als sähe er alles durch ein Kaleidoskop. Heute Morgen ist wirklich das letzte Mal gewesen, verspricht er sich selbst wie schon so oft in den vergangenen sieben Jahren. Es wird kein Daiquiri mehr gekübelt. Jedenfalls nicht zum Frühstück.

Aaron, der Sohn von Farron Davis, der blonde, schlaksige Junge mit der blau-gelb gestreiften Badehose an Bahn 3, tritt nervös von einem Fuß auf den anderen und lockert seine haarlosen Schenkel. Er dehnt seinen geschmeidigen Nacken wie ein Preiskämpfer. Sein Gesicht ist angespannt, der Blick seiner klaren blauen Augen reglos. Er konzentriert sich so sehr, dass er die Rufe der Zuschauer auf ihren wackeligen Klappbänken aus Leichtmetall nicht hört – nicht einmal das »Los, Aaron, du schaffst es!« seiner Schwester.

Mit seinen Einsachtundsiebzig ist Aaron der größte Schwimmer im Freshmen-Team der Pocatello Indians. Und der langsamste.

Coach Collins hebt seine Trillerpfeife. Seine zitternde Hand verharrt vor seinen Lippen. Aaron, der seine Augen bis jetzt auf den Betonrand am anderen Ende des Beckens geheftet hat, schaut nach rechts und begegnet dem Blick eines Jungen aus Boise mit breitem Oberkörper, der an Bahn 5 steht.

Der Junge lächelt.

Die Trillerpfeife schrillt. Aaron ist der Letzte, der sich vom Beckenrand löst – wieder ein vermasselter Start. Doch als er die Wasseroberfläche durchstößt, scheint jeder einzelne seiner Sinne geschärft. Er spürt, wie das Wasser ihn aufnimmt, ihm kühl die Finger und Handgelenke hinaufstrudelt, seinen Kopf, die Schultern und schließlich den Rücken umströmt. Für den tausendsten Teil einer Sekunde spürt er noch den letzten Luftzug an seinen Zehen, bevor diese mitsamt dem Rest seines Körpers ins Nass eintauchen. Und dann schwimmt er, während es um ihn herum ohrenbetäubend rauscht. Er schwimmt, wie er noch nie zuvor geschwommen ist. Es ist, als hätte er etwas entdeckt, das tief in ihm verborgen gewesen war – nicht Kraft, nicht Technik, sondern ein Gefühl der Freiheit und des Einsseins mit dem Wasser, das ihn nun wieder hochspült, ebenso wie den Jungen aus Boise, dessen braune Augen ihn kurz zuvor mit demselben Schrecken und demselben schwindligen Gefühl des Erkennens angestarrt haben.

Er schwimmt neben dem Jungen her, als seien sie beide die Einzigen im Wasser.

Coach Collins traut seinen Augen nicht, als sein Blick endlich wieder an Schärfe gewinnt. Wie schafft es diese lahme Ente aus Pocatello bloß, mit dem olympischen Juniorenmeister vom letzten Jahr mitzuhalten?

ABREISE

Am Flughafen von Pocatello blitzte eine Kamera auf und erhellte die Gesichter einer stolzen Familie aus Idaho. Die Schwester blond, der Vater mit zurückgehendem Haar, die Mutter in ihrem Sonntagsdress – und in der Mitte des Grüppchens stand Aaron Davis, gut aussehend, mit geschwellter Brust und in frisch gebügeltem marineblauen Anzug. Mit seinen 19 Jahren war er zu einem atemberaubenden jungen Mann mit breiten Schultern, makelloser weißer Haut und Augen herangereift, die so blassblau waren wie ein Nachmittagshimmel im Winter. Sein Gesicht strahlte vor sanfter Freude wie in Trance – es war das Strahlen eines Mormonenmissionars.

Aaron hatte es gern, wenn seine Familie sich um ihn drängte. Es gab ihm Sicherheit und beruhigte ihn, wie es das Gefühl der Zugehörigkeit gemeinhin tut. Fotos an Flughäfen: Familien schmiegen sich zum Gruppenbild aneinander und trennen sich wieder, sobald der Blitz aufgezuckt hat. Während die anderen, noch vom Blitz geblendet, blinzelnd Abstand von ihm nahmen, hatte er das Gefühl, abgetrennt worden zu sein, losgelöst und verlassen auf eine Art, die ihn überraschte.

Seine Mutter Gladys, eine kleine Frau mit orangefarbenem Haar und dicken Fußgelenken, trippelte zum Fotografen hinüber, einem Studenten mit Goatee, der ihr die Kamera mit ausgestreckter Hand entgegenhielt, so als könne er es gar nicht erwarten, das Ding wieder loszuwerden. »Haben Sie vielen, vielen Dank! Wie nett von Ihnen.« Während sie die Kamera entgegennahm, erblickte sie etwas an sich, das sie störte, und entfernte sodann mit einer raschen Handbewegung und spitzen Fingern den unliebsamen Fussel vom Rosenmuster ihres Rockes.

Aaron spürte, wie seine Schwester Susan ihn anstupste. Gemeinsam sahen sie mit gespieltem Schrecken zu, wie ihre Mutter sich tief unter den Rock griff, um ihre herabgerutschten Strumpfhosen hochzuziehen.

»Himmel, Mom!«, rief Aaron. »Du entblößt dich ja hier vor dem ganzen Terminal!«

»Tja, tut mir Leid, aber wenn ich die Dinger nicht hochziehe, schlackern sie mir irgendwann um die Knie. Ich könnte schwören, dass die ursprünglich mal 'ne andere Größe hatten.«

»Vielleicht hat sich einfach nur *deine* Größe geändert ...«, warf Susan ein, bekannt dafür, gerne das Offensichtliche auszusprechen.

»Sei nicht albern! Meine Kleidergröße hat sich nicht geändert, seit ich ein kleines Mädchen war.«

Susans und Aarons Blicke trafen sich. Die beiden waren die Einzigen in der Familie, die allem etwas Komisches abgewinnen konnten. Diese wortlose Form der Kommunikation war ihnen bestens vertraut, und sie hatten sie geradezu perfektioniert. Ein kurzes Flattern der Wimpern hieß: *Mir ist langweilig.* Geschürzte Lippen: *Bloß jetzt nicht lachen!* Ein kurzes Schnaufen durch die geblähten Nüstern: *Krass! Aber keinesfalls lachen, um keinen Preis!*

Eine sterile Frauenstimme hallte von den beigefarbenen Wänden des Terminals wider: »Wir bitten um Ihre Aufmerksamkeit. Letzter Aufruf für Flug 57 nach Salt Lake City. Ihre Maschine ist abflugbereit. Ich wiederhole: Bitte begeben Sie sich umgehend an den Abflugschalter. Ihre Maschine ist abflugbereit.«

In Salt Lake City würde Aaron einen Bus nach Provo nehmen müssen, wo sich das Trainingscenter der Mormonen befand – ein großer Komplex aus verschiedenen Gebäuden, der am Fuße der steilen Berge von Wasatch gelegen war. Mit seinen jugendlichen Bewohnern und dem zwei Meter hohen, mit Speerspitzen bewehrten gusseisernen Tor mutete das Zentrum wie eine Mischung aus Universitätscampus und Militärkaserne an. Aaron sollte drei Wochen dort verbringen

– mit vier anderen Möchtegern-Missionaren in einem kleinen Zimmer zusammengepfercht –, um sich für seine zwei anstehenden Jahre in Hollywood zu wappnen.

Er erinnerte sich noch gut an jenen Tag im Juni, als er seine Einberufung zum Dienst bekommen hatte. Es war erst zwei Monate her, dass ihm seine Mutter mit Tränen in den Augen den Brief überreicht hatte. Im Wohnzimmer hatte er ihn aufgerissen – ein Formblatt, jedoch eines, dessen Buchstaben regelrecht auf dem Papier zu leuchten schienen: »Hiermit werden Sie einberufen ...« Oft ließ Aaron zum Zwecke der Inspiration den Wortlaut im Geiste Revue passieren:

Hiermit werden Sie einberufen ... Als Missionar der Kirche Jesu Christi der Heiligen der letzten Tage werden Sie Ihren Dienst ... für den Zeitraum von 24 Monaten ... in der Mission in Hollywood, Kalifornien antreten ... Melden Sie sich am Mittwoch, dem 20. August 2003 im ›Missionary Training Center‹ in Provo ...

Weiter wurde in dem Brief ausgeführt, dass er erwählt worden war, im Namen des Herrn das wiederhergestellte Evangelium zu verkünden, dass man von ihm erwartete, dass er den unabdingbaren Verhaltensregeln und dem angemessenen äußeren Erscheinungsbild gerecht wurde, dass er sich an die Gebote hielt, den Ratschlägen seines Missionspräsidenten Folge leistete und die Hausregeln der Mission beachtete.

Aaron wusste, dass ein Leben nach den Regeln der Mission kein Zuckerschlecken sein würde. Von Missionaren wird erwartet, dass sie ihre gesamte Zeit und Aufmerksamkeit in den Dienst des Herrn stellen. Ablenkende Einflüsse wie Computer, Musik oder Filme sind ihnen untersagt. Das mit den Filmen bereitete Aaron Kummer. Er war ein regelrechter Filmfanatiker, einer von denen, die komplette Dialogszenen auswendig können und sich rühmen, alle möglichen nebensächlichen Details zu kennen. Aaron war ein großer Liebhaber der alten Schwarzweiß-Klassiker. Die Hitchcock-Filme waren ihm am liebsten. *Psycho* hatte er wahrscheinlich schon an die fünfzigmal gesehen.

Susan zog Aaron dicht zu sich heran und umarmte ihn, ihr schulterlanges Haar schmiegte sich an seine Wange. Er drückte seine Lippen auf ihre Schulter und vergrub seine Nase in den Fasern ihres plüschigen Pullovers. Er musste daran denken, wie Susan, als sie noch Kinder waren, gelbe und orange Lebensmittelfarbe gemischt hatte, um den Hund Pumpkin für Halloween zu färben. Und nun begann sie ihr Chemiestudium an der BYU. »Jetzt lässt mich der Einzige, der hier außer mir noch einigermaßen normal ist, auch noch im Stich«, flüsterte sie Aaron zu. »Du wirst mir echt fehlen, Mann.«

Als Susan von ihm abließ, trat Aarons Vater vor. Er war ein ernst dreinblickender, drahtiger Mann mit militärischem Habitus. Aaron öffnete seine Arme versuchshalber zu einer Umarmung, doch der Alte streckte ihm stattdessen lediglich die Hand entgegen. Schnell ließ Aaron die Arme wieder sinken und hielt seinem Vater nun seinerseits die Hand hin, gerade als dieser Anstalten machte, ihn in den Arm zu nehmen. Es war die reinste Komödie der Irrungen und Wirrungen. Dennoch meisterten die beiden die Situation mit getragenem Ernst. Als sich ihre Hände endlich umschlossen, begnügten sich beide mit einer steifen, einarmigen Umarmung – bei weitem nicht die optimale Lösung, doch es musste genügen. Farron Davis klopfte seinem Sohn zweimal auf die Schulter und wandte dann den Blick ab. Als Aaron die Hand seines Vaters fasste, spürte er etwas Kühles, Rundes in seiner Handfläche.

»Ich denke, das gehört nun dir, mein Sohn. Mach uns keine Schande.«

Aaron starrte auf die antike Taschenuhr aus Silber, die sein Vater während seiner ersten Mission getragen hatte – so wie schon sein Großvater und auch dessen Vater. Sie lag ihm schwer in der Hand, wie Blei. Aaron erwiderte den Blick seines Vaters.

»Das werde ich nicht, Sir.«

Dann trat er einen Schritt zurück. Wo war seine Mutter? Er entdeckte sie, ein Stück weit entfernt und unfähig, ihn anzusehen, während sie mit ihrer Kamera herumhantierte. »Mom«, sagte er, und breitete seine Arme aus. Sie lief auf ihn zu, und sie umschlangen einander. »Also, mein Schatz, gute Reise und ... du liebes Bisschen, ich hab mir doch geschworen, jetzt nicht zu heulen!« Sie ließ von ihm ab und hielt ihn auf Armeslänge vor sich, während ihr glasiger Blick über seinen rappelkurzen Missionarshaarschnitt, seinen rosigen Mund und seine blonden Wimpern wanderte ...

»Du hast es versprochen, Mom! Wenn du jetzt damit anfängst, dann ...«

Sie ließ ihn los, nestelte an ein paar Polaroids herum, fand schließlich ein Bild, das ihr gefiel, und steckte es in die linke Brusttasche seines Hemdes, nicht ohne es fest gegen seine Brust zu pressen. »Behalt uns hier, ganz nah an deinem Herzen, mein Sohn.« Zärtlich glättete sie seinen Kragen. Aaron nahm sie nochmals in den Arm, während ihr Tränen über die Wangen liefen. So viele Gefühle kamen plötzlich hoch: Angst, vermischt mit überschwänglicher Freude, Verlassenheit gepaart mit Beglückung – und ein hartnäckiges Quäntchen Selbstzweifel. War er tatsächlich ein würdiger Mormone? Oder fehlte es ihm insgeheim nicht doch an irgendetwas? Und belog er seinen Bischof, wenn er diese Selbstzweifel für sich behielt? Doch welche Bedenken Aaron auch gehegt haben mochte, jetzt war er sicher, dass ihm Wahrheiten bevorstanden, die einen besseren Menschen aus ihm machen würden.

»Ich kann eben nicht anders«, schluchzte Gladys. »Du bist nun mal mein ... mein Junge. Und das wirst du auch immer bleiben.«

Am Abend eben dieses Mittwochs stand in den Lower Hills von Hollywood in einem Hof zwischen Bungalows im spanischen Stil, Palmen und weißen Eukalyptusbäumen, die im Mondlicht schimmerten, ein streng gekleideter Quinn zögernd vor der Tür zum Apartment 3B. Es war seit langem sein erstes Date, und trotz seines attraktiven, geschniegelten Äußeren und dem satten Stipendium, das er in der Tasche hatte, wähnte sich Quinn, was sein Selbstvertrauen anging, in einer mittelmäßigen Krise. Sehe ich wie ein Trottel aus? Sind meine Schuhe nicht vielleicht doch zu leger? Quinn strich sich das sandblonde Haar glatt, suchte sein graues Cord-Sakko nach eventuellen Flecken ab und widerstand dem Drang, sein ›Teil‹ zu richten, wie er es gerne nannte. Da fiel sein Blick auf den anstößigen Schatten, den ein kleiner, eingetopfter Kaktus quer über den stuckverzierten Sims der Außenwand warf. Er beschloss, dass dies ein Omen war, das ihm seine unermüdliche Männlichkeit ins Gedächtnis rief, und nahm es als willkommene Entschuldigung, um seine Angst beiseite zu schieben. Quinn klopfte an. Die Tür schwang nach innen auf.

O nein!, dachte Quinn. So etwas hatte er nicht erwartet.

Mit zusammengekniffenen Augen musterte er die hochgewachsene Gestalt, die im Zwielicht vor ihm stand, genauer gesagt *posierte*: mit nacktem Oberkörper, gebräunt, die Hüften in der zerschlissenen Jeans verführerisch abgeknickt und einen langen, muskulösen Arm lässig gegen den Türrahmen stützend: Christian William Markelli gehörte zweifellos zu den Schönen. Einer, der in einer Stadt, wo ohnehin alle auf der Skala eine Zehn bekamen, eine Elf verdiente. Das wellige, dunkle Haar zurückgekämmt, die braunen Augen geheimnisvoll.

»Hallo«, sagte Christian.

»Hallo«, erwiderte Quinn.

Die lindgrünen Wände wurden vom schummrigen Licht mehrerer Votivkerzen erleuchtet. Aus der Stereoanlage tröpfelte ein langsamer, fetter Groove. Quinns Empfang war zweifelsohne inszeniert worden. Die Sohlen seiner Skechers quietschten auf dem Holzfußboden, als Quinn mit vier kurzen Schritten das Apartment betrat. »Nette Bude«, sagte er anerkennend., »Wo ist …?« Doch er konnte seine Frage nicht zu Ende bringen, denn Christian schloss die Tür, machte auf dem Absatz kehrt, stürzte sich auf ihn und küsste ihn. Quinn schmolz unter dem festen Druck von Christians Lippen dahin. Doch dann erlangte er seine Fassung zurück, legte seine Hände flach auf Christians ausladende, rasierte und wie gemeißelte Brust und schob ihn mit aller Kraft von sich.

Christian blickte ihn verdutzt und, ja, mit unverhohlenem Interesse an.

»Hey, Mann, wie bist du denn drauf?«, fragte Quinn atemlos. »Ich bin nicht schwul!«

Doch Christian lachte nur kokett. Sein nackter Oberkörper zeichnete sich mit all seinen Konturen im Mondlicht ab, das durch das vordere Fenster hereinströmte. Seine Lippen lockten wie eine Naturgewalt. »So was von geil«, hauchte er und fasste Quinns bei dem Revers seines Sakkos, »wenn Typen das sagen.«

Quinn wand sich aus Christians Griff. »Nein, im Ernst, Alter.«

Christian schob sich vor und ließ die Hände in seine Hosentaschen gleiten, wobei er seine offene Jeans noch ein paar Zentimeter tiefer über den Bund seiner gelben Calvin Klein-Unterhose herabzog. Der Typ sah aus, als sei er soeben einem großflächigen Werbeplakat entsprungen. »Ach, echt?«, entgegnete er und fuhr sich mit den Fingern über die schattige Mulde seines Unterbauchs. »Du hast es noch nie mit 'nem Typen gemacht?«

»Nein!«

»Du hast dich mit deinen Kumpels an der Uni nie so richtig betrunken und dich dann ... na ja ... eben einfach gehen lassen?«

»Nein!«

»Kein Gruppenwichsen im Sommercamp?«

»Nein ... n-nicht wirklich jedenfalls.«

Christian schob sich an Quinn heran. »Zu schade aber auch.« Dann befingerte er den antiken Messingschlüssel, der um seinen Hals hing, und fügte hinzu: »Ich bin nämlich echt unwiderstehlich.«

»Ach wirklich?«

»Ja. Im Gegensatz zu den meisten Frauen tun's die Schwulen ja nicht aus reiner Gefälligkeit. Ich meine, ich will ja nicht angeben, aber ich könnte 'nem 58er Chevy problemlos den Motor durch den Auspuff saugen.«

»So, so«, sagte Quinn.

»Ja. Sogar einen der richtig großen.«

»Ach. Dann ... kennst du dich also mit Autos aus?«

»Klar.« Christian richtete einen Finger auf Quinn. »Und mit Bier. Man kann sich hinterher nämlich gemütlich ein paar Dosen reinkippen, auch das geht mit Weibern nicht. Blödsinn, man kann sogar *dabei* saufen!«

»Ach, im Ernst?«

»Ja, Mann, und man braucht auch nicht endlos rumzukuscheln oder über seine Gefühle zu reden. Es ist bloß 'n bisschen Spaß unter Kumpels.«

»Bloß 'n b-bisschen Spaß unter Kumpels?« Quinns Zunge war wie ausgedörrt. Er schluckte trocken.

Christian kam mit seinem Gesicht ganz nah heran. Dabei fiel ihm das dunkle Haar über die Dackelaugen, und seine rosa Zunge führte ihre fachmännische Beweglichkeit vor, während er jedes einzelne Wort sorgfältig aussprach: »Und ... du musst mich ... auch nie ... zurückrufen.«

Das Geräusch von Quinns Reißverschluss zerschnitt die Stille des mondhell erleuchteten Apartments.

»Oder jedenfalls erst, wenn du Bock auf 'ne neue Runde hast.«

Mehrere Knöpfe flogen in alle erdenklichen Richtungen und kullerten quer über den Fußboden, als Christian Quinn das Hemd vom Körper riss und sich mit der Zunge langsam den Weg hinab zu den Bauchmuskeln des zitternden Neuankömmlings bahnte. Wow, dachte er. Dieser Typ mit dem Chatnamen ›Str8curious‹ ist ja echt mal 'ne Abwechslung. Wirklich nicht von schlechten Eltern. Und sein geschniegeltes Kostüm ist echt der Brüller. Sein Blick schoss zur Uhr und las die Zeit ab – elf nach acht. Es waren gerade mal fünf Minuten vergangen, seit er die Tür geöffnet hatte, und vielleicht noch zwei Minuten bis zum Vollzug seiner neuen Eroberung. Christian enttäuschte seine Dates nie – schon gar nicht diesen großartigen Schauspieler hier. Er hatte sich vorgenommen, Mister *Str8curious* seine Spezialbehandlung angedeihen zu lassen: den ultimativen Blowjob.

Nackt taumelten sie auf das rote Ikea-Sofa zu. Quinn fiel rückwärts, und seine Beine flogen auseinander, so dass er mit dem einen eine Kunststoffvase mit gelben Tulpen von dem herzförmigen Couchtischchen fegte. Die Vase zerschellte auf dem Fußboden, und das einen Tag alte Blumenwasser ergoss sich über den rosafarbenen Teppich vor dem Sofa.

Christian produzierte sich wie ein olympischer Schwimmer beim 200-Meter-Butterfly, hob und senkte seinen Körper, tauchte auf und ab. Und als der Mond sein Licht wie ein Spotlight auf eine seiner Flanken warf, mischten sich die Kerzen in das Liebesspiel und ließen ihre Flammen höher und heller auflodern, um seinen kräftigen Rücken und den muskulösen Arsch zu akzentuieren. Wie Diamanten funkelten die Schweißperlen, die von Christians Haarspitzen herabtropften.

Quinn hatte inzwischen keine Ahnung mehr, wohin sein Teil zeigte, denn es schien in alle erdenklichen Richtungen gleichzeitig zu ragen. Er wusste auch nicht mehr, wie groß es eigentlich war, geschweige denn, wo es aufhörte und der Mund des fremden jungen Mannes begann. Sicher, es war ein gutes Gefühl. Doch er wusste, dass er sich noch viel wohler fühlen könnte – wenn er nur schaffen würde, sich gehen zu lassen. Sein Teil war zu einem ganz neuen Universum geworden, und Quinn rüttelte nun an der Tür zu diesem Universum und erahnte den Rhythmus der Musik dahinter. Ekstase erwartete ihn dort, wenn er nur vergessen konnte ... wenn er einfach nur eintreten konnte ...

Und Quinn trat ein.

»Oh!«, entfuhr es ihm jetzt. »O Gott! O Gott! O Gott!«

Erschöpft trübte sich der Schein der heruntergebrannten Kerzen. Christian stand auf, wandte sich um und tupfte sich mit dem Finger den Mundwinkel trocken. Dann ließ er sich neben Quinn auf das Sofa fallen.

Quinn rang nach Atem und sah sich orientierungslos im Zimmer um. Hastig wanderten seine Augen – ohne das Gesehene wirklich zu registrieren – von der gerahmten Batik-Regenbogenflagge an der Wand hinter ihm über das himmelblaue Flauschkissen unter seinem Arm hinüber zu einem Sessel, der mit einem Miró-Motiv bedruckt war. Er wollte etwas sagen, brachte aber kein Wort heraus. Stattdessen ließ er einfach den Kopf rücklings auf die Sofalehne fallen.

Wo bin ich?

Na bitte. Seine Gedanken kehrten wieder.

Er stöhnte und ließ die Luft aus seinen Lungen entweichen. Seine behaarte Brust war schweißnass.

Bingo.
Die Gehirnamputation war ein voller Erfolg gewesen.
Christian rappelte sich auf und tappte barfuß zum Kühlschrank. Er kehrte mit zwei eiskalten Bierdosen zurück, öffnete eine davon, leckte einen prickelnden Schaumspritzer von seinem Handgelenk und reichte die Dose dann Quinn.

Ohne Fragen zu stellen, und mit staunend-zufriedenem Blick nahm Quinn sie entgegen. Christian öffnete die zweite Dose und setzte sich wieder neben Quinn. Beide nahmen einen männlichen Schluck.

»Wow«, sagte Quinn. »Das war echt ... wow.«

»Ich weiß«, erwiderte Christian. »Hab doch gesagt, dass wir hinterher 'n Bierchen trinken.«

Quinn lachte. »Und du hast überhaupt keine Angst, dass Elizabeth plötzlich reinkommt?«

»Elizabeth?«

»Ja, Mann. Ich bin doch hier, weil ich eigentlich 'n Date mit Elizabeth habe.«

Christian setzte sich auf und sagte: »Ach, Quatsch. Da bist du hier an der falschen Adresse. Ich teile mir das Zimmer mit Julie, und die ist übers Wochenende in Malibu. Elizabeth wohnt in 3D – D wie ›Damentoilette‹. Das hier ist Bungalow 3B. B wie – und hier bemühte er sich, ein Grinsen zu verbergen – ›Blowjob‹. Du bist nicht zufällig bei AOL und hast den Nick ›Str8Curious‹?

Ein Moment beklommenen Schweigens entstand zwischen den beiden.

Rasch zog sich Quinn an. Er nahm sein Bier und ging zur Tür. Während er eilig über den Weg vor dem Haus davonging, gestatte er sich einen schnellen Blick zurück auf Bungalow 3B.

B wie ›baff‹.

Der Mond war im marineblauen Nachthimmel höher geklettert, und der Schatten des Kaktus war auf die Größe eines Trüffels zusammengeschrumpft. Dann hörte er, wie sich eine Frau räusperte. Quinn drehte sich um. Sein Date, Elizabeth, stand mit verschränkten Armen auf der Terrasse von Bungalow 3D.

Als die Tür ins Schloss fiel und Christian wieder allein war, verspürte er den altbekannten Schmerz über etwas, das anzuerkennen ihm niemals so recht gelingen wollte. Er schlug die Hände vors Gesicht und stöhnte: »Nicht schon wieder.«

LILA

∞

In ihrer genormten Arbeitskluft – schwarze Hose, weißes Hemd, schwarze Kellnerschürze und schwarze Krawatte – gaben Christian und Julie das perfekte Bild professioneller Servicekräfte ab. Sie legten gerade ihre gewohnheitsmäßige Klatsch- und Tratschpause am polierten Tresen aus Walnussholz ein, der Lilas Küche in zwei Hälften teilte. Auf der einen Seite, zwischen klappernden Töpfen und dem explosiven Zischen der großen Geschirrspülmaschinen, regierte Carlos, der Chefkoch mit dem kantigen Schädel, mit eiserner Hand über seine Hilfsköche. Auf der anderen Seite ließen sich die Kellner und Kellnerinnen demonstrativ Zeit; sie plauderten und machten allerhand Faxen, während sie Eiswasser in Karaffen gossen, Zitronen in Scheiben schnitten und Salate an der Arbeitsfläche zusammenstellten. Sie alle warteten auf die eigentliche, die lange Pause und hatten sich offenbar vorgenommen, bis dahin ihren Spaß zu haben.

Julie war nicht nur Christians Zimmergenossin und Kollegin; sie war auch seine beste Freundin und Lieblingsgegnerin beim Basketball. Die hübsche, resolute junge Sängerin trug sehr wenig Makeup, große Silberringe im Ohr sowie Zöpfe, die wie Lakritzschnüre eng am Kopf anlagen. Ihr eher unaufdringliches Äußeres mochte etwas mit der Aufgedonnertheit ihrer Mutter Marla zu tun haben, einer geschiedenen Frau in Malibu, die außerdem die erste schwarze Schauspielerin war, die den *People's Favorite Award* für eine Rolle in einer Fernseh-Soap bekommen hatte. Seit Julie klein war, hatte ihre

Mutter ihr eingebläut, dass Erfolg nur zu zehn Prozent aus Talent, zu dreißig Prozent aus harter Arbeit, im Übrigen aber daraus bestand, wen man kannte und wie man aussah.

Julie hatte beschlossen, diese Auffassung ihrer Mutter zu widerlegen.

Nur leider hatte sie bisher noch keine Anstalten dazu gemacht.

»Halt die Klappe«, sagte sie zu Christian. »Du belügst mich doch bloß wieder schamlos.«

»Nein. Du kannst ja mein Tagebuch lesen«, erwiderte er und zog einen PDA aus der Tasche. Seit dem vorangegangenen Winter hatte er ein – wie er es nannte – ›Tagebuch der Eroberungen‹ geführt, nämlich seit ihm ein liebestoller leitender Bankangestellter das handliche Gerät zu Weihnachten geschenkt hatte. »Na los! Lies den Eintrag vom 20. August.«

»Wie bedient man dieses Teil denn?«, fragte sie und drückte verschiedene Knöpfe.

»Nein, nicht so!« Er nahm den kleinen Eingabestift und richtete ihn auf sie. »Wahrscheinlich hast du deshalb auch kein zweites Date mit Brian hingekriegt. Lange, spitze Dinger scheinen dich ja nicht sonderlich zu interessieren.« Er gab etwas ein und reichte ihr dann sein digitales Tagebuch.

»Hör mal, du Penner, Brian hat kein zweites Date mit *mir* hingekriegt!«, sagte Julie, und ihr Gesicht wurde in bläuliches Licht getaucht, während sie ihr kleines Näschen ganz dicht an das Display hielt. »Okay, hier hab ich's: 20. August ... Aha ... O mein Gott! Wie geil! ›Das hier ist Bungalow 3B. B wie Blowjob.‹« Nachdem sie den kompletten Eintrag gelesen hatte, gab sie ihm den PDA zurück. »Und das war echt schon das zweite Mal, dass dir das mit einem von Elizabeths Internetdates passiert ist?«

»Jepp. Und? Meinst du jetzt immer noch, dass sie am 21. rein zufällig gekündigt hat? Wirklich, Honey, was willst du denn noch?«

Julie schüttelte ihren dicken Pferdeschwanz und ging zu einer riesigen Schüssel mit grünem Gemüse hinüber. »Unglaublich«, sagte sie grinsend, »diese Mädels aus dem mittleren Westen sind aber auch so was von zickig!«

Carlos tat die Hälfte von Christians Bestellung auf einen Teller, und Christian klaute sich eine Handvoll Pommes.

»Mann, du bist echt 'ne Nummer«, sagte der Chefkoch und stampfte, seinen massiven Kopf schüttelnd, davon.

»Hey, Julie«, rief Christian und hielt kurz mit dem Kauen inne, »du solltest einen Song über mich und den Typen schreiben!«

Sie runzelte die Stirn. »Hmm, mal sehen ... so was wie ›Und dich hab ich irrtümlicherweise geblasen?‹ Das wird ein richtiger Hit!«

»Glaub mir, Mädchen ... das käme hammermäßig an in den Partykreisen von Palm Springs! Egal. Jedenfalls kann ich einfach nicht glauben, dass du schon fast mit dem Demo-Tape fertig bist und immer noch keinen Song über deinen besten Freund geschrieben hast!«

Julie stellte ein paar gekühlte Teller ab und schnappte sich eine Salatzange. »Und *ich* kann nicht glauben, dass wenn im Wald ein Baum umfällt, du nicht irgendwie etwas damit zu tun hättest!«

Der Barmann, ein dünner, penibel gestylter Schwarzer Ende zwanzig, kam in die Küche gerauscht. Andrew war erst kürzlich von der ›L.A. Weekly‹ zu einem der besten Barkeeper der Stadt gekürt worden und hatte eine Vorliebe dafür, andere in puncto Cocktailrezepte zu testen. »Hey, Julie«, rief er auf dem Weg zum Kühlschrank und zeigte dabei auf sie. »Martinis – Wodka oder Gin?«

»Gin. Und du ...«, erwiderte sie, die Salatzange auf ihn gerichtet, »du kannst deinem komischen Freund mal sagen, dass er sich ficken soll.«

Andrew hob eine Augenbraue und zog seinen Krawattenknoten enger. »Von meinen Freunden kann das nur einer, und ich bezweifle, dass ihr euch schon mal begegnet seid.«

»Du weißt ganz genau, vom wem ich spreche – von diesem Bassisten, den du mir in die Band gesetzt hast. Dabei haben wir einfach nur jemanden gesucht, der ein paar Tracks begleiten kann. Aber schon beim zweiten Song hatte ich das Gefühl, mein BH hätte plötzlich Hände bekommen!«

Andrew richtete sich auf. »Das Barpersonal ist für heterosexuelle Bekanntschaften nicht verantwortlich.«

»Hey!«, rief Christian in Carlos' Richtung. »Das Filet ist ohne Pilze bestellt worden! Aber egal, gib's mir trotzdem rüber.« Er lupfte das kleine Filetstück an und strich die schwere Pilzsauce einfach vom Teller direkt auf die Arbeitsfläche – etwas, das zu tun er ohne entsprechendes Publikum niemals auch nur im Traum in Erwägung gezogen hätte. Zur Krönung seiner Einlage leckte er sich die Finger sauber.

»Bäh«, rief Andrew, während er auf einem Brett eine Zitrone in Scheiben schnitt.

Carlos knurrte, doch war ein Schmunzeln hinter seiner grimmigen Fassade erkennbar. »Du kannst übrigens auch gleich noch die Sauce aufwischen, Christian!«

Unvermittelt schneite eine hochgewachsene Person mit kastanienbraunem Haar und gnadenlosem New Yorker Akzent herein: »Sorry, ihr Versager, aber ich hab 'ne neue Bestellung!«, sagte die Frau, tippte einmal kurz auf die Klingel und wandte sich wieder zum Gehen.

»Oho-ho!«, lachte Christian. »Achtung, Leute. Ein Rückruf, und sie spielt Margo Channing!«

»Ich hatte schon *zwei* Rückrufe, vielen Dank auch. Zweite Hauptrolle in einem *Feature*!« Triumphierend schüttelte Traci ihren Kopf. »Ich hab die Rolle so was von in der Tasche. Bald kann ich euch Nieten 'nen Abschiedskuss geben und endlich den Lohn dafür einstreichen, dass ich überhaupt in diese verdammte Scheißstadt gezogen bin.« Sie ging in die Hocke, um ein paar Wassergläser aus dem Regal zu nehmen und richtete sich urplötzlich wieder vor Andrew auf. »Hast du schon mal bei Barry Wolfe vorgesprochen?«, fragte sie ihn mit stolz erhobenem Kopf.

Andrew lächelte, und ein allgemeines Stöhnen erfüllte die Küche.

Julie verzog das Gesicht: »Iiih!«

Christian hatte sich eine zweite Handvoll Pommes in den Mund gestopft. »Hey«, sagte er scherzhaft, »was soll eigentlich das Rumgegeize mit den Pommes? Komm schon, Carlos, tu noch 'nen Schlag auf, Alter.«

»Du kannst mich mal«, entgegnete Carlos lachend.

Traci starrte Carlos aus ihren von Wimperntusche schweren Augen an. Sie mochte ihn sehr, auch wenn seine Zweideutigkeiten sie oft nervten. Dann wandte sie sich zum Gehen, als ihr noch einmal die Züge entglitten, denn Christian sagte: »Barry Wolfe hat mich mal für einen Werbespot vorsprechen lassen, ja. Und übrigens er hat mich die ganze Zeit mit Blicken regelrecht abgeleckt.«

Andrew prustete verächtlich. »Der Typ wird ja auch nicht umsonst der ›hungrige Wolf‹ genannt. Mich hat er nicht mal empfangen, als es um diese hippe Scheiß-Sendung im Fernsehen ging. Die mit dem schwulen Nachbarn«

Julie garnierte den Teller mit Salat. »Welche meinst du?«

»Na, die, wo es ständig darum geht ›Hey, ich bin schwul ... ich bin ja so hip!‹«

»Vielleicht bist du einfach nicht nachbarlich genug«, wandte Traci ein.

Andrew richtete das Messer auf sie. Ein aufgespießtes Zitronenstück steckte tropfend auf der Spitze. »Du Aas«, erwiderte er lachend.

»Verzeihung meine Lieben«, ertönte eine angenehme, geschmeidige Stimme. Christian sprang von der Arbeitsfläche zurück und nahm Haltung an. Die Ladenbesitzerin war lautlos aus den Tiefen der Küche erschienen und sah in ihrem edlen, maßgeschneiderten Kostüm und der verführerisch aufgeknöpften weißen Bluse weitaus jünger aus, als sie in Wirklichkeit war. Ihr langes braunes Haar glänzte wie das eines verhätschelten Starlets, und ihre grünen Augen blitzten noch immer geheimnisvoll und anziehend. Trotz der Jahre, die sie selbst nun schon nicht mehr im Showgeschäft war, hielt sich Lila Montagne – ja, *die* Lila Montagne – immer noch wie ein Profi. Sie verschränkte die Arme und erklärte trocken: »Ich unterbreche diese wichtige Unterhaltung unter euch großen Stars nur äußerst ungern.«

»Mittelgroßer Star reicht mir auch«, witzelte Christian.

»Gute Einstellung – aber was ich eigentlich sagen wollte: Disney eröffnet ein Fantasia-Restaurant, in dem die Teller ganz von selbst auf die Tische der Gäste fliegen. Doch bis es so weit ist – was macht ihr?«

Die Kellner hatten verstanden, kümmerten sich um ihre Bestellungen und eilten nach draußen, um sie zu servieren.

Christian senkte den Kopf, vollführte eine 180-Grad-Drehung und stieß die doppelte Schwingtür mit dem Hintern auf. »Achtung: Heiße Ware!«

»So lob ich's mir«, kommentierte Lila.

ANKUNFT

Eine braune Smogdecke. Dann eine unendlich weite Ansammlung leuchtender Lichtpunkte, völlig durcheinander und unzusammenhängend.

Das sah Aaron Davis durch das Fenster, als seine Maschine in der Warteschleife über Los Angeles kreiste. Aaron strich sich die Erdnusskrümel vom Stoff seiner Navy-Hose.

Die drei Wochen in Provo waren lang gewesen.

Eine halbe Stunde später trat er hinaus in die ›weiße Zone‹, den Ausstiegsbereich für die Fluggäste. Die Gesichter mancher Männer waren aus Granit gehauen; das von Aaron aus Seife – aus 99,9-prozentiger reiner Elfenbeinseife. Orientierungslos, aber dennoch tapfer und aufrecht, stand er auf der Plattform wie ein Plastikbräutigam auf einer Hochzeitstorte, neben ihm auf dem Betonboden seine beiden Koffer. Seine marineblaue Krawatte hatte er unter den schwarzen Gurt des von der Kirche sanktionierten Missionarsrucksacks geklemmt, den er im Missionary Training Center für 30 Dollar erstanden hatte und dessen Riemen seine Brust kreuzten wie die eines Marschgepäcks bei der Armee.

Der Rucksack enthielt eine Ausgabe der Bibel, das Buch Mormon, das Handbuch eines Missionars – unter den Missionaren gemeinhin bekannt als die ›weiße Bibel‹, sowie die sechs Diskussionen, die er während der letzten drei Wochen im Trainingscenter studiert hatte. Sein Namensschildchen, ein schwarzes rechteckiges Plastikschild, das ihm an seinem ersten Tag in Provo ausgestellt worden war, war an der linken Seite seiner Hemdbrust angebracht. In weißen Lettern stand darauf zu lesen: ELDER DAVIS, HOLLYWOOD MISSION, CHURCH OF THE LATTER DAY SAINTS.

Er würde es nun überall tragen.

Ein schwarzer Ford Saturn Sedan fuhr vor. Zwei gesund und gut aussehende junge Männer in schwarzen Anzügen – Assistenten des Missionspräsidenten – stiegen mit identisch leerem Gesichtsausdruck aus.

Die Assis des Präsidenten, dachte Aaron. *Die sind meinetwegen hier.*

»Elder Davis? Hi, ich bin Elder Smith, und das ist Elder Burton.«

»Hallo.«

Seine Hand wurde fest geschüttelt, sein Gepäck in den Kofferraum geladen, die hintere Wagentür auf der Beifahrerseite für ihn geöffnet, dann hinter ihm wieder geschlossen. Aaron nahm das Innere des Wagens in Augenschein. Die grauen Polster waren verschlissen und mitgenommen, rochen aber dennoch neu – wie nach irgendeiner nicht näher definierbaren Sorte von Raumspray.

Aaron konnte den Gurt nicht finden.

Der Fahrer, Smith, ein hoch gewachsener, dünner junger Mann mit flachsblondem Haar und großen Ohren, wandte sich nach ihm um. »Alles bequem, Elder Davis?«

»Ja, danke, alles … in Ordnung.«

»Gut.«

»Ich kann bloß meinen Gurt nicht finden.«

»Wie?«, fragte Burton vom Beifahrersitz aus nach.

»Er sagt, er kann seinen Gurt nicht finden«, wiederholte Smith.

Die vorderen Wagentüren schwangen auf beiden Seiten auf, und beide Assistenten stiegen aus, um ihm zu Hilfe zu kommen.

»Hast du mal da unten nachgeschaut?«, fragte Burton, ein stämmiger Bursche mit den weißesten Zähnen, die Aaron je zu Gesicht bekommen hatte.

»Ja«, antwortete Aaron.

»Wirklich? Versuch's noch mal, er müsste da sein«, ermunterte ihn Smith.

Aaron fasste nervös in den Schlitz zwischen Sitz und Rückenlehne.

Seine Finger streiften etwas Kaltes, Metallenes, bekamen es aber nicht zu fassen. »Ich komm nicht dran.«

Smith löste einen der Manschettenknöpfe seines Oberhemdes. »Okay, warte«, sagte er und langte mit wilder Entschlossenheit über Aarons Schoß hinweg mit der Hand in den dunklen Spalt. Augenblicklich füllte sich der hintere Wagenbereich mit dem Geruch von Rasierwasser und Anzugschweiß. Während Smith nach dem Gurt fingerte, presste sich der gestärkte Saum am Reißverschluss seiner Hose gegen Aarons Oberschenkel.

Aaron hielt die Luft an.

»Danke, Davis – du machst es mir leicht. Hier, bitte!« Smith zerrte den Gurt hervor, zog ihn über Aarons Schoß fest und schloss klickend die Schnalle – eine Geste, die alles hätte bedeuten können.

»Danke«, sagte Aaron.

Smith tätschelte ihm das Knie. »Keine Ursache, *Greenie*« – und schloss die Wagentür.

›Greenie‹ war der liebevolle Kosename für alle neuen Missionare.

Klick-klack, klick-klack … der großohrige Smith hatte den Blinker eingeschaltet. Aaron drückte die Stirn an das Wagenfenster und blickte erstaunt nach draußen. Jeder schien sich irgendwie verspätet zu haben. Eine Frau brüllte in ihr Handy, während sie eine Kreuzung überquerte und einen riesigen Gepäckhaufen hinter sich herzog, der sich schwankend auf dem wackligen Aluminiumwagen türmte. Ein Mann mit Turban und kristallbesetzten Cowboystiefeln schleuderte Gepäckstücke in den Kofferraum eines Taxis. Eine Gruppe wichtig aussehender chinesischer Geschäftsmänner kam auf das Missionarsauto zu, blickte fragend zu Aaron hinein und schritt dann weiter. Smith war kaum ein paar Zentimeter vom Bordstein weggefahren, als fünf blau-gelbe Zubringerbusse dröhnend an ihnen vorbeidonnerten. Der Wagen schwankte auf seinen Reifen, wie gelähmt und verschreckt angesichts der dunklen Abgaswolke, die ihn einhüllte.

Aaron schloss die Augen. Herr, bitte hilf mir – ich bin mitten im Chaos gelandet.

Sekunden später ebbte der vorbeirauschende Verkehr kurz ab, und Elder Smith fädelte sich vorsichtig ein. Aaron war von den Farbwechseln der vielen Lichtsäulen fasziniert: Während sie dahinglitten, wandte er sich um – gerade noch rechtzeitig, um zu sehen, wie ein hoher, blassblauer Zylinder sich zunächst nebelgrau verfärbte, um dann ein lebhaftes Rot anzunehmen. Er richtete den Blick wieder nach vorn und sah die grünen Straßenschilder: CENTURY BLVD., SEPULVEDA NORTH. Am Ende der Auffahrt stand ein Obdachloser mit dunklem Kapuzen-Sweatshirt, schwarz von Schmutz und in Hosen, die so lang waren, dass sie seine Füße verbargen. In seinen geschwollenen Händen hielt er ein großes, handbeschriebenes Pappschild, das sich im Wind bog und schlackerte:

WILLKOMMEN
IN DER
HÖLLE

Im gleißenden Scheinwerferlicht des Sedan funkelten die Augen des Mannes wie glühende Kohlen.
　Smith kurbelte das Steuer herum; endlich fuhr der Wagen auf den Freeway.
　»So, Kleiner, hoffentlich bis du bereit für L.A.«

Sanfte Beleuchtung.
　Tischdecken aus weißem Leinen.
　Poliertes Holz.
　Palmen in Töpfen.
　Orientalische Fächer.
　Staubige Wandteppiche.
　All dies sah Christian William Markelli an fünf von sieben Abenden in der Woche während seiner Schichten bei Lila; der Martini war hierher zurückgekehrt, die Geister Hollywoods niemals von hier verschwunden.
　Für einen Donnerstagabend war ziemlich viel los. Christian eilte durch den Laden und balancierte Teller, auf denen die klassische Kost von Hollywood angerichtet war – Spaghetti mit Fleischklößchen, Filetsteak, medium, Cordon bleu vom Truthahn und Salat. Auf dem

Weg durch das Restaurant kam er an Julie vorbei, die gerade eine Getränkebestellung an der Bar eingab.

»Hey«, sagte Julie. »Was machst du heute Abend noch so?«

»Kommt drauf an«, erwiderte Christian. »Und *du*?«

»Ich geh mit einem meiner Tracks rüber zu Funny Boy. Da ist heute Diven-Karaoke.«

»Ach nee, Julie ...«, sagte Christian mit leidendem Unterton. »Karaoke?«

»Ja. Und außerdem gibt's da heute Abend zwei Margaritas zum Preis von einem.«

»Na gut, dann komm ich auch hin.«

Christian schob sich an dem geschwungenen Tresen vorbei zur Tür hinaus, um die Gäste an einem der gemütlichen Tische draußen auf der Terrasse zu bedienen. Der Abend war wunderschön, die Luft warm und doch frisch. Er nahm den letzten Teller von seinem Unterarm, zückte seine Pfeffermühle und begann, sie über dem Salat einer Dame zum Einsatz zu bringen, als ein schwarzer Ford Saturn an der Ampel hielt Als hätte ihm jemand auf die Schulter getippt, wandte sich Christian vom Tisch ab und schaute in die seelenvollen blauen Augen eines jungen Mannes mit kurz rasiertem Haar, der ihn durch das halboffene hintere Wagenfenster ansah.

Sekunden verstrichen. Keiner der beiden wandte den Blick ab. Die Ampel schaltete auf grün. Dann glitt der Sedan davon.

Christian, der sich nur ganz vage der Intensität seiner Gefühle bewusst war, zuckte die Achseln.

»Kann ich Ihnen sonst noch etwas bringen? Noch etwas zu Trinken jemand?«

Julie sang an diesem Abend wie ein Engel, während sich Christian, Traci und Andrew einen Margarita nach dem anderen einflößten. Bedauerlich nur, dass sie die einzigen Gäste im Club waren.

Von den Starkstromleitungen herab drang das Gezwitscher der Vögel durch den Lärm des frühen Freitagsverkehrs. Aaron sog den diesigen Morgen zufrieden in sich hinein. Hier also sollte er nun leben! Charmant. Mit schwingendem Gepäck nahm er die letzten zwei Stufen, die ihn in den üppigen, freundlichen Hof führten, und blieb dann stehen.

»Junge, Junge!«, rief Ryder ungehalten. Der hagere dienstältere Missionar stolperte hinter Aaron her, einen Turm von Koffern im Arm, die zwar nicht sonderlich schwer waren, ihm aber dennoch weit über den Kopf hinausragten. »Wäre es zu viel verlangt, wenn du weitergehen würdest?«

»Sorry«, sagte Aaron. »Kein Problem.«

»Dann ist ja gut«, erwiderte Ryder. »Denn die Matratzen müssen noch ausgeladen werden, und wir haben nicht den ganzen Tag Zeit.«

Jedem Neuankömmling – also jedem Jungspund oder ›Greenie‹ – wurde ein dienstälterer Missionar zugeordnet, jemand, der die Abläufe kannte und die Einweisung vornahm. Der neunzehnjährige Ryder, ein kleiner hagerer, aber durchaus rauflustiger Kerl aus American Fork, war bereits seit sechs Monaten im Einsatz. Aaron erschien er irgendwie verbittert für jemanden, der doch eigentlich dem Herrn dienen sollte; aber es war ja sein erster Tag im Einsatz, was wusste er also schon? Missionars-Partner waren angehalten, einander niemals aus den Augen zu verlieren. Aaron und Ryder würden auch zu zweit neue Anhänger werben, sie würden zu zweit beten, essen, sich das Zimmer teilen und Sport machen – also im Grunde alles gemeinsam tun, bis auf den Gang zum Klo sozusagen.

Im Augenblick schleppten sie jedenfalls erst mal Kisten gemeinsam. Und wenn sie damit fertig waren, würden sie mit den Möbeln weitermachen.

Aaron torkelte weiter den Fußweg entlang. Er blickte nach oben und sah, wie ihn eine fette Taube von einer der Starkstromleitungen herab beäugte. Aus einem Fenster schrillte das Klingeln eines Telefons.

In der Mitte eines Zimmers mit rot gestrichenen Wänden schnarchte ein regloser Körper lautstark in ein Kissen hinein; das schwache Klingeln des Telefons drang zunächst kaum in die Träume des Schlafenden. Doch beim dritten Schrillen regte sich der Körper, und etwas, das sich als langer, muskulöser Arm entpuppte, erschien unter dem cremefarbenen Wulst der Bettdecke. Beim vierten Klingeln schließlich wälzte sich die Gestalt herum und hob den Kopf. Christians vom Feiern verquollene Augen waren winzige Schlitze, sein Haar eine dunkle verfilzte Matte. Er fischte wiederholt mit der Hand nach dem Apparat, bis er ihn endlich erwischte. Dann riss er den Hörer an sein Ohr und schlug ihn sich dabei versehentlich gegen den Schädel.

»Aua! Verdammte Scheiße!«

»Ja?«, antwortete eine lachende Frauenstimme. »Danke, gleichfalls.«

»Bist du das, Mom?«

»Nein, ich bin's, Julie. Wo zum Teufel steckst du?«

»Na hier. Du hast mich doch hier angerufen!« Christian setzte sich vorsichtig auf und hielt sich den Kopf. »Wo zum Teufel sind wir gestern Nacht eigentlich versackt?«

»Keine Ahnung. Aber ich bin vorhin ohne BH aufgewacht. Und das ist niemals ein gutes Zeichen.«

»Du bist ohne deinen...« Christian sah an sich herab und erblickte etwas Schwarzes, mit Spitze Besetztes, das um seine Brust geschlungen war. »Ach so, mach dir darum keine Sorgen. Aber wieso rufst du eigentlich an, anstatt einfach mit etwas Mitleid und Excedrin zu mir rüberzukommen?«

»Hab ich ja versucht, aber als ich geklopft habe, kam keine Reaktion. Du musst echt im Koma gelegen haben. Ich dachte, du wärst schon los. Das Spin-Training, schon vergessen? Ich rufe vom Handy aus an.«

Urplötzlich erinnerte sich Christian an seine Verabredung. »Verdammte Scheiße!« Er rollte sich aus dem Bett und tappte ins Bad. Als er sich von Julies BH befreite, schnellte dieser wie ein Gummiband von seinem Brustkorb, verlor aber schon nach gut einem Meter an Schwung und landete mit einem Platschen in der Toilette. Christian stöhnte und griff unwillig in die Schüssel. Das triefende kleine Schwarze erinnerte ihn daran, wie er als Siebenjähriger von seinem

Vater zum Forellenfangen mit Onkel Bob geschickt worden war. Ihm drehte sich der Magen um – es war dasselbe Ekelgefühl wie damals.

Zehn Minuten später – mit Laufschuhen an den Füßen, seiner blauen Lieblings-Shorts und einem weißen Muscle-Shirt am Leib, das schwarze Haar stylisch zurückgelegt, die Augen hinter einer Fendi-Sonnenbrille verborgen und das BH-Trauma auf alle Ewigkeit aus dem Gedächtnis verbannt – taumelte unser Held zur Tür hinaus und fiel in ein gemäßigtes Jogging-Tempo. Er hatte kaum drei Laufschritte getan, als er – *boing* – direkt in eine extrastarke Matratze hineinrannte. Als er das Gleichgewicht wiedererlangt hatte, fand er sich Auge in Auge mit einer schläfrig dreinblickenden Sahneschnitte in Baggys und grauem T-Shirt wieder. Der hübsche Knabe fing die kippende Matratze mit einer Vorwärtsbewegung auf, die seine kräftigen Schultern zur Geltung brachte. Christian war wie vom Blitz getroffen. Was war es, das das Kerlchen so attraktiv machte? Die Art, wie er errötete? Sein kurz geschorenes blondes Haar, das an junge Schößlinge erinnerte?

»Tut mir Leid«, sagte Aaron, und es klang, als meinte er es auch wirklich so.

Christian war betört und verwirrt zugleich – hab ich den nicht schon vernascht? Er nahm die Sonnenbrille ab. »Wir kennen uns doch!«

»Was? Nein. Ich bin ganz neu hier.«

»Hey, Greenie, komm mal in die Gänge, okay?« Hinter dem anderen Ende der Matratze erschien vogelgleich der Hals eines missmutig dreinblickenden Jungen.

»Sorry, a-aber ich muss weiter«, stammelte Aaron.

Christian sah an den beiden vorbei und erblickte zwei massige Fußballer-Typen, die eines der potthässlichsten Sofas schleppten, das er jemals die Schwelle von Elizabeths Bungalow hatte passieren sehen.

»Was zum …«

Auf gute
Nachbarschaft

∞

Kein ›Leergut‹ – also keine Getränkedosen, die als improvisierte Aschenbecher dienten – müllten den Couchtisch zu. Keine Pornohefte – *Hustler*, *Playboy* oder *Maxim* lagen in anstößigen Stapeln dreist herum oder waren behutsam unter die Matratze geschoben worden. Nicht eine einzige Bong, keine Blättchen, kein stinkendes Tütchen voller Gras war hier je ins Haus gekommen. Im Kühlschrank stand keine Cola, keine Pepsi. Keine Kaffeemaschine verströmte aus der Küche ihr Guten-Morgen-Aroma. Und dennoch: Mit seinen Generationen von weitervererbten, nicht zueinander passenden Möbelstücken, der totalen Schmucklosigkeit und den unverkennbar männlichen Gerüchen – von Rasierwasser über den Fußpilz-Mief herumliegender Kunstfasersocken bis hin zu jenem die Badezimmerumgebung scharf markierenden Uringestank – begann das Innere des Bungalows 3D (D wie ›dereinst von Elizabeth bewohnt‹) bereits den typischen Studentenbuden-Charakter anzunehmen.

Das braunrote Sofa in der Mitte des Wohnzimmers ließ augenblicklich jede Hoffnung auf eine ansprechende Wohnsituation ersterben. Aaron betrachtete die zerschlissenen Couchkissen und den Schaumstoff, der am inneren Saum einer Armlehne herausquoll. Es war früher Nachmittag, die Mittagszeit gerade vorbei, und ein mildes Lüftchen kam zur Tür hereingeweht. Die Mitglieder des frisch gegründeten Missionarshaushaltes – Elder Davis, Ryder, Harmon und Gilford – waren damit beschäftigt, das von der Kirche zur Verfügung gestellte Mobiliar sowie andere merkwürdige ›Spenden‹ aufzustellen.

Aaron bemühte sich, ein Niesen zu unterdrücken, während er seinen muffigen Wollsack auspackte. Er nahm eine Handvoll Bücher heraus und stellte sie in Augenhöhe auf ein Regal. Die Rücken waren so eingestaubt, dass man die Titel kaum entziffern konnte. Er fuhr mit der Außenseite der Hand darüber. Allerdings rissen ihn die Themen – *Skeptizismus aus Sicht der Mormonen, Eine neue Geschichte der Mormonen* und *Hierarchische Struktur des Mormonentums* nicht vom Hocker. Während er neuerlich in den Wollsack griff, beobachtete er Ryder, der gerade einer Kiste, die auf dem Boden stand, einen Tritt versetzte.

»Hey, Elder Ryder, du trittst die Kiste ja, als ob sie dir was getan hätte!«

»Na und?«, entgegnete Ryder und schob die Kiste unter einen alten Schreibtisch.

»Du packst sie gar nicht aus?«

Ryder sah Aaron an. Wortlos griff er unter den Schreibtisch, zog die Kiste wieder hervor und ließ sich neben ihr auf ein Knie nieder. Den Blick nicht von Aaron lösend, zog er die unterste von vier Schubladen eines Metallschränkchens auf, hob die Kiste mit seinen mageren Armen hoch und kippte einen Schwall aus zerfallenden alten Landkarten, eingetrockneten Füllern, Schnellheftern und Notizheften aus Recycling-Papier in sie hinein.

»Hübsch«, kommentierte Aaron.

»Bitte sehr! Alles ausgepackt ... Frau Kravitz.«

Ryder schleuderte die leere Kiste beiseite, ließ sich dann in einen hässlichen, waldgrünen Knautschsack fallen und verfiel in eine Art missmutige Trance, während er energisch auf seinen dünnen Lippen herumkaute und mit dem Daumen einen kleinen therapeutischen Ball malträtierte, der angeblich Bill Clintons Kopf nachempfunden war.

Aaron begriff nicht. Ryders Persönlichkeit und die Lehren der Mormonen-Kirche schienen sich zu vertragen wie Katz und Hund. Der Typ war ständig mufflig drauf.

Einen Augenblick später kam Harmon, ein gut gebauter 21-Jähriger mit wachen braunen Augen und einem ringertypischen Blumenkohl-Ohr, aus dem Bad hereingetorkelt. Er trug weite Jeans und ein verwaschenes schokoladenbraunes T-Shirt. Der ehemalige Ringkampf-Landesmeister hatte, nachdem er nun schon mehrere Monate gespurt hatte, nur noch 60 Tage rumzukriegen, bevor er nach Hause durfte. Außerdem schien er an permanentem Bewegungsdrang zu leiden. »Letzter Gong«, keuchte er, »Harmon geht zu Boden.« Mit geschlossenen Augen und seitlich heraushängender Zunge warf er sich mit seinem schweren Körper bäuchlings auf das Sofa, so dass eine kleine Wolke aus Mikrofasern und Staub aufstob. Dann rief er: »Hey, Gilford!« und wand sich behaglich, bis er eine vollends bequeme Lage erreicht hatte. »Komm doch mal rüber und massier mir den Rücken.«

Nun betrat auch Gilford das Zimmer, der während seines ersten Jahres an der BYU Reserve-Linebacker gewesen war. Er war noch größer als Harmon und schien wie dieser vor testosterongesättigter Energie geradezu zu platzen. Gilford litt an einem Machismo-Syndrom und war äußerst bedacht auf seine Männlichkeit: »Wenn du meinst, dass ich deinen verpickelten Rücken massiere, bist du auf dem Holzweg, du Homo!« Er griff nach ein paar Bällen zusammengeknüllten Zeitungspapiers, die er, einen nach dem anderen, mit übertriebener Technik in einen kleinen, aus Stroh geflochtenen Papierkorb warf.

Harmon hob den Kopf. »Wie wär's mit dir, Davis? Na komm schon, Greenie, tu mir mal den Gefallen, ja?«

Aaron gab sich betont beschäftigt; »Ich bin dabei, das Zeug hier einzuräumen.«

»Okay, okay ... schon gut. Dann eben nicht.« Harmon ließ sich von der Couch rollen. »Gilf! Hey, Kumpel!«

Angewidert schüttelte Gilford seinen blonden Stoppelkopf. »Vergiss es, Alter.«

»Nur zehn Minuten! Du weißt, dass ich das auch für dich tun würde.« Unvermittelt sprang er auf und fing einen von Gilfords Papierbällen ab.

»Na gut«, sagte Gilford und hechtete bäuchlings auf das Sofa. »Na dann mal los, Alter!«

»Hättste wohl gern! Ich hab dich zuerst gefragt!«

»Nö.«

Harmon nahm Anlauf, stürzte sich mit dem vollen Gewicht seines Körpers wie ein Tiger auf sein Opfer und versenkte seinen Ellenbogen zwischen den Schulterblättern seines Missionarsgenossen. »Wie wär's mit 'ner intensiven Muskelbehandlung?«

»Aargh! Das tut weh!« Gilford warf Harmon ab. »Du Wichser!«

Harmon gröhlte vor Lachen, machte einen wilden Satz über Ryders Kopf hinweg und verschwand ins Schlafzimmer. Das stampfende Geräusch seiner Riesenfüße auf dem Fußboden erinnerte an das Donnern, das man auf einer Baustelle vernehmen konnte.

Gilford setzte ihm elegant nach. »Mach dich auf deinen Tod gefasst, Alter!«

»Hey!«, rief Ryder und kauerte sich in seinen Knautschsack. »Alter – was für Schwuchteln, die beiden!«

Genau in diesem Moment klopfte es an der Tür.

Aaron schlurfte zur Haustür, öffnete und erblickte den Typen, der am Morgen gegen seine Matratze gerannt war. Schwarzes, gewelltes Haar, braune Augen, ein strahlendes Lächeln …

Aaron vergrub die Hände tief in den Hosentaschen: »Hi!«

»Hi«, erwiderte Christian. Er hielt etwas hinter dem Rücken verborgen. »Erinnerst du dich noch an mich? Ich bin der von drüben.«

»Ach ja, stimmt. Hallo!« Aarons Hingerissensein verwandelte sich in Scham, noch bevor er es überhaupt registrieren konnte. Er brach in Panik aus. »Harmon!«

Harmon und Gilford kamen aus dem Schlafzimmer, ihre T-Shirts nass vom Rumbalgen. Knapp zwei Meter von der Eingangstür entfernt blieben sie wie zwei alarmierte Wachhunde stehen. Wer auch immer dieses Wesen war, das sich da erotisch in der Tür zur Schau stellte – es hätte genauso gut der Teufel persönlich sein können.

Groß gewachsen, kräftig gebaut und nahtlos gebräunt wie ein Chippendale-Stripper: Christian hatte seinen gemeißelten Torso in einen schokoladenbraun besetzten, cremefarbenen Pullunder gegossen. Seine babyblauen Minishorts akzentuierten seine gut ausgebildeten Schenkel, doch es waren die strahlend weißen Bändel, die, kreuzweise geschnürt, die Augenpaare der vier sexuell ausgehungerten jungen Männer auf seine Beule lenkten. Als wäre seine Aufmachung noch nicht fremdartig genug, vermittelte Christians Körpersprache etwas noch weitaus Irritierenderes – nämlich die offensichtliche Bereitschaft, Sex mit Männern zu haben.

Mit einem Lächeln, das den Eindruck erweckte, als erwartete er jeden Moment, mit Liebe und Dankbarkeit überschüttet zu werden, präsentierte Christian sein Geschenk. »Hier, Jungs, ich hab euch ein Begrüßungsgeschenk mitgebracht!«

Die Missionare starrten blöde auf den Sixpack, den Christian am ausgestreckten Arm vor ihnen hin und her schwenkte. Er begriff nicht und dachte: Was sind das denn hier für Dumpfbacken? Warum nimmt mir keiner das Bier ab? »Gegenüber ist ein Laden«, fügte er hinzu und wies mit dem Daumen in Richtung Straße.

»Äh, danke, aber wir trinken nicht«, sagte Aaron.

»Wir sind keine Studenten«, erklärte Ryder. »Du hast den falschen Bungalow erwischt.«

»Wir sind Mormonen«, fuhr Aaron fort. »Wir missionieren hier.«

»Echt?« Christian sah plötzlich aus, als könne er sich nicht entscheiden, ob er ausspucken oder schlucken sollte. »Also ... ich hätte jetzt echt fast ...« Seine Stimme erstarb, als ihm die Situation klar wurde. »Na gut, dann also ... tja, schätze wir sehen uns ...«, stammelte er und schloss die Tür von draußen.

Wieder unter sich, vollführten die Missionare die verschiedensten Platzhirsch-Gesten: Ryder zuckte die knochigen Schultern und knurrte in seinem Knautschsack; Harmon kratzte sich im Schritt und schnaubte dann angewidert. »Boah«, sagte Gilford und schnüffelte an seiner eigenen Achselhöhle.

Aaron aber merkte, wie er rot wurde und beugte sich schnell über eine Kiste, um seine Reaktion vor den anderen zu verbergen.

Christian wanderte ziellos über den Hof. Mormonen-Missionare, dachte er, das ist ja nun völlig abgefahren. Er rief sich den Hübschen noch einmal ins Gedächtnis, den mit dem blonden Stoppelkopf und der Stupsnase. *Wir sind Mormonen. Wir missionieren hier.* Was für eine erfrischende, klare Ansage. Christian musste lachen – ein schwaches, ein unterdrücktes Lachen, doch dann, als er sich weiter über den Innenhof entfernte, hörte er eine Stimme durch eines der offenen Fenster.

»Wow! Wer hat denn den Schwuchtel-Lieferservice angerufen?«
»Menschenskind, Ryder, warum brüllst du nicht noch lauter? Wahrscheinlich hört er dich da draußen.«
»Mir doch egal. Habt ihr die abnormalen Shorts gesehen?«

Christian sah an sich herab auf die Shorts, die er eine Woche zuvor im Gaymart auf dem Santa-Monica-Boulevard gekauft hatte. Na gut, vielleicht waren sie ja wirklich etwas *sehr* knapp. Aber sie hatten durchaus etwas Kerniges an sich, zum Beispiel die breiten Navy-Streifen an der Seite. Und vorne im Schritt, waren sie da nicht zugeschnürt so wie die Hosen, die die Kerle in der National Football League trugen? So etwas wie Entrüstung stieg in ihm auf. Seine Schritte beschleunigten sich, und als er sein Apartment betrat, ließ er langsam seine Wut ab. Abnormal? Was für ein Wort ist denn ›abnormal‹ bitte überhaupt? Und was zum Teufel stimmt mit meinen Shorts nicht?

Nachdem die letzten Drinks ausgeschenkt waren, füllte Andrew, der Barmann, die Regale auf. Seine Schulterblätter zeichneten sich spitz unter seinem leicht verschwitzten Hemd ab. Julie, Traci und Christian hingen schlaff und mit gelockerten Krawatten an der Bar und falteten stoßweise frisch gewaschene rote Stoffservietten zu dekorativen Fächern. Christian steuerte den einen oder anderen unorthodoxen Origami-Schwan und einen Frosch dazu bei und führte, weil er gelangweilt war, einen Dialog zwischen dem Frosch und einem der Schwäne auf. Doch seine Kollegen schenkten ihm keine Beachtung. Sie waren an seine Mätzchen gewöhnt.

»Psst! Hey, Frosch! Willst du ein Bier?«, fragte der gefaltete Serviettenschwan.
»Bier? Krass. So was trinken wir nicht.«
»Warum denn nicht?«
»Wir sind zu verklemmt.«

In einen eleganten, mit japanischen Motiven bedruckten Blazer gehüllt, schlich Lila sich auf gewohnt leisen Sohlen an den Tresen.

Hinter Christian blieb sie stehen und schob sich dann von der Seite an ihn heran.

Christian, der die Anwesenheit seiner Chefin bemerkte, zuckte zusammen und versuchte, seine Tierfiguren zu verstecken. Doch Lila hatte anderes im Sinn.

»Also, Christian ...«

»Ja?«

»Hier ist ein außergewöhnlich hinreißender Mann namens Daniel im Laden.« Sie schlang ihren Arm um ihn und näherte sich mit ihren Lippen seinem Ohr. »Ich dachte, ich könnte dich vielleicht mal vorstellen.«

»Ach echt?«, erwiderte Christian und drehte verschwörerisch den Kopf, so dass seine Stirn die von Lila berührte. »Blaues Hemd, am Ende des Tresens?«

»Du sagst es.«

Christian holte seinen PDA heraus und drückte einige Tasten. »Augenblick ... Daniel ... Ich glaube, wir haben uns schon mal getroffen. Am dritten August, wenn ich mich nicht täusche ... ja, hier, genau. Nicht so besonders. Nein.« Er runzelte die Stirn und sah Lila bedauernd an. »Nicht so besonders.«

Lila seufzte, zuckte die Achseln und beugte sich mit erhobenem Zeigefinger über den Tresen. »Andrew, sei ein Schatz und gieß mir einen Merlot ein, ja?«

»Klar doch.« Andrew kam mit der Flasche zurück und schob diskret ein gefaltetes Klebezettelchen über den Tresen. »Sie haben im Übrigen einen Anruf von Ben, Miss M.«

»Ah, verstehe. Vielen Dank.« Lila wirkte plötzlich beunruhigt. Sie nahm den Zettel an sich, steckte ihn in die Tasche und ließ sich, während Andrew den Merlot einschenkte, von ihrem Barhocker gleiten. »Nun gut«, sagte sie schließlich mit wenig überzeugendem Eifer, »wenn er so spät in der Woche anruft, dann kann ich ihn wohl auch so spät am Abend zurückrufen, richtig?«

»Absolut«, bekräftigte Andrew und reichte ihr das Glas.

Lila ergriff es am Stiel, hob es an und sagte: »Cheers.« Dann glitt sie geschmeidig davon, um ihren Anruf zu tätigen.

»Cheers«, antwortete Christian geistesabwesend.

Ihr Aufbruch führte zu einem allgemeinen Austausch von Blicken und hochgezogenen Augenbrauen, aber dabei blieb es. Über die Chefin zu tratschen war im Laden verboten – was die anderen allerdings keineswegs davon abhielt, es zu tun, sobald sie draußen auf der Straße waren.

»Oh, oh«, sagte Christian. »Wollt ihr was Abgefahrenes hören?«

Seine drei Freunde beugten sich vor und steckten die Köpfe zusammen. Natürlich wollten sie!

»Erinnert ihr euch noch an die vier Typen, die in Elizabeths altes Apartment eingezogen sind? Ratet mal, was die machen!«

»Ein Porno-Quartett«, erwiderte Andrew nüchtern.

»Hier in dieser Stadt?«, warf Julie ein. »Das wäre wohl kaum sonderlich abgefahren.«

Traci schlug mit der flachen Hand auf den Tresen. »Ich weiß – die sind Rodeo-Heinis!«

»Nein«, antwortete Christian. »Noch abgefahrener. Die sind Mormonen-Missionare! Ich schwöre bei Gott.«

Andrew verzog das Gesicht. »Bäh.«

»Obwohl ... das müsst ihr schon zugeben«, sinnierte Traci und starrte dabei auf ihren Servietten-Fächer, »Rodeo-Jungs wäre 'ne coole Sache gewesen.«

»Wow«, sagte Andrew. »Also, Mormonen-Missionare, ja? Na, dann dürften sie von deinem verirrten Lebenswandel ja begeistert sein. Ich hatte auch mal mit 'nem Mormonen was. Seine Familie hat ihn daraufhin einer Schocktherapie unterzogen.«

»Schocktherapie?« Christian biss sich auf die Unterlippe, um nicht lachen zu müssen.

»Allerdings, und nicht nur fürs Gehirn. Ich meine auch im Intimbereich!«

Christian ließ seine Lippe in Frieden. »Du machst Witze!«

»Die haben ihn fixiert, ihm Bilder von nackten Männern gezeigt und ihm dann ordentlich Saft durch den Puller gejagt.«

»Und davon ist er hetero geworden?«, fragte Traci und zog die Nase kraus.

»Ach was!«, wehrte Andrew ab. »Der ist schwul geblieben. Aber psychisch haben sie ihn auf jeden Fall durch die Mangel gedreht. Wir hatten schon noch Sex – und der Typ war 'n ziemlicher Draufgänger. Aber immer wollte er sich hinterher aus dem Fenster stürzen. Eines Tages hat er es dann getan.«

»Und wenn schon!«, warf Traci ein. »Du wohnst im ersten Stock.«

»Stimmt, aber meinen Azaleen ist das gar nicht bekommen. Hey, Christian, wäre es nicht 'n Gag, wenn *du* einen von denen bekehrst, und nicht die *dich*?«

Christian gefiel die Vorstellung. »Stellt euch mal vor!«

»Ach, Unsinn«, sagte Julie und winkte ab. »Ich hab die Jungs gesehen. Die sind viel zu unlocker für so was.«

»Stimmt«, fiel Traci ein. »Kein Alkohol, kein Kaffee, keine Zigaretten.«

»Kein Sex ...«, ergänzte Andrew.

Julie schnitt eine Grimasse. »Das ist nun aber echt hart!«

Traci warf Andrew einen verschlagenen Blick zu. »Ich wette, er schafft's nicht!«

»Wartet, wartet, nun mal langsam«, rief Christian und setzte sich gerade hin. »Soll das hier etwa 'ne Wette werden?«

Julie sprang auf den Zug auf. »Einsatz wie immer?«, schlug sie vor. »Fünf Dollar und 'n Sixpack?«

»Augenblick«, warf Andrew ein. »Das hier ist 'ne größere Nummer. »Ich wette 20 Dollar, dass er es hinkriegt!«

»Ach, wir spielen mit höheren Einsätzen?«, fragte Traci und grinste. »Na gut, dann setz ich 50 dagegen.« Ich hab schließlich gesehen, wie die Jungs auf ihren Rädern rumgefahren sind – mit ihren kleinen Ranzen und in gestärkten, langärmligen Hemden, und das bei 30 Grad ... ich schätze, diesmal hast du echt 'ne harte Nuss zu knacken, Baby!«

»Schwachsinn!«, rief Julie und lachte. »50, dass er es schafft, und ich bedien alle Tische, 'ne ganze Woche lang.«

Andrew zeigte mit dem Finger auf sie: »50 Lappen und *zwei* Wochen, dass er es nicht schafft!«

»Okay«, sagte Traci. »Ich schließ mich Andrew an. Niemals schafft er das!«

Julie setzte ihr Pokerface auf. »In Ordnung. Die Wette gilt?«

Andrew stellte vier kleine Gläser in einer Reihe auf und nahm eine Flasche Zimtschnaps aus dem Regal. »Abgemacht. Aber wir müssen einen Zeitrahmen festlegen. Ich will keine fünf Jahre warten. Er bekommt zwei Monate ... das ist die Deadline.«

»15. November? Müsste machbar sein«, sagte Christian. Sein Gesicht strahlte förmlich bei dieser Vorstellung. »Aber wie soll das jetzt genau vonstatten gehen? Es reicht, wenn ich einen von ihnen zu irgendwas rumkriege ... Blasen oder ...?«

»Und wir brauchen einen Beweis«, sagte Traci.

»Natürlich«, bekräftigte Julie. »Extra für unsere zynische New Yorkerin ...«

»Nicht zynisch«, verbesserte Traci. »Pragmatisch.«

Inzwischen hatte Andrew das letzte Schnapsglas eingeschenkt. »Okay, abgemacht«, sagte er. »Unterhosen. Ich hatte mal 'nen Mormonen-Kumpel in der Armee. Die haben so heilige Boxershorts ... so schimmerndes Material. Besorg uns eine von denen.«

Christian leckte sich die Lippen. »Heilige Unterhosen? So'n Quatsch! Das muss ich sehen!« Er rieb sich die Hände. »Na gut, in Ordnung. Ich bin einverstanden. Ich krieg einen von den Jungs dazu, seine Boxershorts auszuziehen.«

Traci hob ihr Schnapsglas. »Na dann, auf unsere Wette!«

»Kein Problem«, sagte Christian und hob mit den anderen sein Glas. »Gehen wir aus heute Abend?«

»Och nö«, maulte Andrew. »Nicht schon wieder das alte Spiel ›Christian reißt einen auf!‹«

»Na hör mal«, sagte Christian und glättete seine Krawatte. »Schließlich muss ich in Übung bleiben!«

»Auf das Üben!«, sagte Traci und hielt den anderen ihr Glas hin.

»Auf die heiligen Boxershorts!«, sagte Andrew.

Die Gläser klirrten. Sie tranken.

Aaron fragte sich, ob er auf dieser Mission genug Schlaf abbekommen würde. Ryders Schnarchen klang so, als ob jemand versuchte, einen Rasenmäher in Gang zu kriegen. Dass sein Bett nur einen halben Meter von Aarons stand, machte die Sache kaum erträglicher. Wie konnte so ein schmächtiger Typ einen derartigen Lärm veranstalten? Aaron lag auf seiner Bettdecke und versuchte sich gegen die Vorstellung zu wehren, Ryder einfach mit einem der verbeulten Kissen aus dem Fundus der Kirche zu ersticken. Das wäre alles andere als christlich. Er nahm seine ganze Willenskraft zusammen und versuchte, sich jedes einzelne Röcheln und Schnarchen als das liebliche Knarren von Ästen in einem sanften Sturm vorzustellen.

Es funktionierte nicht. Kein Sturm, nicht mal der allerübelste, klang dermaßen scheußlich. Wenn es nur das Schnarchen gewesen wäre, hätte Aaron es vielleicht ja noch irgendwie hingekriegt. Aber nein. Bei jedem dritten oder vierten Atemzug machten Ryders Lippen eine Reihe von kleinen Schmatzgeräuschen – wie eine ältere Dame, die ihrer Katze kleine Küsschen gibt. Aaron bemühte sich, sie mit Hilfe seiner Fantasie in das ›Plitsch-Platsch‹ von Regentropfen zu verwandeln, der unweit des Fensters in eine kleine Pfütze fielen. Aber auch das gelang ihm nicht. Er musste immer nur an Ryders schmale, zerkaute Lippen und die zähen Spuckefäden denken, die sich jedes Mal zwischen ihnen spannten, wenn er dieses widerliche Schmatzgeräusch fabrizierte. Es gab einfach keinen Ausweg.

Plötzlich hörte er draußen ein Geräusch. Stimmen. Schritte. Seine Lehrer im Ausbildungscenter hatten ihm geraten, in Los Angeles stets vor Verbrechen auf der Hut zu sein. Einem Geräusch da draußen sollte also besser auf den Grund gegangen werden. Wenn nicht in seinen Bungalow eingebrochen wurde, dann vielleicht in einen der anderen. Trotzdem – er wollte sich nicht wie ein aufgeregter Kleinstädter vorkommen, der gleich bei jedem Geräusch mit dem Fernglas zum Wohnzimmerfenster rennt. Er entschied sich für eine Kompromisslösung. Er ging zum Schlafzimmerfenster – und er rannte auch nicht. Stattdessen legte er den lautlosen Gang ein, den er bei den Pfadfindern gelernt hatte – das Anschleichen der Pocatello-Indianer. Ferse – Ballen, Ballen – Ferse, Ferse – Ballen …

Unter seinem Unterarm fühlte sich der Fenstersims kalt an. Aaron senkte den Kopf und steckte die Finger zwischen die Lamellen der Jalousie, um hinaus in den Hof spähen zu können.

Und da sah er ihn – den Schwulen, der am Morgen mit seiner Matratze kollidiert war.

Der, der mit dem Bier aufgetaucht war.

Die Jeans und das rote T-Shirt saßen eher wie ein Gymnastikanzug an seinem Körper als wie normale Kleidung. Aaron musste schlucken. Es sah beinahe obszön aus.

Er stand mit klimperndem Schlüsselbund vor seinem Bungalow und schien eine Weile zu brauchen. War er betrunken? Er hatte einen Typen bei sich, der sich neben der Tür herumdrückte: Ein riesiger Kerl – enorm breite Brust, dicke Oberarme, aber lange, spindelige Beine. Aaron kannte solche Jungen vom Schulsport in Pocatello oder auch von der Uni. Sie pumpten ihre Arme auf, weil sie sich dann männlicher vorkamen, vergaßen darüber aber total ihre Beine. Laut Harmon war es ein Kinderspiel, einen aufgepumpten Muskeltypen mit Stelzenbeinen beim Ringen zu Boden gehen zu lassen. Solche Jungs hatten kein Fundament.

Aaron spähte angestrengt. Die Jeans des Typen sahen aus wie Größe 20.

Endlich schien sein schwuler Nachbar den richtigen Schlüssel gefunden zu haben und öffnete die Tür. Er trat zur Seite, um den Stelzenmann reinzulassen.

Unter Homosexuellen ist Promiskuität weit verbreitet.

Die Worte schossen Aaron durch den Kopf wie eine Einflüsterung von Spencer W. Kimballs Geist. Doch was als Nächstes geschah, verstörte Aaron noch mehr. Sein Nachbar hielt in der Tür inne, wandte sich um und schien ihm geradewegs ins Gesicht zu starren.

Aaron war einigermaßen überzeugt, dass er nicht gesehen werden konnte. Im Zimmer waren alle Lichter gelöscht. Und dank des Mondscheins und einiger Leuchten, die dekorativ am Fuße verschiedener Palmen angebracht waren, war es draußen recht hell. Doch ganz sicher war er sich nicht. Und als sein Nachbar seinen hübschen Kopf frech zur Seite neigte und mit blitzenden Augen zu sagen schien

›Na, komm doch rüber und mach mit‹, spürte Aaron regelrecht, wie ihm der Boden unter den Füßen nachgab. Als der Fußboden wieder fest zu sein schien, war sein Nachbar verschwunden; die Tür von Bungalow 3B war wieder geschlossen, und Aaron wandte sich vom Fenster ab.

Er hatte etwas Schreckliches verspürt.

Wahrscheinlich hatte er das alles nur geträumt. Ja, das musste es gewesen sein. Er war wohl stehenden Fußes kurzzeitig am Fenster eingeschlafen.

Aaron ging zurück ins Bett und versuchte, trotz Ryders Geschnarche zu schlafen, gab dann aber auf und starrte stattdessen an die Zimmerdecke, bis die Gegenstände auf seinem Nachttisch – seine Uhr, das *Buch Mormon*, sein Missions-Tagebuch und ein Foto, das am Fuß der Nachttischlampe lehnte – langsam im sanften Licht der Morgendämmerung an Umriss gewannen. Aaron drehte sich auf die Seite, langte mit dem Arm zu seinem Nachttisch hinüber und nahm das Polaroidfoto mit den Eselsohren in die Hand – dasjenige, das seine Mutter ihm am Flughafen in die Hemdtasche gesteckt hatte. Er hielt es etwas schräg, damit Licht vom Fenster darauf fiel.

Sie sahen alle glücklich aus.

Aaron starrte auf das Foto. Er schniefte, ein leises, trauriges Schniefen.

Ryder warf sich herum und hob den Kopf. »Hey, verdammt noch mal, Ruhe da drüben, Mann!«

Stormin' Mormon

AARON HATTE DIE ZEIT im Missionary Training Center in Provo sehr genossen. Von dem Moment an, als er durch die große Eingangstür getreten war, hatte er eine Art Lebensziel vor Augen gehabt und ein Gefühl gespannter Erregung verspürt, das mit nichts vergleichbar war, was er je erlebt hatte. Er liebte die Strukturiertheit und Gleichförmigkeit der Abläufe dort. Vom morgendlichen Aufstehen bis zum Schlafengehen am Abend verlief jede seiner Aktivitäten nach Plan: Mahlzeiten, Gebete, Lernzeiten sowohl einzeln als auch in der Gruppe, Sport, Unterrichte, ja sogar das tägliche Duschen. All dies ermöglichte Aaron, sich auf die eine Sache zu konzentrieren: seine Beziehung zu Gott und seine Mission, die darin bestand, ihm zu dienen.

Und doch verlief Aarons Lehrzeit nicht typisch. Während seiner letzten Ausbildungswoche kam es zu einem ungewöhnlichen Vorfall. Aaron und die anderen Trainees hatten gerade im Speisesaal zu Abend gegessen – reihenweise junge Männer in weißen Hemden und mit schwarzen Namensschildern saßen an den Esstischen, tranken ihre Milch in großen Schlucken und verschlangen ihre Salisbury Steaks oder Truthahnburger. Von den Wänden hallte das Scheppern der Tabletts wider, das Klappern von Besteck und das unterschwellige Gemurmel von Gesprächen, die hin und wieder von Gelächter unterbrochen wurden.

Aarons Kollege, Elder Cox, hielt ihm ein rechteckiges gelbes Klebezettelchen hin: »Hey, Elder Davis, schau dir das mal an. Schon mal was vom ›Stormin' Mormon‹ gehört?«

»Nee«, sagte Aaron. Er nahm den Zettel und las: ›Elder Marx scheint ein kleines Problem mit Bremsspuren zu haben. Sollte ihm mal einer sagen – immerhin kommt Reinlichkeit gleich nach Frömmigkeit. Unterzeichnet: Stormin' Mormon, auch genannt der Post-it-Scherzkeks.‹

Aaron brach in Gelächter aus. »Was ist *das* denn?« Elder Marx war einer der strengeren Lehrer im Trainingscenter.

»Zeig mal her«, sagte Elder Todd »So 'nen ähnlichen Zettel hab ich neulich in den Toiletten gesehen.« Er nahm Aaron den Klebezettel aus der Hand, las die Notiz und spuckte dann prustend einen Mundvoll Milch quer über den Tisch. Plötzlich brach allgemeines Gelächter los. Irgendjemand warf mit einer Brötchenhälfte seines Truthahnburgers.

»Wen willst du eigentlich hier verarschen, Elder Todd? Wir wissen doch alle, dass du dahinter steckst!«

Elder Todd grinste über das ganze Gesicht. »Vielleicht«, erwiderte er, »vielleicht aber auch nicht.«

Elder Pead schnippte mit seinem Löffel eine Bohne auf Todd. »Mag zwar sein, dass du in die Hölle kommst, Todd, aber witzig bist du auf jeden Fall!«

Schon am nächsten Tag befanden sich mehrere gelbe Post-its an verschiedenen Orten im Trainingscenter: über dem Mülleimer in den Toiletten, an einem Schreibtisch in Zimmer Nummer 7, an der Seite des Stockbettes eines anderen Elders … Mit jeder albernen Notiz wurde ein anderer Lehrer auf die Schippe genommen. Einige Nachrichten waren witziger als andere, keine jedoch war sonderlich geschmackvoll. Beim Abendessen warteten die jugendlichen ›Sisters‹ und ›Elders‹ mit neuen Enthüllungen von Stormin' Mormon auf. Aaron war stolz darauf, dass einer seiner Zimmergenossen der Verfasser war, der für die Unterhaltung des Tages gesorgt hatte.

Doch noch am selben Abend sah alles ganz anders aus: Elder Todds Habseligkeiten waren für ihn gepackt worden, und Todd selbst wurde in den nächsten Bus nach Salt Lake City gesetzt und nahm den letzten Flug zurück nach Hause nach Oregon. Am nächsten Morgen hielt der Präsident des MTC im Speisesaal eine Ansprache an alle.

»Was mich am meisten an diesem so genannten Scherzkeks stört, ist die Tatsache, dass er eine Art Ermunterung seitens der Basis, also von einigen anderen Missionaren hier im Trainingscenter bekommen zu haben scheint, ja vielleicht sogar von seinen Zimmergenossen, die dafür verantwortlich gewesen wären, ihn auf den rechten Pfad zurückzuführen. Da sich hier also eine aufrührerische Mentalität verbreitet zu haben scheint, möchte ich noch einmal auf eine grundlegende Wahrheit zu sprechen kommen: Jeder Glaubensführer der Gemeinde, vom Ersten Präsidenten unserer Kirche bis hinunter zum Präsidenten der Mission und den Kreis- und Gemeindeführern handelt im Namen Gottes, des Herrn und Jesu Christi.« Der Präsident richtete sich auf und ließ seine wässrigen Augen über den gesamten Speisesaal wandern. »Und das Königreich Gottes ist keine Demokratie. Es ist eine Monarchie unter der Regentschaft Jesu Christi, seines Königs. Demzufolge kommt jeglicher Ungehorsam gegenüber euren hiesigen Lehrern, Kirchenlehrern, ja selbst unter euch, den Missionarsschülern, einem Ungehorsam gegenüber Gott und Jesus Christus gleich – respektloses Verhalten eingeschlossen. Ist das klar?«

Nachdem der Präsident seine Rede beendet hatte, lastete ein erschrockenes Schweigen über dem Saal, und keiner fühlte sich so schlecht wie Aaron und seine beiden Zimmergenossen Clarkson und Pead.

An diesem Nachmittag fiel der Unterricht aus, und alle Gruppen, in denen Todd gewesen war, wurden neu aufgeteilt.

Während der ersten zwei Tage nach diesem Vorfall versuchte Aaron zu büßen, indem er besonders hart arbeitete, lernte und betete. Doch so sehr er sich auch bemühte – er konnte nicht erkennen, worin nun eigentlich der Skandal mit dem Zettel schreibenden, selbst ernannten Scherzkeks bestehen sollte. Dann, am dritten Tag, zeigte einer der anderen Elders, ein gewisser Elder Conroy aus Buffalo, Aaron die kalte Schulter, weil dieser mit Elder Todd zusammen gewesen war. Außerdem behauptete Conroy scheinheilig, nichts, aber auch gar nichts von der ganzen Klebezettel-Geschichte mitbekommen zu haben.

Aaron seinerseits versenkte sich in die Bibel und arbeitete an seiner Beziehung zu Gott. Im Stillen jedoch fragte er sich, ob Jesus einem

Jungen, der nichts weiter als einen harmlosen Scherz im Sinn gehabt hatte, wohl mit einer derartigen Härte begegnet wäre.

Das Date wird angebahnt

∽◇∽

Ihre türkisfarbene Yogamatte unter den Arm geklemmt, trat Julie zur Tür hinaus. Sie blickte auf den Horizont in leuchtendem Orange, gähnte, reckte sich und setzte dann ihre Sonnenbrille auf. Sie war bereits ein Stück über den Hof gegangen, als sie einen jungen Mann sah, der auf der obersten Stufe der Treppe saß, die hinunter zur Straße führte. Sein in Navy-Hosen gestecktes weißes Oberhemd spannte über seinem kräftigen Rücken. Er schien etwas zu lesen. Das muss einer von den Missionaren sein, dachte sie, während sie sich ihm langsam von hinten näherte. Schade, dass Christian nicht hier ist – er könnte jetzt gut einen ersten Annäherungsversuch unternehmen. Ihre Wette lag jetzt fast eine Woche zurück, und es sah gar nicht gut aus. Die Missionare schienen nie in der Nähe zu sein. Und waren sie es doch einmal, dann immer gleich paarweise; sie setzten ihre Helme auf und fuhren auf ihren 10-Gang-Rädern davon. Christian hatte bislang mit keinem von ihnen auch nur ein Gespräch zustande gebracht, von einem Flirt ganz zu schweigen.

Julie trat noch näher an den jungen Mann heran. Das Haar des Missionars war extrem kurz geschnitten, adrett gescheitelt und lag am Kopf an. Nur oben standen ein paar Strähnchen ab. Sein Gesicht sah – dem wenigen nach zu urteilen, was sie von seinen Zügen erkennen konnte – fein geschnitten und unschuldig aus. Er sah im Grunde wie ein niedliches kleines Bübchen auf dem Weg zur Sonntagsschule aus.

Na, den würde sogar ich nehmen, dachte sie.

Als sie an ihm vorbei die Treppe hinunterging, fiel ihr Blick kurz auf seine Bibel. Sie war nicht überrascht. Was sonst sollte ein Missionar schon lesen? Die Bibel schien mit einer astronomischen Anzahl von kleinen, gelben Zettelchen gespickt, die aussahen, wie die geschnitzte Zahnreihe eines Kürbisses.

Was hat der da bloß gemacht? Jede einzelne Seite markiert?

Julie stieg die Treppe hinab. Unten, am Fuße, lief sie geradewegs Christian in die Arme.

»Hey, Fräulein«, rief er. Sein Körper, der sich unter der dünnen, senffarbenen, ärmellosen Nylonjacke scharf abzeichnete, verlangte geradezu danach, angebetet zu werden. »Wie süß du in deinen kleinen Samthöschen aussiehst! Wo willst du denn hin?«

»Zum Yoga«, erwiderte Julie. Dann ließ sie ihren Blick bedeutungsschwer die Treppe hinaufwandern. »Du bist gerade dort gewesen?«

»Ja«, sagte Christian und musterte selbstverliebt seinen gespannten Trizeps. »Heute waren die Arme dran.« Schließlich folgte er ihrem Blick, und als er sah, worauf sie ihn unauffällig aufmerksam machen wollte – seine Gelegenheit, 50 Dollar zu verdienen, seine Tische abgenommen und sein Ego gebauchpinselt zu bekommen –, weiteten sich seine Augen.

»Ui, hübscher Muskel!«, lobte Julie, doch ihre Augen sagten: Komm schon, ran an den Speck!

Nee, nee, lautete die Message, die Christian ihr telepathisch zurücksandte. Zu offensichtlich. Warum leitest du nicht was in die Wege, hm? – komm schon, Baby, bau mir mal 'ne Brücke.

Julie wandte sich um, grinste kurz über ihre Schulter zu ihm zurück und schritt die Stufen wieder hinauf.

Aaron war die ganze Zeit über in seine Bibel vertieft gewesen. Obwohl man von ihm erwartete, dass er den ganzen Tag lang fremde Haustüren abklapperte, war er doch ziemlich schüchtern, wenn es darum ging, mit seinen eigenen Nachbarn in Kontakt zu treten – besonders nach dem missglückten Auftritt mit dem Bier. Was, wenn der Typ mitbekommen hatte, was Ryder gesagt hatte? Die Sache war einfach nur peinlich.

Während er ein und denselben Satz immer wieder überflog – *Auch bete ich dafür, dass dein Herz sehe und erleuchtet werden möge, auf dass du die Hoffnung erkennst, zu der Er dich anhält* – spürte er plötzlich das leichte Tippen eines Fingers auf seinem Unterarm. Ein unbeschreibliches Gefühl, zumal er von keinem weiblichen Wesen mehr berührt worden war, seit er Pocatello verlassen und seine Mutter zum Abschied umarmt hatte. In diesem Augenblick vermisste er sie noch mehr. Er sah Julie an. Sie war schön mit ihren strahlenden, freundlichen Augen.

»Na du?« Ihre Stimme klang etwas rau, fast wie die eines Mannes, nur feiner. »Ich glaube, wir kennen uns noch nicht. Ich bin Julie Taylor.« Sie streckte ihm die Hand entgegen.

»Hallo«, erwiderte Aaron und schüttelte ihre Hand. »Ich bin ... Elder Davis.«

»Und ... was liest du da?«

»Ich ... ich lerne bloß 'n bisschen, du weißt schon. Ich dachte, ich mach das hier draußen, weil ... na ja, du siehst ja.«

Julie betrachtete die sonnenerleuchteten Bungalows mit ihren Stuckverzierungen, die Kakteen in den Töpfen und die strahlend roten Blüten der Bougainvillea. Über ihren Köpfen raschelten Palmwedel im leichten Wind. Die Vögel posierten und zwitscherten von den Drähten der Telefonmasten hinab.

»*Was* sehe ich?«

»Na ja, den Sonnenschein und so. Palmen ... Es ist einfach schöner, draußen zu sein, keinen Mantel tragen zu müssen und trotzdem nicht zu frieren. Ich komme aus Idaho. Da wird es kalt im Oktober.«

Sie runzelte mitfühlend die Stirn. »Ich verstehe. Hier ist das Wetter ja meistens so wie jetzt.« Dann legte sie den Kopf schief und rief zur Straße hinunter: »Hab ich nicht Recht, Christian?«

»Ja.«

Oh, dachte Aaron. Christian heißt er also. Er war ja neulich so stolz auf sein mitgebrachtes Bier, dass er sich nicht mal vorgestellt hat.

»Und?«, fuhr Julie fort, entschlossen, die Unterhaltung mit dem jungen Missionar weiterzuführen, »was macht ihr jetzt eigentlich genau?«

Aaron lächelte. »Wir sprechen mit den Menschen über unseren Glauben.«

»Ach, wirklich?«, erwiderte Julie. Christian unterhält sich gerne.«

Aaron warf ihm einen Blick zu. »Manchmal hilft es den Leuten, einen Sinn in ihrem Leben zu finden.«

»Wie interessant!«, sagte Julie. Sie trug wirklich ziemlich dick auf.

Christian kam die Treppe zur Hälfte heraufgestiegen. Plötzlich konnte Aaron ihn riechen, den Schweiß seiner Achseln, aber auch … boah! … diese andere Art von Schweiß.

Christian sagte: »Ja, wirklich interessant! Julie hat nämlich gerade neulich erst darüber geklagt, dass ihr Leben so sinnentleert ist.«

»Sinnentleert?«, entgegnete Julie fragend. »Ich hab ›sinnentleert‹ gesagt?«

»Ja-a!«

Aaron strahlte. »Na, vielleicht können wir euch ja mal besuchen und mit euch sprechen.«

»Würden wir echt gerne«, sagte Julie.

»Vielleicht morgen Abend?«

»Hmm … besser am Mittwoch«, sagte sie.

»Stimmt, Mittwoch wär besser«, bekräftigte Christian.

»Na gut, dann am Mittwoch!«

Aaron bedachte die beiden mit einem freundlichen, wenn auch schüchternen Lächeln. Dann schlug er seine Bibel zu, stand auf und kehrte zu seinem Bungalow zurück. Freudig schritt er durch die Haustür, um Ryder die gute Nachricht zu überbringen.

Christian und Julie sahen ihm nach.

»Bis dann!«, rief Christian ihm mit Nachdruck hinterher. Dann wandte er sich zu Julie und sagte: »Wie unauffällig!«

»Stimmt. Aber immerhin hab ich ja 50 Mäuse auf dich gesetzt.«

»Mach dir da mal keine Sorgen, der Bursche ist 'ne Klemmschwester, wie sie im Buche steht.«

»Meinst du das ernst?«, krächzte Julie.

»Schsch!«, machte Christian und hielt ihr den Mund zu, den Blick hinüber zur offenen Bungalowtür der Missionare gerichtet. Aber die Luft war rein. Er trat noch näher an Julie heran und flüsterte: »Natürlich mein ich das ernst! Glaubst du etwa, ich erkenne 'nen verklemmten Homo nicht auf den ersten Blick? Zum Beispiel hält er seine Arme immer ganz eng an den Körper gepresst. Und direkt ins Gesicht schauen konnte er mir auch nicht: Er ist in sieben verschiedenen Rottönen angelaufen. Und glaub mir – ich meine, du siehst geil aus, keine Frage –, aber er ist gewiss nicht deinetwegen rot geworden.«

»Du liebe Güte, du hast Recht.«

»Herzchen«, sagte Christian kokett. »Mach dir lieber schon mal Gedanken darüber, wofür du dein Geld ausgeben willst, denn sobald ich die Gelegenheit habe, mit dem Knaben in einem Zimmer zu sitzen, ist unsere Wette so gut wie gewonnen.«

Christian und Traci saßen am Tresen und falteten missmutig und schweigend Servietten. War die Ungerechtigkeit der Welt eigentlich noch zu steigern? Waren es immer die Verhassten, die Erfolg hatten? Gerade als beiden dieser Gedanke durch den Kopf ging, stolzierte ein Paar feindlicher Schenkel in schwarzem Lederminirock hinter ihnen über das Parkett. Zwei riesige Bodyguards bildeten die Nachhut. Wie zwei synchron geschaltete Apparate kreiselten die Barhocker von Traci und Christian um 45 Grad herum, und die beiden feuerten aus schmalen Augenschlitzen Geschosse auf ihre platinblonde Zielscheibe ab. Wofür hielt sich diese Person eigentlich?

»Gott sei Dank«, flüsterte Traci. »Endlich verschwindet sie.«

Andrew tauchte aus seiner zusammengekauerten Position hinter dem Tresen wieder auf. Die Augenpaare des Trios waren noch immer auf die Tür geheftet – bis sie endlich zufiel.

Andrew beugte sich vor, dabei ein Schnapsglas polierend: »Könnt ihr begreifen, dass ›Entertainment Weekly‹ sie als den neuen Liebling des amerikanischen Kinopublikums bezeichnet hat?«

»Diese Fotze?«, fragte Traci ungläubig. »Sie wollte, dass Julie an meinem Tisch weiter bedient, weil sie der Meinung war, ich hätte in letzter Zeit kein Bad genommen. Das muss die gerade sagen! Habt ihr gesehen, wie die gegessen hat?«

»Allerdings«, sagte Andrew. »Und habt ihr ihre Beine gesehen? Richtige Kalbshaxen!«

Christian neigte sich zu den anderen. »Ich wette, nach dem Sex riecht's bei der nach Rauchfleisch und nicht nach der Zigarette danach.«

Traci ließ ihre Serviette fallen und wieherte vor Lachen. Doch plötzlich erschien Lila. Sie hatte sich von hinten mucksmäuschenstill auf ihren Stuart-Weitzman-Absätzen herangeschlichen. »Andrew, Schatz, ein Glas von dem Cuvée bitte. Und, Kinder« – hier machte sie eine Kunstpause, um ihren glamourösen schwarzen Fummel zurechtzuzupfen – »ich will doch stark hoffen, dass wir nicht despektierlich über einen unserer geschätzten Gäste sprechen! Tratsch ist doch nun wirklich etwas Unwürdiges, besonders wenn es um Leute geht, die von der Natur etwas weniger begünstigt sind.«

»Weniger begünstigt?«, zischte Traci durch ihre zusammengebissenen Zähne. »Diese Kuh?«

»Schsch!« Christian legte sich den Finger auf die Lippen.

Andrew hingegen sprang auf Lilas Andeutung an. »Du weißt doch etwas! Komm ... sag schon.«

»Nein bitte, wirklich.« Lila griff sich ans Collier. »Ich würde doch niemals ausplaudern, wie sie ... also mit welcher Häufigkeit sie ... Ich meine, Saufgelage und Übergeben sind für das arme Ding doch nichts weiter als Aerobic-Übungen!«

Die drei stießen ein kollektives, schockiertes »Nein!« aus.

»Doch«, flüsterte Lila und blickte sich nach rechts und links um. »Und wenn man mich fragt, würde ich ihr empfehlen, den Schwerpunkt mehr auf das Übergeben als auf das Saufen zu legen.«

Andrew stellte ihr Glas auf den Tresen, und Christian nahm es in die Hand. »Hier, hier«, sagte er und hob es an, bevor er es seiner Chefin reichte.

»Dank dir, Liebes. Aber«, fügte sie hinzu, »sagen würde ich so etwas niemals. Klatsch ist die niedrigste Form des Diskurses. Ihr solltet ihn wirklich vermeiden, Kinder ... wenn irgend möglich.«

Dann bemerkte Christian etwas wie Zerbrechlichkeit in den Augen seiner Chefin. Er musterte ihr Gesicht. »Alles in Ordnung mit dir?«

»Absolut. Mir ging's nie besser.« Sie hob ihr Glas und trank dann einen kleinen Schluck. »Falls ihr mich braucht, ich bin im Büro und mache die Buchhaltung.«

Während sie davonging, fiel Christian etwas ein. »Ach so, du hattest übrigens wieder einen Anruf von Ben.«

Lila tat die Neuigkeit mit einer wegwerfenden Handbewegung ab und setzte ihren Weg durch die doppelte Schwingtür fort.

»Es klang irgendwie recht dringend«, rief Andrew ihr nach, doch zu spät. Lila war bereits verschwunden.

»Meinst du damit etwa«, fragte Traci, »dass Lila einen Lover vor uns geheim hält?«

»Hast du eben nicht zugehört?«, sagte Christian. »Klatsch ist die niedrigste Form des Diskurses.«

»Also, ich bitte dich!«

In diesem Moment kam Julie herangeschlurft, um ihre letzten Bons einzugeben. Sie hatte die Stunden damit zugebracht, einer Frau gegenüber höflich zu sein, die sie nicht ausstehen konnte, und sah dementsprechend ausgelaugt und eingefallen aus. Ihre Zöpfchen sahen selbst im zurückgebundenen Zustand schlaff aus. »Aargh!«, schrie sie plötzlich und trat gegen den Tresen. »Diese Drecksschlampe! Das ist kein Trinkgeld, das ist ... ein Almosen!«

»Hey, hey«, sagte Traci. »Reg dich ab, Julie. Himmel noch mal, wer hat dich denn so angepisst?«

»Na, wer schon«, sagte Andrew, »wenn nicht dieser geizige neue Star des amerikanischen Kinos?«

»Nein«, entgegnete Julie, »es ist ja nicht nur wegen des Trinkgelds. Ich hab auch sonst gerade total viel Stress.«

Christian legte seinen Arm um sie. »Wer macht meinem Mädchen denn Schwierigkeiten? Sag' schon. Hm? Ist es dieser neue A&R-Typ?«

Julie verdrehte die Augen und nickte.

»Wer ist das denn?«, fragte Andrew. »Ein neuer Lover von dir?«

»Sie geht ab und zu was trinken mit ihm«, erklärte Christian, »damit er sich endlich mal ihr neues Demo-Tape anhört. Und jetzt fürchtet sie um ihre Tugendhaftigkeit. Er ist übrigens ganz süß irgendwie ...«, er nahm seinen kräftigen Arm wieder von ihr und ließ seine Fingerknöchel knacken, »wenn ich also mal mit ihm reden soll ...«

»Jetzt komm, ich reiß mir den Arsch auf, damit ich ein gutes Demo-Tape vorlegen kann, und jetzt will sich das kein Mensch anhören. Und dieser Typ? Ist doch klar, der will mich doch bloß ins Bett kriegen.«

»Armes Kleines«, schnurrte Traci. »Ich fand ihn übrigens auch schnuckelig.«

Julie sah sie an. »Du würdest deiner Karriere also mit Sex auf die Sprünge helfen?«

Traci nickte. »Ich hab sogar New York dafür verlassen, was ist da schon ein bisschen Sex?«

»Schätzchen«, sagte Andrew, »ich hab mal 'nem Typen einen geblasen, bloß damit er meine Wohnung verlässt. Sex für mein berufliches Fortkommen wäre dagegen geradezu nobel. Ach, übrigens, wo wir gerade von Karriere und Sex sprechen: Wie läuft eigentlich das kleine Projekt ›heiliger Höschen-Klau‹, Christian?«

Julie wirkte sofort wieder aufgeheitert. »Sie kommen am Mittwochabend zu uns rüber.«

»Wer?«, fragte Traci atemlos.

»Die Mormonen-Jungs.«

»Nein!«

»Doch!«

»Und wieso?«

Christian grinste. »Zum Flaschendrehen, wenn ich meine Trümpfe richtig ausspiele.«

Lila Montagne war die wandelnde Verkörperung von Glamour und Grazie. Doch diese Eigenschaften verpufften, sobald sie ihr Büro betrat. Ihr ausladender Teak-Schreibtisch, ein Import aus Bali, war übersät von Kleinkram, Steuerformularen, Quittungen und ungeöffneten Werbesendungen. An den Wänden des drei mal vier Meter kleinen Kämmerleins hing ein Sammelsurium von Reiseandenken und Filmset-Souvenirs, rot-goldenen, schief drapierten Wandteppichen und verstaubten, gerahmten Schwarzweißfotos. Hier konnte sie sich gehen lassen und ganz sie selbst sein. Und das tat sie jetzt, während sie an ihrem Schreibtisch kauerte und auf einer Plastik-

Büroklammer herumkaute, den Hörer eines vorsintflutlichen Telefons mit Wählscheibe ans Ohr gepresst.

»Ben, ich habe darüber nachgedacht!«

Ihre von zweigeteilten Brillengläsern bedeckten Augen wanderten zu einem großen, gerahmten Foto an der Wand hinüber, auf dem eine heißblütige, umwerfend schöne und weitaus jüngere Version ihrer selbst einem blendend aussehenden Mann, der auf einem Regiestuhl saß, lässig einen Arm um die Schulter schlang.

»Aber ich bin noch nicht so weit, eine derart weitreichende Entscheidung zu treffen.«

Christian, der plötzlich in der Tür stand, lenkte ihre Aufmerksamkeit auf sich. Er stand wie angewurzelt dort, schockiert, seine Chefin so zu sehen – nicht so sehr wie eine elegante, alternde Leinwand-Diva, sondern eher wie eine erschöpfte Buchmacherin in ihrem Wettbüro. Er wusste zwar, dass seine Chefin insgeheim eine Schlampe war, aber er hatte sie noch nie derart hingelümmelt gesehen – fast maskulin.

»Ich muss Schluss machen. Okay, ich ruf dich wieder an.« *Kling*. Lila legte auf, setzte sich gerade hin, nahm ihre Brille ab und beäugte ihren schlimmsten – aber bei weitem liebsten – Angestellten.

Christian kam mit einem kleinen Papierstreifen in der Hand auf sie zu. »Hier ist Ihre Bestellung, Madame.«

»Danke«, sagte Lila.

Er legte den Zettel vor sie hin und wandte sich dann zum Gehen. Im Türrahmen angekommen, zögerte er.

»Ja? Gibt es noch etwas?«

Christian machte einen schüchternen Schritt zurück in ihre Richtung. »Alle glauben, dass dieser Ben dein heimlicher Geliebter ist. Aber das ist er nicht. Er ist Arzt, stimmt's?« Christian hielt inne, um ihre Reaktion abzuschätzen, doch sie starrte ihn bloß leer an. »Ist alles in Ordnung ... ich meine, geht's dir gut?«

Lila verbarg sich hinter einer Maske der Coolness. »Junger Mann, ich lasse es nicht zu, in meinem eigenen Etablissement Opfer von Klatsch und Tratsch zu werden. Verstehst du mich?«

»Ja, natürlich. Tut mir Leid.« Christian schlich sich davon wie ein gescholtener Hund.

Lila sah ihm nach, nahm einen Schluck Wein und begann, verschiedene Papiere hin- und herzuschieben. Dann blickte sie mit großen, verschwommenen Augen nochmals auf das Foto an der Wand. Sie seufzte. »Du warst schon immer schwierig, Henry, aber *das* … das ist jetzt wirklich die Krönung.«

TRACI

TRACI LEVINE LEBTE MITTLERWEILE seit etwas mehr als drei Jahren in Los Angeles. Anfangs hatte sie noch hochfliegende Pläne gehabt. Sie hatte in Vassar einen Abschluss im Fach Darstellendes Spiel gemacht, nachdem sie zunächst in ihrem zweiten Studienjahr Schauspielunterricht genommen hatte. Sie liebte das Spielen, die Arbeit im Bereich Bühnenbild und Lichtregie, doch am allermeisten das Gemeinschaftsgefühl, das sich bei der Zusammenarbeit mit einer guten Gruppe von Leuten und dem Zuwegebringen eines Projekts einstellte. In ihrem letzten Studienjahr hatte sie mehrere größere Rollen gespielt, darunter die Hedda in *Hedda Gabler* und die Grace in *To Sir With Love*. Diese Erfolge verliehen ihr das nötige Selbstvertrauen, um nach New York zu ziehen und dort ihre Schauspielkarriere weiterzuverfolgen. Außerdem zogen alle ihre Freunde dorthin.

Ihre Eltern, die in Great Neck, Long Island wohnten, waren nicht sonderlich begeistert von ihrem Entschluss; ihr Vater, ein Orthopäde, der sich auf Füße spezialisiert hatte, hatte aus unerfindlichen Gründen die Hoffnung gehegt, dass sie eines Tages in den Auswärtigen Dienst gehen würde. Als Traci nach zwei Monaten in New York erst ein einziges Vorsprechen bei einer Hinterhof-Produktion von Tennessee Williams' *Die Nacht des Leguans* bekommen hatte – abgesehen von einer kleinen Rolle in einem noch kleineren Werbespot –, teilte ihr Vater ihr mit, dass er sie enterben würde, sollte sie ihren Beschluss nicht noch einmal überdenken.

Das Gespräch war sehr hart gewesen. Ihr Vater war wegen eines Termins mit seinem Steuerberater in die Stadt gekommen und traf sich mit Traci direkt im Anschluss an diesen Termin zum Mittagessen.

»Übrigens, Dad, ich hab 'ne Rolle in einem Werbespot. Ich komm sogar ins Fernsehen damit!«

»Ach, wirklich?« Er schien interessiert. »Ist ja toll. Was für 'ne Werbung denn? Haare? Auto?«

»Nein, für ein Insektenspray. Ein neues Produkt ... es heißt ... *Keep Away* ...« Sie sah, wie die Gesichtszüge ihres Vaters erschlafften.

»Insektenspray? *Keep Away?* Davon hab ich noch nie was gehört.«

»Na ja, weil es eben neu ist, Dad«, sagte Traci rasch. »Aber Marktanalysen haben ergeben, dass es ziemlich erfolgreich sein dürfte ...«

Er unterbrach sie. »Wie erfolgreich soll denn bitteschön ein Insektenspray werden?«

»Jetzt mal im Ernst, Dad. Das ist 'ne große Chance für mich. Es ist der erste Werbespot für das Produkt, und ... Du hast doch schon mal vom westlichen Nil-Virus gehört, oder?«

»Was verdienst du damit?«, fragte er schroff und biss misslaunig in sein Club-Sandwich.

»Na ja, 1000 Dollar – aber es könnte Tantiemen geben. Ich kenne jemanden, der von nichts anderem als Werbetantiemen reich geworden ist. Also auch wenn es nicht besonders viel ist, könnte es ... letzten Endes zu ...«

Dr. Levine legte sein Sandwich hin und lehnte sich in seinem Stuhl zurück. »Traci«, begann er gewichtig, »es sind jetzt schon zwei Monate, und das ist der erste richtige Job, der dir angeboten wurde, stimmt's?«

»Ja, aber ...«

Er hob die Hand. »Lass mich ausreden, Traci. 1000 Dollar halten dich in dieser Stadt nicht mal eine Woche über Wasser. Hör zu, ich habe mit deiner Mutter geredet, und wir sind nicht sicher, ob wir dich noch länger unterstützen können, während du herumtingelst und versuchst, Schauspielerin zu werden. Hast du überhaupt eine *Ahnung* davon, wie groß die Konkurrenz ist?«

Traci seufzte. »Dad, ich tingele nicht herum, verdammt noch mal!« Sie wurde laut, und jeder im Restaurant konnte sie hören. »Ich meine, so was dauert nun mal seine Zeit. Man kann nicht so mir nichts, dir nichts über Nacht Schauspieler werden. Aber ich knüpfe so langsam meine ersten Kontakte, und wenn du und Mom mir einfach nur eine Chance geben würdet, dann ...«

Dr. Levine unterbrach sie erneut. »Deine Mutter und ich, wir werden dafür sorgen, dass du bis zum Ende des Monats genug Geld hast. Wir haben für deine vier Jahre in Vassar gezahlt, und das ist, wenn ich dir das in Erinnerung rufen darf, nicht gerade die billigste Schule. Und wir haben es gern getan. Aber jetzt reicht es, Traci. Das hier ist kein Spielplatz mehr. Du musst jetzt selbst die Verantwortung übernehmen, und deine Mutter und ich finden, wenn ich das mal so offen sagen darf, dass deine Berufswahl ziemlich fragwürdig ist.«

Tracis Arme und Beine waren eiskalt geworden. »Meine Berufswahl ... *fragwürdig*? Dad, Schauspieler ist ein vollkommen seriöser Beruf! Bloß weil ich nicht UN-Botschafterin werden will, brauchst du mir nicht gleich vorzuwerfen, dass das, was ich mache, fragwürdig ist.«

Dr. Levine nahm einen Schluck von seiner Sprite und setzte eine nachdenkliche Miene auf. »Nun ja, es spräche schon einiges für eine Laufbahn im diplomatischen Dienst. Das wäre solide, verlässlich und interessant.«

»Interessant für dich vielleicht«, entgegnete Traci schmollend. »Aber für mich ... also ... na ja, für mich eben nun mal nicht.«

»Warum denkst du nicht wenigstens mal darüber nach, es zu versuchen? Deine Mutter und ich haben das Ganze durchgesprochen, und wir sind übereingekommen, dass wir dir den Unterricht in Chinesisch am City-College finanzieren würden. Das ist nun wirklich eine Sprache, die dir alle Türen öffnen würde. Nur wenige Jahre noch, und China ist der größte Markt der Welt ...«

Traci biss die Zähne aufeinander. »Ich habe ... kein ... Interesse! Außerdem hasse ich chinesisches Essen. Ich liebe nun mal die Schauspielerei! Mein Herz hängt daran, und deshalb werde ich auch genau das machen!«

Ihr Vater sah sie missbilligend an. »Deine Mutter und ich hatten gehofft, dass du für unseren Vorschlag dankbar sein würdest. Aber offensichtlich haben wir uns da getäuscht.« Er ließ seine Gabel lautstark auf den Tisch fallen. »Wie dem auch sei, Traci. Wenn du also unbedingt *Schauspielerin* werden willst – er sprach es wie ein Schimpfwort aus –, »wirst du ab Ende des Monats alleine für dich sorgen müssen. Wenn du Erfolg hast, dann werden wir die ersten sein, die dich dazu beglückwünschen. Viel Glück also!« Er gab dem Kellner ein Zeichen und verlangte nach der Rechnung.

Und ihr Vater hatte ja Recht gehabt. Ihr erster Werbespot hatte keineswegs zu der Fülle von Folgeaufträgen geführt, die Traci sich erhofft hatte. Sie nahm die 1000 Dollar entgegen, die ihr der Insektenspray-Spot eingebracht hatte, und folgte dem Rat eines Freundes, der darauf bestand, dass sie den Löwenanteil des Geldes in ein One-Way-Ticket nach Los Angeles investierte.

Eines Tages dann – sie hatte noch genau zehn Dollar in der Tasche und kam gerade von einem missglückten Vorsprechen – sprang ihr ein Zettel in die Augen, der in einem Restaurant namens ›Lila‹ ausgehängt war, und auf dem stand AUSHILFE GESUCHT. Der Rest war wie ein Wunder: Sie ging hin, bekam den Job, und seitdem war es bergauf gegangen.

Das erste Date

In Erwartung des Tages, an dem das Magazin ›Architectural Digest‹ einen Beitrag zum Thema ›Mietpreisgebundenes Wohnen in Hollywood‹ bringen würde, hatten Christian und Julie ihr Apartment renoviert. Sie hatten jedes der winzigen Zimmer in einer leuchtend-fröhlichen Farbe gestrichen und die Schwellen und Türleisten geweißt. Einzelne Wände hatten sie besonders akzentuiert. Diverse Objekte aus der Popkultur – wie die sprechende Puppe aus *Planet der Affen*, die neben dem Toaster saß – trugen zu einer gewissen Selbstironie und Verspieltheit bei. Hier und dort fungierte ein antiker Sessel oder Schreibtisch als Hintergrund für die billigen Ikea-Möbel. Pflanzen gab es in Hülle und Fülle.

Julie saß im Schneidersitz in Socken auf dem Sofa, Christian lümmelte breitbeinig und mit Flipflops neben ihr. Beide trugen ausgewaschene Jeans und T-Shirts in leuchtenden Farben und sahen die beiden jungen Männer lässig an, die ihnen gegenüber auf zwei Secondhand-Sesseln in ihren weißen Oberhemden und mit ihren marineblauen Krawatten saßen. Elder Davis, der hübsche blonde Missionar, mit dem sie sich an der Treppe unterhalten hatten, hatte ein aufgeschlagenes Album mit religiösen Abbildungen auf dem Schoß und redete unentwegt von einem Typen namens Joseph Smith und irgendwelchen goldenen Tafeln, die vom Himmel herabgefallen waren.

Christian drehte und zwirbelte mit den Fingern an einer seiner Locken herum. Er schien von Aarons Worten gebannt zu sein, war jedoch tatsächlich von dessen Lippen fasziniert und verpasste ihm in Gedanken einen neuen Look. Die Augenbrauen müssten gezupft werden, die Krawatte muss definitiv weg ...

Julie stupste ihn an. Er schwankte leicht hin und her. Sie stieß ihn nochmals etwas fester an.

»Was? Oh ...«

Aarons Gesicht strahlte regelrecht vor Beflissenheit. Seine Brauen hoben sich leicht, seine Augen glänzten. » ... und so hat nun also Gott durch Joseph Smith die wahre Kirche Jesu Christi auf Erden wiedererrichtet.« Er hielt mit liebevollem Blick bei dem letzten Bild des Albums inne, auf dem ein besorgt blickender Jesus Christus zu sehen war. »Irgendwelche Fragen?«

Christian hob die Hand. Sein gelbes T-Shirt war unter der Achsel ein wenig feucht geworden. »Ich hätte da eine«, sagte er. »Wie kommt es, dass wenn Gott zu Joseph Smith spricht, der dann ein Prophet wird, während ich schizophren werde, wenn er zu mir spricht?«

Ryder kniff die Augen genervt zusammen, ging dann aber doch auf Christians Frage ein. »Tja, Smith war eben ein ganz besonderer Mensch ...«

»Und wie denkt eure Kirche über Schwarze?«, fragte Julie.

»Das ist eine gute Frage.« Aaron sah Ryder an. »Seit 1978 ist es Schwarzen erlaubt, das Priesteramt zu bekleiden.«

»*Erlaubt*?«, fragte Julie nach und verschränkte die Arme.

»Seit der Disko-Ära«, kommentierte Christian. »Das nenne ich progressiv.«

»Und wie steht es mit Frauen?«, fuhr Julie fort.

»Ja«, fiel Christian ein, »seit wann dürfen Frauen Priester werden?«

Ryder schaute ihn unmutig an. »Frauen werden bei uns keine Priester. Für Frauen ist die Rolle der Ehegattin und Mutter vorgesehen, sie haben so an den Segnungen Teil.«

»Siehst du, Julie?«, sagte Christian und tätschelte Julies Knie. »Teilhabe. Teilhabe ist gut.«

Julie warf ihm einen scharfen Blick zu und fuhr dann mit völlig regloser Miene fort: »Christian hat sich nämlich auch gefragt, wie die Haltung eurer Kirche zur Gleichberechtigung von Schwulen und Lesben ist.«

Eiseskälte breitete sich im Zimmer aus. Moleküle verharrten still auf ihren Bahnen. Staubpartikelchen in der Luft verließen ihre Flugbahnen.

Aaron räusperte sich. »Na ja, also ... ähm ...«

»Homosexuelle Gleichberechtigung gibt's bei uns nicht«, verkündete Elder Ryder. »Die Worte ›homosexuell‹ und ›Recht‹ gehören nicht einmal in ein und denselben Satz.«

Christian neigte sich vor. »Ach so, dann schätze ich mal, dass ›Recht‹ und ›politisch rechts‹ wohl eher zusammenpassen bei euch?«

Elder Ryder starrte ihn unnachgiebig an. »Ja. Gott hasst Homos.«

Die Luft im Raum fühlte sich stickig und unwirklich an. Jedes kleinste Geräusch trat deutlich hervor: das Ticken einer Mickey-Mouse-Uhr an der Wand, das elektrische Surren des Kühlschranks, das Knarren des Sofas, als Julie sich ein wenig bewegte. Jemand schluckte.

Unvermittelt stand Christian auf. Er beugte sich zu Ryder vor und setzte ihm den Finger auf die Brust: »Du kommst in mein Haus und erzählst mir, dass Gott die Schwulen hasst?«

»... und die Franzosen«, fügte Aaron rasch hinzu.

Ryder wandte sich zu ihm um. »Gott hasst die Franzosen?«

Christian richtete sich wieder auf und stemmte die Hände in die Hüften.

Aaron zuckte die Achseln. »Na ja, jeder hasst doch die Franzosen.«

Christian lächelte.

Julie brach in lautes Gelächter aus.

Mormonen missionieren stets paarweise. Warum wohl? Damit die verirrten Seelen keine Chance gegen sie haben. Als Elder Ryder selbst noch ein Greenie gewesen war, hatte ihn eine absolut interessierte und intelligent scheinende Venezolanerin mit seinem Begleiter zu sich eingeladen und den beiden eine Tasse Kräutertee und ein Tellerchen mit Keksen vorgesetzt, nur um dann mit Statistiken über Rassismus und Frauenfeindlichkeit der Kirche um sich zu werfen. Wie sich herausstellte, war sie eine radikale Professorin – Frauenforschung, Ryder war sich da ganz sicher, hatte sie ihr Fach genannt, was immer das auch sein mochte. Noch immer suchten ihre bösen, verkniffenen Lippen und ihre gefurchten Augenbrauen Ryder manchmal in seinen nächtlichen Alpträumen heim. Und dann war da jener alte Rentner gewesen, der langsam aufgestanden und aus dem Zimmer geschlurft war –, um kurz darauf mit einer abgesägten Schrotflinte zurückzukehren. »Ihr wollt mir also sagen, dass ihr die Bibel neu geschrieben habt, ja?«, hatte der Alte gebrüllt und mit seiner Knarre herumgefuchtelt wie ein altersschwacher Rambo. »Schafft eure selbstgerechten Ärsche raus aus meinem Haus, aber sofort!«

Ryder hatte Aaron diese Worst-Case-Szenarios geschildert, bevor die beiden zu ihrer ersten Mission ausgeschwärmt waren. »Das Prinzip des Zweiergespanns«, hatte er ihm erklärt, »besteht einzig und allein darin, dass der eine dem anderen Rückendeckung geben kann.«

Tja, und nun hatte Aaron versäumt, Ryder den Rücken zu decken. Stattdessen musste er sich später, als er zu Hause den Kühlschrank nach Milch durchforstete, Ryders Enttäuschung anhören:

»Meine Mutter war Französin!«

Aaron richtete sich auf, schloss die Kühlschranktür und öffnete mit seiner freien Hand die Tür des Wandschranks, um ein Glas herauszunehmen. »Das erklärt einiges.«

Ryder lief krebsrot an.

»Hör mal«, fuhr Aaron fort, während er sein Glas eingoss, »was du da vorhin gesagt hast, war total daneben – dass Gott die Homosexuellen hasst. Gott hasst niemanden.«

»Ach hör doch auf!«, entgegnete Ryder. »Weißt du, was dein Problem ist?«

Aaron stellte den Milchkarton auf der Arbeitsfläche ab. »Na, was?«

»Ihr mit eurem Schmus von wegen, wir sind doch alle Gottes Kinder und dieser ganze Mist ... Ein Grund, warum wir unterwegs sind, mein Sohn, ist, die Sünder zur Buße zu rufen.«

»Und wer zu den Sündern gehört, entscheiden wir, ja?«

»Die Entscheidung ist doch längst getroffen! Ich meine, wir sitzen da drüben bei den beiden, und plötzlich stellen die ihre blöden Fragen von wegen: ›Wie ist eure Kirche denn Schwarzen gegenüber eingestellt?‹ und ›Wie ist die Haltung eurer Kirche Frauen gegenüber?‹, und dann der ganze Schwuchtelkram. Und du meinst, die wollten uns nicht ködern? Du meinst, die hätten das nicht alles von vornherein geplant? Schalt mal dein Gehirn ein, Greenie. Und genau deshalb bin ich ja auch der Missionarsälteste hier.« Ryder ging in der Küche auf und ab. »Und was *sie* angeht ... was wissen wir denn schon? Die könnte doch auch eine von denen sein, von diesen ...«, hier senkte er seine Stimme zu einem Flüstern, » ... diesen ... na du weißt schon.«

Aaron lehnte sich gegen die Küchenzeile. »Von diesen *was*?«

Ryder verdrehte ungeduldig die Augen. »Na, von diesen Les-bi-erinnen. Stell dich doch blöder als du bist. Denk doch bloß mal an Sodom und Gomorra ... und du willst denen gegenüber auch noch verständnisvoll sein!«

»Richte nicht über andere, und über dich wird nicht gerichtet werden.«

»Und was soll das jetzt sein?« Ryder griff nach der Milch und trank aus dem Karton.

»Das sind Jesus' Worte. Das steht in der Bi-bel!«

»Ach ja? Und was ist mit ›Und wer gegen mich sündigt, den sollst du richten‹? Das steht im *Buch Mormon*, oder etwa nicht?«

»Wow«, sagte Aaron und sah sich in der Küche um. »Da kennt ja einer die Heilige Schrift!«

Ryder wischte sich das Kinn trocken. »Ja«, sagte er. »Ich kenne die ein oder andere Stelle. Verstehst du, du kommst als Söhnchen eines Gemeindepäsidenten aus Pocatello hierher und riskierst 'ne dicke Lippe, bloß weil du 'n paar Sprüche zitieren kannst. Du brauchst dich hier nämlich nicht so aufzuführen, als ob ich irgend so'n blöder Laie wäre! Du bist nichts Besseres als ich, und du bist auch nicht besser als jeder andere Freak hier in dieser durchgeknallten Stadt!« Ryder atmete schwer, als er am Ende seiner Gardinenpredigt angelangt war.

»Stimmt, keiner von uns ist was Besseres«, sagte Aaron. »Genau das meinte ich ja vorhin.«
»Ach, halt doch die Klappe.«

Nachdem Julie – schnell und halb zum Scherz – die Heiligkeit ihres Wohnzimmers mittels eines rituellen Räucherstäbchenanzündens wiederhergestellt hatte, reichte sie Christian ein Bier. »So«, sagte sie dann und setzte sich ihm gegenüber in den Sessel. »Das war doch jetzt absolut schräg, oder?«

»*Absolut* schräg!«, wiederholte Christian. »Ich dachte immer, Mormonen wären freundliche Strahlemänner, so propere kleine Roboter Gottes eben. Aber dieser Ryder ... meine Herren! Ziemlich bärbeißiger Typ. Und was sollte der Mist mit dem ›Elder‹ andauernd? Haben die keine Vornamen?«

»Ich weiß«, entgegnete Julie lachend. »Sind die gerade mal 18, oder was? Aber rumlaufen wie Businesstypen Mitte 30!«

»Willst du wissen, wie die sich anziehen?«

»Wie wer?«, fragte Julie.

»Wie wir ... in unseren albernen Arbeitsuniformen.«

»O mein Gott! Jetzt tun sie mir erst recht Leid.«

Christian trank den letzten Schluck seines Bieres. »Weißt du«, sagte er dann und zupfte sich an einer seiner Locken. »Ich finde trotzdem, dass der Blonde süß ist.«

»Süß?«, fragte Julie. »Ich dachte, du fandest ihn verklemmt.«

»O ja«, erwiderte Christian mit einem Lächeln. »Süß *und* verklemmt ...«

»Und du bist echt sicher, dass er 'ne Klemmschwester ist?«

Christian sah Julie an. »Kein Zweifel.«

»Und wenn das bloß typisch mormonisch ist?«

»Glaub mir, ich weiß, wovon ich rede.«

»Süß ist er, das stimmt schon«, sagte Julie und seufzte. »So ernst.«

Christian räkelte sich wie eine Katze auf dem Sofa. »Genau ... so aggressiven Typen wie diesem Ryder würde ich niemals hinterhersteigen.«

»Ist mir schon klar. So ein Blödmann.«

Christian zwinkerte und fügte verschlagen hinzu: »Und doch hatte ich den Eindruck, dass du ihn ein kleines Bisschen mochtest …«

»Ja klar, bestimmt!«

»Nein, im Ernst. Ich hab da ziemlich intensive Schwingungen zwischen euch beiden gespürt.«

Julie sprang auf und versuchte, Christian eines der plüschigen blauen Sofakissen aufs Gesicht zu drücken. »Ist ja widerlich! Seit wann stehe ich denn bitteschön auf blasse, zugeknöpfte Bubis?«

»Komm schon, Fräulein«, neckte Christian sie weiter. »Vielleicht musst du einfach mal deinen Horizont erweitern. Jedenfalls hat er auf jeden Fall auf dich gestanden.«

»Ach, halt die Klappe!«

»Okay, okay, schon gut … ich hör schon auf, war ja nur'n Scherz. Ich sage ja nur, dass du in seiner kranken Chauvi-Fantasie wahrscheinlich die absolute Verführerin für ihn darstellst. Jedenfalls hast du bei ihm die richtigen Knöpfe gedrückt.«

Julie dachte kurz darüber nach. Dann warf sie das Kissen nach Christian und sagte: »Du bist echt widerlich.«

»Vergiss nicht, Baby, dass sich unter diesen spießigen Anzughosen … ich sag nur: Bullenklöten!«

In dieser Nacht träumte Christian von einem abgedunkelten Hotelzimmer und von einem blassen, blonden Missionar, dessen Kleidung im Halbdunkel an ihm schimmerte wie flüssiges Silber. Er streckte Christian panisch die Hand entgegen, während er rückwärts in einen tobenden, blendend weißen Schneesturm gezogen wurde. Christian streckte die Hand nach ihm aus, doch als er das tat, begann die Kleidung des Missionars sich irgendwie auszudehnen und Christian zu umhüllen, ja ihn einzukapseln wie in einen riesigen Kokon. »Warte!«, schrie Christian, während der Kokon zu einem Lichtball wurde, aufstieg, zu einem intensiv leuchtenden weißen Fleck zusammenschrumpfte und dann langsam verschwand.

Das zweite Date

Nintendo ist nicht bloss ein Spiel für kleine Kinder. Auch junge Erwachsene können es spielen.

Christian saß mit dem Rücken gegen die Couch gelehnt, in rotem Tanktop und schwarzen Trainingshosen breitbeinig auf dem Fußboden, den Joystick zwischen seinen Schenkeln. Seine Daumen bewegten sich mit galaktischer Geschwindigkeit, und seinen Augen schossen über den Bildschirm.

Plötzlich huschte ein Schatten über die zugezogenen Stoffvorhänge.

War das vielleicht …?

Christian ließ von seinem Spiel ab, sprang auf die Füße und lief zum Fenster. Neugierig zog er mit einem Finger den Vorhang ein Stück zur Seite und spähte durch die Holzlamellen der Jalousie – gerade noch rechtzeitig, um einen kurzen Blick auf den blonden Missionars-Boy zu erhaschen, wie er über den Hof hastete. Christian schaute zu, wie sich die Muskeln beider Arschbacken seines Nachbarn spannten und dann auf der Treppe hinunter zur Waschküche verschwanden. Währenddessen schien deren Besitzer Mühe zu haben, die Kontrolle über seinen Wäschekorb aus beigefarbenem Plastik und eine riesige Flasche Flüssigwaschmittel zu behalten.

Christian leckte sich die Lippen. Endlich die Gelegenheit, mit dir allein zu sein, Freundchen, dachte er.

Der erfahrene Verführer brauchte nicht lange, um eine spärliche Menge an Buntwäsche zusammenzuklauben; seine Arme bewegten sich dabei sogar noch schneller, als es seine Daumen zuvor beim Spielen getan hatte. Er schleuderte die Sachen in einen Wäschekorb und sprintete aus der Haustür.

Doch als er die Waschküche betrat, bot sich ihm ein überraschender Anblick: Der arme Missionar stand über eine Waschmaschine gebeugt, den Kopf auf die Arme gestützt. Weinte er? Wenn ja, dann konnte er jetzt wahrscheinlich keine Gesellschaft gebrauchen. Doch noch bevor Christian umkehren und wieder verschwinden konnte, schlug die Tür hinter ihm zu.

Aaron richtete sich auf, sah Christian und bemühte sich trotz seiner geröteten Augen, einen unbekümmerten Eindruck zu machen. Er griff nach einer Levis und stopfte sie in die Waschtrommel.

Christian trat einen Schritt auf ihn zu. »Alles in Ordnung?«

Aaron tat so, als studiere er die Beschriftung des Drehknopfes. »Ähm, ja ... alles bestens.«

Christian stellte seinen Wäschekorb ab. »Zugeschnürte Kehle, was? Ich versteh schon ...«

»Was? Ach so ...« Aaron rang sich ein Lächeln ab. »Nein wirklich, alles in Ordnung.«

»Hör zu«, sagte Christian. »Wenn irgendetwas ist, kann ich ja vielleicht nachher noch mal kommen ...«

Aaron sah ihn direkt an. Dann hob er hilflos die Hände. »Vielleicht habe ich einfach Heimweh, okay?«

»Heimweh? Nach *Idaho*?«

Aaron zuckte zusammen. »Na gut, du hast ja Recht«, sagte er und musste dann selbst lachen.

Christian steckte ein paar knappe Badehosen in die Maschine. »Sorry. War nicht so gemeint. Es ist bloß ... na ja, als ich von zu Hause weg bin war das die totale Befreiung. Aber wenn ...« Er hielt kurz inne; ihm schien etwas eingefallen zu sein. »Du bist noch nie von zu Hause weg gewesen, oder?«

»Was?«, fragte Aaron verwirrt. »Doch, schon. Klar war ich schon mal weg von zu Hause, bloß eben nicht gleich zwei Jahre.«

»Es gibt Schlimmeres«, entgegnete Christian mit gespieltem britischem Akzent. »Regenwetter, zum Beispiel.«

Aaron blickte immer noch verwirrt, doch Sekunden später fiel bei ihm der Groschen. »Hey, ich weiß, woher dieser Spruch stammt! Der ist aus *Der junge Frankenstein*. ›Besten Dank, Doktor.‹«

Sie strahlten einander an.

»Also«, knüpfte Christian an ihre Unterhaltung an. »Zwei ganze Jahre also, ja?«

»Ja, ich weiß, es klingt lächerlich, stimmt's?«, erwiderte Aaron. »Wir dürfen noch nicht mal an Feiertagen zu Hause anrufen, geschweige denn hinfahren. Und besucht werden dürfen wir auch nicht.«

»Wow«, sagte Christian. »Wo muss ich unterschreiben?«

»Hey, rein zufällig mag ich meine Familie …« Aaron starrte ins Leere. »Immerhin ist der beste Freund eines Jungen seine Mutter.«

Christian sah ihn an und fühlte sich ein wenig befremdet. Der Junge war schräger drauf, als er erwartet hatte. Was für ein Mutter-Kult war das denn bitte? Es sei denn … »Ach so! Klar! *Psycho*! Das ist doch aus *Psycho*, oder? Sein Gesicht wurde ausdruckslos. »Sie wird eben nur manchmal ein bisschen böse, das ist alles. Wir alle werden doch manchmal ein wenig böse.«

Aaron lachte und blickte dann zu Boden. Er spürte Verunsicherung – ein wenig Neugier, Anziehung, Verwirrung …

»Na, so schlimm kann es doch gar nicht sein. Immerhin hast du ja Freunde hier, oder?«

Aaron zog die Nase kraus. »Wen denn? Ryder? Nee. Ich kenne den Typen ja kaum. Wir wurden einander erst vor zwei Wochen zugeteilt.«

»Ach so, verstehe. Na ja, besser, dass du ihm zugeteilt wurdest als ich.«

Wieder entstand ein Moment peinlicher Stille. Christian warf seine restlichen Wäschestücke in die Maschine.

»Was meinst du eigentlich genau mit ›zugeteilt‹?«

»Jeder Missionar bekommt einen Kollegen zugeteilt. Wir teilen ein Zimmer. Und wir gehen auch zusammen raus, Leute konvertieren.«

»Konvertieren?«

»Ja, bekehren, so nennen wir das. Die frohe Botschaft unserer Kirche verbreiten. Du weißt, wie Vertreter, die von Tür zu Tür gehen.«

»Und du kannst den Typen noch nicht mal leiden?«

Aaron zuckte die Achseln. »Tja, daran kann ich leider nichts ändern.«

Christian hielt inne und wog seine Quarter-Münzen in der Hand. »Von der Familie getrennt und dann noch an einen Typen gekettet, den du nicht leiden kannst ... Ist das nicht ein ziemlich hartes Exil, ich meine, für eine Kirche, in der es hauptsächlich um Familie geht?«

»Wer bin ich schon, dass ich das beurteilen könnte? ›Tut alles ohne Murren und ohne Zweifel.‹«

»Hmm ... und das ist dann wohl aus irgend'nem Merchant-Ivory-Film, oder?«

»Nein«, erwiderte Aaron. »Das steht in der Bibel.«

»Irre, und ich dachte schon, das wäre aus *Weekend at Bernie's* oder so.« Christian steckte seine Münzen in den Zähler. »Ziemlicher Zufall übrigens, dass ihr alle Elmer heißt, oder?«, sagte er dann lauernd.

Aaron stolperte einen Schritt rückwärts, so sehr musste er lachen. »Elmer? Du glaubst, ich heiße Elmer?«

»Wieso? Stimmt das denn nicht?«

»Nein, natürlich nicht, du Depp. Das heißt ›Elder‹. Das ist ein Titel.« Aaron stopfte eine Khakihose in seine Maschine. »Elder wie ... Kirchenältester, verstehst du?«

»Ahhh«, sagte Christian. »Na dann ist ja gut. Weil ... dich Elmer zu nennen, wäre ziemlich gemein von deinen Eltern gewesen.«

»Allerdings«, sagte Aaron. »Aber, sag mal, du wusstest doch, dass ich nicht Elmer heiße! Wir haben doch neulich Abend unsere Namensschilder getragen!«

»Blitzmerker!«, sagte Christian und versetzte Aaron mit dem Handrücken einen leichten Schlag auf die Schulter. »Kann schon sein. Aber drauf reingefallen bist du trotzdem. Also wie heißt du denn nun wirklich ... mit Vornamen, meine ich?«

»Den ... ähh ... den dürfen wir hier nicht benutzen.«

»Was? Warum das denn nicht?«

Aaron sah Christian an. »Wir dürfen hier 'ne ganze Menge nicht.«

Christian studierte Aarons Gesicht. Es schien so viel darin verborgen, und dennoch wirkte er so ... so gefangen.

»Aaron. Ich heiße ...«, und hier schaute er Christian vielsagend an, »... Aaron.«

»Aaron«, wiederholte Christian. »Das gefällt mir.«

Aaron machte eine dramatische Geste mit nach oben gekehrten Handflächen. »Jetzt müsste ich dich eigentlich vernichten, mit einer Pflugschar oder so ähnlich. Aber ich werde nichts verraten, wenn auch du nichts verrätst.«

Christian beugte sich über Aarons Wäschehaufen. »Die ... ähm ... die sortierst du aber schon noch, oder?« Er griff in den Kleiderhaufen und durchstöberte ihn. »Du weißt doch, Aaron, bunt und weiß mischt man nicht.« Christian zog ein Bein einer langen Unterhose aus dem Haufen heraus, doch bevor er seine Beute näher in Augenschein nehmen konnte, riss Aaron sie ihm aus der Hand.

»Ja, stimmt«, sagte Aaron. »Ich denke, ich hab das Prinzip verstanden.«

Christian trat einen Schritt zurück. »Warte mal. Dann hast du ja wahrscheinlich auch noch nie selber deine Wäsche gewaschen, oder?«

»Kann schon sein«, erwiderte Aaron. »Aber ich bin es eben nicht gewöhnt, die Wäsche von *anderen* zu waschen, verstehst du? Aber genau das ist meine Aufgabe, ich bin nämlich der Greenie.«

Christian legte den Kopf schief. »Der *was*?«

»Der Greenie«, wiederholte Aaron. »Der Neue. Deshalb muss ich für alle die Wäsche waschen.« Er hielt inne. »Der Prophezeiung entsprechend, verstehst du?«

»Ach, echt?«

Aaron verkniff sich das Lachen und schaltete seine Maschine ein. Dann drehte er sich um und revanchierte sich bei Christian mit einem ziemlich schmerzhaften Knuff. »Selber Depp!«

Christian verdrehte die Augen: »Ha-ha-ha!«

Ein entspanntes, liebenswertes Lächeln vertrieb die Traurigkeit aus Aarons Gesicht. Christian lächelte ebenfalls. Die beiden verstanden sich.

»Hör mal«, sagte Aaron plötzlich und starrte Christian geradewegs in die Augen. »Du bist ein bisschen zu ungezwungen.«

Christian hielt Aarons Blick stand und trat ganz nah an ihn heran. Fast berührten sich ihre Nasenspitzen. Er senkte seine Stimme und erwiderte: »Das hat man mir schon öfter gesagt.«

Aaron wich einen ziemlich langen Moment nicht von der Stelle. Er fühlte sich in die Enge getrieben; in die Enge getrieben von 80 Kilogramm reiner, ursprünglicher Sexualität in Form eines ausgewachsenen Mowglis aus dem *Dschungelbuch* – ein schwuler Mowgli mit gegeltem Haar und Designer-Jeans. Was bedeutete das? Wohin sollte das führen? Das Gefühl war mächtig. Und machte ihm Angst ...

Es war unzulässig.

Aaron trat zurück. Er schnappte seinen Wäschekorb und schob sich mit dem Rücken an der Wand entlang. »Also ... vielen Dank noch mal für ... na du weißt schon ... die Tipps bezüglich der Wäsche und ... und so.« Er stahl sich aus der Waschküche und musste all seine Kraft aufbringen, um nicht panisch davonzustürzen.

Tapp, tapp, tapp, tapp. Christian lauschte auf das Geräusch von Aarons Sohlen auf der Treppe.

Zwölf Stufen, viermal Tapp, dachte er amüsiert und klaubte einige Fussel von der Oberfläche des Trockners. Er hat tatsächlich drei auf einmal genommen.

RINGE UND KÖRBE

Durch das Fenster oberhalb der Spüle flutete Sonnenlicht herein und glitzerte auf der gefliesten Arbeitsfläche, die Harmon, mit gelbem Gummihandschuh bewehrt, mit einem Küchenschwamm abschrubbte. Während er die letzten Krümel in die Spüle wischte, zielte er mit dem beweglichen Wasserhahn auf den Shredder im Ausguss. Dann legte er einen Schalter um. *Kling! Kling! Kling! Kling!* Bei dem Geräusch setzte Harmons Herz einen Schlag aus. Schnell betätigte er nochmals den Schalter, stellte das Wasser ab und griff mit der Hand in den Auffangbehälter. Mit zwei Fingern zog er einen übel zerbeulten Löffel hervor. »Scheiße ... oops!« Er spähte ins Wohnzimmer hinüber, um zu sehen, ob Davis ihn gehört haben könnte, doch alles, was er sah, war der Hinterkopf des Neuen.

Was?, dachte Harmon. Legt der etwa immer noch Wäsche zusammen? Was ist bloß los mit dem?

Harmon schlich auf Zehenspitzen zum Sofa hinüber. Der blondschopfige Novize war gerade dabei, ein Paar lange Unterhosen zu falten, hielt aber merkwürdigerweise in seiner Bewegung inne. Harmon beobachtete ihn von hinten. Nichts passierte. Er hatte dieses Verhalten schon früher bemerkt, vorzugsweise bei Greenies. Davis brauchte einfach nur mal ein bisschen Aufheiterung. Er schlich sich von hinten an ihn heran und streckte seine behandschuhte Hand in Richtung von Aarons Kopf aus – wozu er im Geiste die Titelmusik von *Der weiße Hai* spielen hörte. Einen Moment lang ließ er seine Hand in der Luft vor- und zurückgleiten.

Dann plötzlich ballte er die Hand zur Faust und unternahm mit seinem seifigen Finger einen Vorstoß. Aaron erschreckte sich zu Tode und fuhr hoch. Er schlug mit Armen und Beinen um sich, als hätte er irgendeinen Anfall. Harmon ließ nicht ab, bohrte sich noch tiefer in Aarons Ohrmuschel hinein und ging volles Risiko ein.

»Meeensch!«, stöhnte Aaron und schlug Harmons Hand weg. »Echt mal, Mann!«

»Erwischt!«, lachte Harmon und streifte sich die Gummihandschuhe ab. »Alter, das war Pulleralarm vom Feinsten. Perfekt ausgeführt. Ich würde mir zehn Punkte dafür geben.« Dann setzte er sich auf die Kante des Sofas und legte Aaron brüderlich den Arm um die Schulter. »Du warst aber auch gerade meilenweit woanders, stimmt's?«, fragte er, immer noch kichernd.

Aaron versuchte, ihn zu ignorieren.

Harmon senkte sein Gesicht und schaute Aaron von unten in die Augen. »Wie geht's denn so, Greenie?«, fragte er und fing an, Aarons Oberarm rhythmisch zu kneten. »Alles in Ordnung?«

»Klar, alles bestens«, erwiderte Aaron. Dann wand er sich aus Harmons Umarmung und rutschte eilig ans andere Sofaende. Harmon saß nun im Schneidersitz an Aarons altem Platz und fischte eine Unterhose aus dem Wäschekorb, der auf dem Boden stand. »Wirklich, Greenie?«

Aaron sah ihn kurz an. »Ja«, entgegnete er dann, »wirklich.«

Harmon half Aaron beim Zusammenlegen der Wäsche. »Hör mal«, sagte er dann, »als ich ein Greenie war, war das 'ne ziemlich harte Zeit für mich. Nachts hab ich jedes Mal gebetet, dass ich am nächsten Tag nicht wieder aufwachen muss.«

Aaron sah ihn an. »Du machst dich lustig über mich, stimmt's?«

»Nein«, erwiderte Harmon und hielt einen Moment nachdenklich inne. »Mann, war ich damals fertig! Von Jennifer bekam ich andauernd Briefe, in denen so was stand wie ›Ach, Schatz, ich weiß nicht, ob ich so lange auf dich warten kann.‹ Das war echt heavy.«

»Oha!«, sagte Aaron und lachte jetzt auch.

»Allerdings«, fuhr Harmon fort und kratzte sich im Schritt. »Ich hab oft dran gedacht, die ganze Sache hinzuschmeißen, aber ich hätte so unter keinen Umständen nach Hause zurückfahren können. Du weißt schon, die Familie ... Salt Lake ...« Plötzlich runzelte er die Stirn, hob ein Hemd hoch und ließ es dann wieder fallen. »Ich meine, zwei der Obersten Autoritäten waren bei meiner Missionarsentlassung. Aber du weißt ja sicher, wie das ist. Dein Vater ist doch auch Missionspräsident oder so was, stimmt's?«

Aaron nickte.

»Dann weißt du ja so gut wie ich, dass es nur darum geht, das Spiel richtig zu spielen. Man prägt sich die Ringe, durch die man springen soll, genauestens ein, und dann springt man eben.«

Wieder nickte Aaron, obwohl er seinen Ohren nicht traute. Die Ringe, durch die man springen soll? Darum ging es hier also bloß?«

Harmon beugte sich quer über das Sofa zu Aaron hinüber und tippte ihm auf den Oberarm. »Na, denk doch mal nach, Greenie. Das Ganze ist doch so angelegt, dass es schwer wird für jeden Neuen. Wir dürfen keine Musik hören. Wir dürfen keine Filme sehen. Computer dürfen wir nicht anrühren. Nicht schwimmen gehen. Und wir sollen nie alleine sein. Ich meine, jetzt mal echt ... wir sind immerhin 19 oder 20 Jahre alt und dürfen uns noch nicht mal einen runterholen!« Er packte Aaron am Handgelenk. »Ich meine das total ernst. Manchmal wache ich mitten in der Nacht auf und entdecke Bissspuren am Kopfteil meines Bettes. Lach ruhig! Aber ich investiere hier meine Zeit, damit ich später mal nach Hausse fahren und meine Jennifer heiraten kann ... damit ich sie endlich mal flachlegen kann!« Er ließ Aarons Handgelenk los und sank wieder auf dem Sofa zusammen, verloren in einem Tagtraum. Sein Kopf schwang langsam vor und zurück. »Schon erstaunlich, was man nicht alles für Sex tut.«

Aaron neigte sich ein Stück zu ihm. »Und das ist alles? Weiter fragst du dich nie?«

Harmon sah zu ihm auf. »Was frage ich mich nie weiter?«

»Fragst du dich nie ... was danach kommt? Ich meine, musst du nie an andere Mädchen denken, ich meine ...«, er suchte Harmons Gesicht nach einer Reaktion ab, » ... oder auch andere Sachen?«

Harmon kniff die Augen zu schmalen Schlitzen zusammen. »Jeder denkt doch über gewisse Sachen nach, Elder.« Dann nahm er die

Gummihandschuhe und stand auf. »Aber man lernt eben irgendwann zu verdrängen.«

Christian und Julie spielten für ihr Leben gern Basketball. Manchmal fuhren sie in den Club nach Hollywood und spielten auf dem Platz, wo sie die Jungs schockierten, die dachten, dass Julie es nicht mit ihnen aufnehmen konnte. Doch sie konnte. Dann wieder fuhren sie zum Plummer Park oder spielten eine Partie auf dem Platz der Highschool an der Fairfax Avenue. Doch in letzter Zeit – besonders wochentags, oder wenn sie faul waren – gingen sie einfach zu Fuß hinüber zum nächstgelegenen Spielplatz, um auf dem alten Court zu spielen.

An diesem Montagnachmittag beschlossen sie nach etwas Herumalbern und dem Austauschen des neuesten Klatsches, einer gegen einen zu spielen. Schweißflecken zeichneten sich auf Julies armlosem, abgeschnittenen T-Shirt ab, während sie den Ball annahm, ihn unter ihren Beinen hindurchspielte und erst auf den Korb und dann auf Christian starrte. »Wie steht's? Sechs zu drei?« Sie täuschte ein paar Würfe an, aber Christian reagierte nicht.

»Besser gesagt, drei zu sechs ... zu *meinen* Gunsten.«

Julie dribbelte nach rechts, Christian parierte und machte einen Schritt zur Seite. Dann schlug er ihr den Ball mit seinem langen Arm aus der Hand. »Oho! Jetzt aber aufgepasst!«, neckte er sie und schmetterte den Ball auf den Boden. Dann sah er, wie Aaron und Ryder in Trainingshosen und weiten, grauen T-Shirts auf den Court gelaufen kamen, und lachte.

Christian besah sich die beiden von oben bis unten. Ryder hatte einen Basketball unter dem Arm und kam herübergeschlendert wie ein Spitzensportler. Christians und Aarons Blicke trafen sich. »Hallo, Elder!«

»Entschuldigung«, sagte Ryder mit hoch gerecktem Kinn, »aber wir würden gerne hier spielen.«

»Nee, klar ...«, erwiderte Christian. »Bloß, dass wir hier schon spielen.«

Ryder schlug mit der flachen Hand auf seinen Ball. »Ihr albert doch bloß rum.«

»Ach, meinst du, ja?«, sagte Julie. »Wir spielen, siehst du? Zeig's ihm, Christian.«

Christian dribbelte, absichtlich unkoordiniert. »Gib ab, los, gib den Ball ab!«, rief Julie. Linkisch spielte Christian ihr den Ball zu.

»Und wieder abgeben!«, rief Julie und spielte den Ball zu Christian zurück.

»Zurück zu mir!« Christian gab wieder an Julie ab.

Aaron zog Ryder am Ärmel. »Komm, lass uns verschwinden.«

Ryder befreite unwillig seinen Arm und wandte sich Christian zu. »Kommt nicht in Frage, Mann. Ihr wollt uns doch nur verarschen. Ich hab gerade mal einen Nachmittag in der Woche frei, an dem ich 'n bisschen spielen kann, und ausgerechnet da spinnt ihr rum und macht mir'n Strich durch die Rechnung!«

Christian drehte sich mit einer Kreiselbewegung von Ryder ab und führte einen zappeligen Tanz à la Shaquille O'Neil auf. Er wusste, dass er Ryder damit zur Weißglut brachte. »Hast du das gehört, Julie? Ich wusste gar nicht, dass Mormonen so gerne quengeln ...«

»Und ich wusste nicht, dass Schwulis so gerne Sport machen«, konterte Ryder.

»Schwulis?« Christian hielt in seinem Tanz inne und klemmte sich den Ball unter den Arm. »Wie pubertär ... Obwohl ...«

Julie klaute Christian den Ball und posierte fordernd mit herausgestreckter Hüfte. »Wieso spielen wir nicht zwei gegen zwei?«

Ryder sah sie verwirrt an. Dann spitzte er die Lippen und sagte: »Aber du bist doch ...«

»Ein Mädchen? Und deshalb kann ich nicht spielen? Andererseits bin ich aber auch schwarz, also kann ich's ja vielleicht doch. Dein Problem wird wohl sein herauszufinden, mit welchem deiner engstirnigen Vorurteile du mal langsam brechen solltest!«

»Ach so, klar, versteh schon«, erwiderte Ryder höhnisch.

»Oder hast du etwa Schiss, geschlagen zu werden?«, forderte Julie ihn weiter heraus.

»Von einem Mädchen noch dazu«, flötete Christian. »Und einer Schwuchtel!«

Aaron stand etwas abseits und hatte die Arme verschränkt. »Das ist doch albern«, warf er schließlich ein. »Lass ihnen doch einfach den Court.«

»Niemals, Elder«, entgegnete Ryder und drohte Julie mit dem Finger. »Wir machen euch gnadenlos rund!«

Julie bückte sich und rollte ihren Ball zum Zaun am Rand des Platzes hinüber. »Wir nehmen euren Ball«, sagte sie, »dann habt ihr wenigstens hinterher keine Ausrede.«

»In Ordnung«, sagte Ryder. »Allerdings werdet ihr diejenigen sein, die 'ne Ausrede brauchen.« Er dribbelte kurz und versenkte seinen Ball lässig im Korb.

»Oh«, rief Christian, »jetzt kriegen wir aber Angst!«

»Halt die Klappe und lass uns anfangen!«, sagte Ryder und ging dribbelnd zum Angriff über. Nachdem sie das ganze nervige Gerede hinter sich gebracht hatten, spielte er sich warm, als handele es sich um ein nationales Endspiel. Er ließ den Ball hinter seinem Rücken und um seine Knie herumtanzen.

»Ich dachte, du wolltest *spielen*«, warf Christian ein.

»Ein Wurf noch.«

»Meinetwegen«, sagte Julie. »Wir spielen mit T-Shirt, ihr oben ohne.«

Aaron zog den Saum seines T-Shirts tiefer und errötete. »Ähm ... nee.«

»Na gut«, sagte Christian. »Dann spielen eben wir oben ohne.« Er und Julie zogen ihre T-Shirts aus.

»Boah!« Beim Anblick von Julies unglaublichen Brüsten, die unter dem neonblauen, halbdurchsichtigen Stoff ihres Sport-BHs den gesamten Court zu überstrahlen schienen, fuhr sein Kopf herum und – *boing*! – rannte er in vollem Lauf gegen den Pfosten unterhalb des Korbes und ging zu Boden. Er rollte auf den Rücken und hielt sich die schmerzende Stirn. »Aua, verdammt!«

Aaron versuchte, sich das Lachen zu verkneifen. »Das war nicht fair«, sagte er zu Julie. »Zieh dein Oberteil lieber wieder an.«

Ryder war wieder aufgestanden und spielte den Ball nun zu Aaron, der sich sofort wieder freispielte und zum Korb vorstieß. Gerade wollte er den Ball mit einem geschmeidigen Korbleger versenken, aber Christian kam – zoom! – wie aus dem Nichts dazwischengehechtet und blockierte den Wurf, so dass der Ball gegen den Zaun schmetterte.

»Nee, nee, Sportsfreund«, höhnte er. »Nicht mit mir!«

Acht Körbe später – es stand unentschieden -wurde das Spiel plötzlich körperlicher. Christian dribbelte den Ball, während Aaron ihn streng in Schach hielt und grob attackierte, um in den Besitz des Balles zu kommen.

»Na hol ihn dir doch«, sagte Christian, »ich werd dir schon 'ne Lektion erteilen.« Dann spielte er Julie den Ball blind zu, die täuschte einen Wurf an, Ryder fiel drauf rein und sprang in die Luft. Während er wieder im Landen begriffen war, setzte sie zu einem direkten Wurf an, der reibungslos durch den Korb ging.

Julie ballte die Faust wie Jordan. »Jawoll, ja-woll!« Sie gab Christian ›fünf‹, ihre Handflächen klatschten triumphierend zusammen, und beide riefen wie mit einer Stimme: »Frauen-Power!«

»Astrein, Baby«, lobte Christian, »Schön vorgeführt hast du ihn!«

Zwei Spiele später war Ryder wieder im Angriff. »Los, an den Korb, hinter ihm!«, schrie er Aaron zu. »Steh frei, dann kannst du einen nach dem anderen reinballern!«

Aaron und Christian rangelten miteinander unterhalb des Korbes. »Du kannst ja spielen«, sagte Aaron.

Christian gab ihm einen Stoß, dass er das Gleichgewicht verlor. »Und das ist nur eine meiner vielseitigen Fähigkeiten«, raunte er ihm ins Ohr. Aaron lief ein Schauer über den Rücken. Christian ging ihn mit seinem Unterarm an und warf sich dann mit ganzem Gewicht von hinten gegen ihn. Dabei presste er ihm seinen Unterleib gegen den Steiß. »Ich hab schon in der Highschool gespielt, weil ich schnell gemerkt hab ... dass es die ganzen Sportskanonen miteinander trieben ... allerdings nur untereinander.«

Diese Vorstellung war zu viel für Aaron. Ryder warf ihm den Ball zu, doch er prallte an seinem Brustkorb ab. Christian nahm den Ball wieder an und machte sich an einen kinderleichten Korbleger.

»Hey«, protestierte Aaron verärgert. »Lassen wir jetzt mal das Gelaber, okay? Lass uns einfach nur spielen.«

»Könnten wir theoretisch«, sagte Julie. »Wenn wir nicht gerade das Match gewonnen hätten!«

Ein göttlicher Eingriff

Eine Wand im Wohnzimmer jedes jungen Missionars wurde von einer 1,20 mal 1,80 Meter großen gelben Folientafel eingenommen, die mit Reißzwecken befestigt und mithilfe eines Zollstocks und eines roten Markers zu einem großen Kalender umfunktioniert worden war. In jedem Fächlein des handgezeichneten Rasters befand sich eine Liste mit den Terminen des Mormonenjüngers. Wenn eine Familie signalisiert hatte, mehr über die Mormonenkirche erfahren zu wollen, stellte das Mormonenduo – der Ältere und sein Greenie – eine Route mit sechs Haushalten zusammen. Bei jedem einzelnen Hausbesuch wurde ein vorgeschriebenes Gruppengespräch durchgeführt. Für gewöhnlich standen die Missionare um sechs Uhr morgens auf, und nach einer gewissen Anzahl von Gebeten, sowohl in der Gruppe als auch einzeln, verließen sie ihren Bungalow gegen neun Uhr und brachen zu ihren Hausbesuchen auf. Einige der Termine hatten sie selbst vereinbart, andere wurden ihnen von der Missionsverwaltung zugeteilt.

Wenn die Missionare keine Termine hatten, gingen sie ›auf die Straße‹ und versuchten auf gut Glück, neue Interessenten für ihre Kirche zu gewinnen. Das vorrangige Ziel eines Missionars war es, die Wahrheit seiner Kirche zu verbreiten, immer in der Hoffnung, am Ende so viele Leute wie möglich zu bekehren.

Aarons und Ryders Kalender zeigte für den nächsten Tag einen Termin mit der Familie Ramos in Echo Park an – um sieben Uhr morgens, damit auch der Herr des Hauses (ein Hausmeister, der in zwei Schichten arbeitete) anwesend sein konnte. Ryder hasste diese frühmorgendlichen Termine. Er war, wie er Aaron erzählt hatte, ein richtiger Morgenmuffel, und Aaron hatte sich daraufhin gefragt, ob Ryder überhaupt eine Tageszeit hatte, zu der er ein einigermaßen umgänglicher Mensch war. Denn er hatte ihn eigentlich weder nachmittags noch abends jemals in merklich besserer Laune erlebt. Und nachts schlief er immer wie ein Stein.

Das diesige, spätnachmittägliche Licht fiel durch die Schlitze der Jalousie ins Zimmer und hinterließ ein Streifenmuster auf den Jeans von Elder Ryders, der unüberhörbar auf dem Sofa schnarchte. Seine Bibel lag aufgeschlagen auf seiner Brust. Den linken Arm hatte er hinter das Kissen geklemmt, auf dem sein Kopf ruhte. Von seinen Socken, die ihm wie schlaffe Schlumpfmützen von den Zehen hingen, ging ein leichter Geruch aus. Vor dem Sofa lümmelten Harmon und Gilford am vollgestellten Couchtisch nebeneinander in ihren Reissäcken, die aufgeschlagene Bibel im Schoß. Ihre Füße waren in entgegengesetzte Richtungen ausgestreckt. Und sie lehnten mit den Hinterköpfen aneinander, während sie die vorgeschriebenen Passagen studierten.

Auf der anderen Seite von Harmon saß Aaron auf einem harten Holzstuhl, die Ellenbogen auf die Knie gestützt. Sein Rücken beschrieb ein gekrümmtes C, während er versuchte, die Nase, so weit es ging, in seiner Bibel zu versenken. Die Tatsache, dass sich Harmon und Gilford berührten, ließ ihn ganz angespannt werden und trieb ihm den Schweiß auf die Stirn. Folglich vermied er es, seinen Blick auf der Stelle ruhen zu lassen, wo Harmons dunkles, feines Haar sich mit dem sandblonden Stoppelhaar von Gilford vereinte. Schon ein einziger Blick dorthin hatte bewirkt, dass ihn ein seltsamer, erregter Schauer durchfuhr.

Aaron hatte sich schon immer etwas unwohl gefühlt, wenn er körperliche Nähe zwischen anderen Männern beobachtete. Doch dieses Unwohlsein war eskaliert, seit er Christian im Waschkeller begegnet und dann neulich auf dem Basketballcourt nahe gekommen war. Die beiden Vorfälle hatten ihn in eine Art Dauererregung versetzt. Alles, was er berührte, schien ihn zu durchglühen. Selbst die Bibel, die er jetzt in den Fingern hielt, der Geruch ihrer Seiten, das Gefühl des Ledereinbandes in seinen Händen – all das kam ihm nun auf merkwürdige Weise verführerisch vor. Irgendetwas ging vor mit ihm. Er wusste nur nicht, ob die anderen Elders das auch bemerkt hatten.

Harmon musste kichern, als er sich den wild zusammengewürfelten Haufen um sich herum besah und ihn mit den Jüngern Jesu verglich. Er mochte die Jungs. Sie würden auf Jahre hinaus Freunde bleiben und einander bei späteren Wiedersehen kameradschaftlich umarmen und Fotos ihrer Kinder zeigen, wie es die anderen Missionare auch taten.

»Und, ihr Faulpelze?«, sagte er mit gespielter Verärgerung. »Wie kommt ihr voran mit dem Studium? Ryder?«

Ryders Lippen entwich nur das übliche Blubbern, gefolgt von einer Reihe sanfter Schnarchgeräusche.

»Korinther eins, Kapitel sieben, Vers eins. Ryder?«, fuhr Harmon belustigt fort. »Andere Freiwillige vielleicht?«

Gilford hatte nicht den blassesten Schimmer, spielte aber mit. »Hmm …«, brummte er nachdenklich. »Also … da heißt es … hmmm …« Dann griff er sich ans Kinn und verdrehte die Augäpfel zur Decke. »Warte, … ich weiß es … da steht …«

Aaron schaltete sich ein und rezitierte aus dem Gedächtnis: »›Weil wir nun solche Verheißungen haben, meine Lieben, so lasset uns von aller Befleckung des Fleisches und des Geistes uns reinigen und die Heilung vollenden in der Furcht Gottes.‹«

»Wow«, sagte Harmon bewundernd, kniete sich hin und nahm Aarons Gesicht in beide Hände; dabei schaute er ihm zärtlich, ja beinahe romantisch in die Augen.

Aaron erwiderte den Blick, war sich aber sicher, dass der Schrecken, der ihm ins Gesicht geschrieben stand, ebenso sichtbar wie verräterisch sein musste.

Harmon zog Aarons Gesicht noch näher zu sich heran. »Gute Arbeit, Green. Wenn es Gilford nicht komplett das Herz brechen würde, dann wärst *du* jetzt mein bester Freund.« Dann legte er Aaron eine Hand auf den Mund und drückte ihm einen Kuss darauf, wobei er seinen Kopf in einem eisernen Ringergriff gefangen hielt.

Gilford hatte alles von seinem Reissack aus beobachtet. »Hey, Harmon – das mit dem Herzinfarkt geht schon los!« Er grunzte, sein Gesicht verzerrte sich, er krümmte sich zusammen und ließ einen gewaltigen Furz fahren, der den Reissack unter ihm schier zu zerreißen drohte. Alle sprangen auf die Füße – außer Ryder natürlich, der einen ebenso gewaltigen und unfassbar lang gedehnten Schnarchlaut von sich gab. Gilford grinste über die ganze Breite seines Gesichts und zog schließlich eine Grimasse, als sein eigener Gestank das Zimmer zu erfüllen begann. »Boah!«

Aaron steckte sich seine Bibel unter den Arm und rannte lachend in Richtung Wohnungstür.

Harmon setzte ihm nach. »Teufel, noch mal, Elder!« rief er. »In dir steckt ja der Satan!« Er ballte eine Faust und jagte Gilford ins Badezimmer.

Ein oder zwei Sekunden verstrichen. Ryder wälzte sich auf die Seite. Sein Gesicht verzog sich, bevor er abrupt aufwachte, schnüffelte und sich im leeren Zimmer umsah.

»Alter, war ich das etwa?«

Nach Luft schnappend, stürzte Aaron auf die Terrasse vor dem Haus und setzte sich auf die oberste Stufe. Es war stürmisch. Die Palmen peitschten nur so im Wind. Trockenes Laub, Staub und papierdünne Bougainvillea-Blüten tanzten über die Gehwege. Aaron schlug seine Bibel auf und hielt die Seiten mit den Daumen fest. Er genoss das Gefühl des Windes auf seinem Nacken, blickte sich rückwärts um und sah, über den Heckenrand hinweg, einen intensiv leuchtenden, orangefarbenen Fleck in den Hügeln. Dunkler Rauch stieg auf und breitete sich zu einem dicken, grauen Schleier aus. Darüber kreisten Hubschrauber der Nachrichtensender, während Helikopter der Feuerwehr mit langen stielartigen Fortsätzen abwechselnd abtauchten, um ihr Löschwasser wie eine Dusche herabregnen zu lassen.

Plötzlich erschien Christian oberhalb der Treppe. Er überquerte den Hof, trug seine Sporttasche über der Schulter und sog an einem Strohhalm, der in einem Jamba-Juice-Fruchtsaft steckte. Er hatte wieder seine blauen Shorts an – und ein gelbes Tanktop. Seine Haare standen in alle Himmelsrichtungen ab, gestylt vom Schweiß eines gründlichen Fitnesstrainings.

»Hi«, sagte Christian und nickte Aaron zu, so als seien die beiden bereits beste Freunde. »War 'n nettes Match neulich!«

»Danke«, erwiderte Aaron. »Ihr habt uns ganz schön alt aussehen lassen.«

»Ach Quatsch, so schlimm war es nun auch wieder nicht.«

»Dein Mitleid kannst du dir sparen«, sagte Aaron lächelnd. »Hast du den Brand gesehen?«

»Was?« Christian blickte in die Hügel. »Ach nee, nicht schon wieder! Na ja, man gewöhnt sich zu dieser Jahreszeit dran. Das machen die Santa Ana-Winde. Die sind echt der Killer.« Christian balancierte mit seiner Tasche und seinem Bananen-Protein-Shake, während er seinen Briefkasten öffnete und einen Stoß Rechnungen, Magazine und Kataloge herausnahm, die ihn dann doch überforderten, denn sie glitten ihm aus der Hand und rutschten über seinen flachen Bauch. Schnell ging er in die Hocke, sammelte alles wieder in seinem Schoß zusammen, nur ein Go-go-Club-Flyer entwischte ihm. Ein plötzlicher Windstoß fegte ihn auf den Rand der Terrasse zu. Christian versuchte, ihn mit dem Fuß zu stoppen, während er seine übrige Post fest an sich presste.

Aaron grinste, als der Flyer ins Gebüsch wehte.

»Ach, das findest du also komisch, ja?« Christian setzte seine Sporttasche ab, stellte seinen Bananen-Drink daneben und schwang sich über das Geländer geradewegs in die niedrigen Hecken. Er hatte einen Blick auf den Go-go-Boy auf dem Flyer erhaschen können und glaubte, ihn zu erkennen. Er zwängte seinen trainierten Körper zwischen die weiß getünchte Außenwand des Bungalows und eine Reihe Oleanderbüsche, bückte sich und richtete sich schließlich triumphierend wieder auf. Er kannte den Go-go-Boy tatsächlich! Gut sogar – von einer ziemlich heißen Begegnung in der Umkleide des Fitnessstudios. Auf dem Rückweg vergaß er, sich schmal zu machen und pflügte ganz betont machohaft, ohne sich um eventuelle Kratzer zu scheren, einfach durch die Sträucher zurück.

»Aua, Scheiße! Herrgott noch mal!«, rief er plötzlich und kam aus dem Gestrüpp gehumpelt, eine Hand von hinten gegen seine Hüfte gepresst. Er warf Aaron einen Blick zu und meinte, dessen Missbilligung ob seines Fluches zu erkennen. »Tut mir Leid, Mann, aber ich hab mich da wohl an dem Kasten für den Gartenschlauch verletzt. Autsch!«

»Sieht aus, als ob du blutest.«

Christian nahm die Hand von seiner Hüfte und besah sie sich. Seine Finger waren tatsächlich blutverschmiert. Ihm wich die Farbe aus dem Gesicht, und er setzte sich schnell hin.

»Alles okay?«

»Ja, es ist nichts ... bloß, dass ... lies du nur weiter.«

Aaron steckte die Nase wieder in seine Bibel, wurde aber schon Sekunden später von einem schweren Plumpsen abgelenkt. Er blickte von seiner Lektüre auf und sah, wie Christian mit dem Gesicht nach unten am Fuße der Treppe lag.

»Hey!« Aaron eilte über den Hof und beugte sich über Christian. War er tot oder spielte er bloß Theater? Mit etwas Anstrengung schaffte er es, Christians perfekten Körper umzudrehen. Er war tatsächlich bewusstlos, atmete aber. Seine Gesichtszüge waren erschlafft und friedlich.

Aaron bettete Christians Kopf auf seine Knie, um ihm das Atmen zu erleichtern. Dann tätschelte er ein paar Mal seine Wange – keine Reaktion. Ohne nachzudenken, streichelte er nun über Christians Wange. So fühlt sich das also an. Christians braune Augen öffneten sich blinzelnd und starrten suchend und orientierungslos in die Gegend. Dann, langsam, kehrte die Welt zu ihm zurück.

»Was ...?«, fragte er und stützte sich auf einen Ellenbogen.

Aaron sah ihn an. »Ich glaube, du ... du bist ohnmächtig geworden.«

Christian runzelte die Stirn und setzte sich dann verstört auf. Er schien sich zu schämen. »Oh ... tut mir Leid, ich ... ich hab nur ein kleines Problem mit Blut. Aber es geht schon wieder, wirklich.«

Aaron half ihm auf die Füße. »Vielleicht sollten wir besser reingehen«, sagte er dann.

»Danke«, erwiderte Christian. »Aber ich komm jetzt schon wieder selber klar, glaube ich.«

»Sicher?«

»Ja, kein Problem.« Er drehte sich um, schwankte, und lehnte sich mit seinem ganzen Gewicht gegen die Tür.

Aaron schlang einen Arm um seine Taille. Christians Tanktop war noch ganz nass vom Training, und das Aroma seines Schweißes betörte Aaron, der spürte, wie sich Christians Rückenmuskulatur unter seinem Griff bewegte. Ihre Beckenknochen streiften einander leicht.

Aaron stockte der Atem. »Hast du die Schlüssel?«, fragte er.

»In meiner Sporttasche.«

»Okay, warte.« Aaron lehnte Christian gegen die Hauswand: »Hier, stütz dich so lange an der Tür ab.« Dann drehte er sich um, nahm die Sporttasche und hielt sie hoch. »Und wo jetzt?«

»In der Seitentasche.«

Aaron stellte die Tasche ab und öffnete den seitlichen Reißverschluss. Was ihm da förmlich ins Gesicht sprang, war eine Handvoll eingeschweißter Kondome in Metallicblau, Rot und Grün. Einige Packungen waren bereits aufgebrochen und sahen aus wie leeres Kaugummipapier auf dem Boden einer Damenhandtasche. Andere waren noch unangetastet. Da lagen auch die Schlüssel. Aaron schluckte und fischte danach.

»So, hier hab ich sie. Welcher ist es?«

»Gib sie her, ich zeig dir, welcher es ist.«

Aaron reichte Christian den Schlüsselbund. Dann hob er die Post auf und schob sie unter einen Halloween-Kürbis.

»Der hier ist es.«

Aaron nahm den Schlüssel und zog Christian von der Tür weg. Er duckte sich, schob seinen Kopf unter Christians Arm, legte ihm wieder den Arm um die Taille und öffnete mit der anderen Hand die Tür. Plötzlich gaben Christians Beine erneut unter ihm nach, und er wurde bewusstlos. Aaron hielt ihn aufrecht. Ein paar Sekunden später, kam Christian schon wieder zu sich.

»Puuh, entschuldige …«

Die beiden stolperten ein paar Schritte rückwärts, dann wieder vorwärts.

»Warte!« Aaron hielt auf der Türschwelle inne. Seine Gedanken rasten.

Ich bin gerade dabei, mit ihm in sein Haus zu gehen. Allein. Das ist falsch. Ich sollte besser nicht ...

Dann rief er plötzlich: »Harmon! Ryder! Hey, könnt ihr mir hier draußen mal kurz helfen?«

Keine Reaktion. Aaron zögerte erneut. Das Feuer in den Hügeln flammte mit neuer Kraft auf. Unweit des Bungalowsstieß ein Eichelhäher von der Leitung eines Strommastes seinen schrillen Paarungsruf aus: Ka-fuii-ka-fuii-ka-fuii-ka-fuii!

Der Moment der Wahrheit
∞

Aaron half Christian nach drinnen.
»Wo ist das Bad?«

»Da lang«, keuchte Christian, immer noch mit einem Arm an Aarons Schulter hängend. »Den Flur runter und dann links.«

»Gut. Ah, ja, ich seh schon. Die Wohnung hat denselben Schnitt wie unsere.«

»Was macht mein Arsch?«

Aaron drehte den Kopf und schaute nach. Der Blutfleck breitete sich aus. »Komm mal einfach weiter ... keine Sorge, es sieht nicht so schlimm aus.«

Als sie am Badezimmer ankamen, löste sich Christian von Aaron und humpelte zum Spiegel. Er hielt sich an dem gelben Waschbecken fest, das mehrere Sprünge hatte, und stützte sich mit den Ellenbogen auf. Das Bad drehte sich um ihn herum, er kam sich vor wie beim Karussellfahren. Er zwang sich dazu, sein Spiegelbild zu mustern. Sein Gesicht sah blutleer aus, sein Blick ganz glasig vor Angst. Er schluckte. Ich muss mich erst mal beruhigen, dachte er und versuchte es mit einigen Atemübungen. Durch die Nase einatmen und hoch zur Decke schauen. Dann durch den Mund ausatmen und die Augen schließen.

Aaron sah ihm dabei zu. Jemanden in solch einem Zustand irrationaler Angst zu beobachten, war eine Form der Intimität, die er noch nie erlebt hatte – als würde er in irgendein geheimes Ritual eingeweiht, nur fühlte es sich irgendwie noch heiliger, noch besonderer an.

Christian gewann langsam sein Gleichgewicht zurück. »Tu mir mal 'nen Gefallen, ja?«, sagte er.

»Hä?«

»Ich sagte, tu mir mal bitte einen Gefallen.«

»Was denn?«

»Sieh's dir mal bitte an«, sagte Christian mit zusammengebissenen Zähnen. »Sieh's dir einfach nur an und sag mir ... du weißt schon ... ob ich ...« – er schluckte wieder deutlich hörbar – »... ob es genäht werden muss.«

Aaron ging in die Hocke. Die Wunde war etwa so groß wie eine Dollarmünze, sah aber nicht so aus, als ob sie noch größer werden würde. Wahrscheinlich war es gar nicht so schlimm, die Situation wirkte nur so dramatisch, weil Christian in Ohnmacht gefallen war. Dennoch wollte er nicht entscheiden, ob die Wunde nun genäht werden musste oder nicht. Wie sollte er das auch beurteilen? Er konnte ja nicht einmal etwas Genaues erkennen. Er neigte den Kopf von einer Seite zur anderen. Er hob die Hände und ließ sie wieder sinken. Konnte es missverständlich sein, wenn er Christian berührte?

Sein Arsch ist so verdammt schön.

Nein, das habe ich jetzt nicht gedacht!

Aaron zupfte vorsichtig am Stoff der blauen Lycra-Hose herum. »Ich kann nicht wirklich was erkennen.«

Christian seufzte. Doch dann ließ er mit einer einzigen, verzweifelten Bewegung die Hose bis auf die Knöchel herunter, richtete sich wieder auf, klammerte sich erneut am Waschbecken fest und streifte sich die Hose schließlich mit den Füßen komplett ab.

Aaron musste tief einatmen, als er den Geruch von Christians schwarzem, verschwitzten Jockstrap witterte und seinen festen, runden Arsch sah. Doch trotz der eindeutigen Verlockung mimte er Desinteresse; er hielt sich den Unterarm vor die Augen und lehnte sich rückwärts gegen die Badezimmerwand – eine Geste, die ihn nur noch mehr zu verraten schien.

»Was machst du denn? Jetzt komm schon, sieh's dir an«, drängte Christian. »Himmel noch mal, ich werd' dich schon nicht anfallen, also los!«

Peinlich berührt löste sich Aaron von der Wand und ging in die Knie. »Also gut, lass mal sehen ...«

Christians Arsch war praktisch splitternackt. Nur ein dünner, schwarzer Streifen lief unter jeder Arschbacke entlang, und ein etwas dickerer Bund umspannte seine Hüften. Aaron bemühte sich, sich auf die Wunde zu konzentrieren, die etwa zwei Zentimeter lang war, dafür aber nicht besonders tief. Das meiste Blut war bereits von Christians Shorts aufgesogen, die jetzt – ein babyblaues Knäuel – neben der Toilette lagen.

»Und?«, fragte Christian.

»Na ja, also hier ... Hast du mal 'nen Waschlappen?«

»Ja, da drüben im Schrank. Aber wie sieht es denn nun aus?«

»Kann ich noch nicht wirklich sagen«, erwiderte Aaron. »Welcher Schrank denn?«

»Der da an der Wand hinter mir.«

Aaron richtete sich auf. Er öffnete das Wandschränkchen und war augenblicklich bezaubert. Fasziniert starrte er auf ein Arrangement nahezu künstlerisch angeordneter Pflegeprodukte nebst drei Reihen säuberlich gestapelter gelber, grüner und weißer Waschlappen. Aaron wählte einen weißen aus und schloss das Schränkchen wieder. Er drehte sich um, drehte den Warmwassserhahn auf und prüfte die Temperatur des lauwarmen Strahls, der herauskam.

Christian starrte auf Aarons kräftige Hände, die den Lappen unter das dampfende Wasser hielten und dann über dem Waschbecken auswrangen. Dann warf er einen Blick auf Aarons Gesicht. Er sah schön aus, wenn er nervös war.

Aaron kniete sich abermals hin und fuhr dann mit dem Lappen über die blasse olivfarbene Haut, die die Wunde umgab, um das getrocknete Blut zu entfernen.

Christian verspannte sich und sog zischend Luft ein.

»Tut das weh?«

»Nein, ich hab nur schon im Voraus Angst.«

Aaron tupfte vorsichtig die Wunde ab.

»Und, ist es schlimm?«, fragte Christian mit einem wehleidigem Ton.

»Ich denke nicht. Nein, sieht ganz gut aus … eigentlich nur ein kleiner Kratzer.«

Christian wandte sich um, um selber nachzuschauen, doch das war keine so gute Idee. Sofort musste er sich wieder auf das Waschbecken stützen und den bitteren Magensaft herunterschlucken, der ihm hochgekommen war. »Puh«, sagte er, immer noch etwas würgend, »da hab ich ja noch mal Glück gehabt.«

Aaron sah zu ihm auf. »Hast du ein Desinfektionsmittel?«

Christian umklammerte den Waschbeckenrand mit der Linken, öffnete das Medikamentenschränkchen mit der Rechten und reichte Aaron ein Fläschchen mit Wasserstoffperoxyd.

»Das wird jetzt ein bisschen brennen.« Aaron fragte sich, ob Christian wohl gleich wieder in Ohnmacht fallen würde. Der ganze Stress war ihm zu viel, und er begann, sinnloses Zeug zu reden, während er die Wunde reinigte: »Komisch, aber ich bin überhaupt nicht empfindlich bei so was. In der Highschool haben wir mal ein Krankenhaus besucht, und ich war der Einzige, der bei einer Operation zusehen wollte. Die haben mir dann beim Waschen geholfen und mir Handschuhe gegeben – weißt du, diese sterilen grünen Dinger – na ja, das ganze Drumherum eben … hast du Pflaster?«

Christian reichte ihm eine kleine Schachtel.

Aaron machte sie auf und nahm ein Pflaster heraus.

»Na ja«, fuhr er fort, während er die Plastikstreifen abzog, »jedenfalls durfte ich zusehen, wie sie einem Typen die Brust geöffnet haben. Und da war es plötzlich, das Herz. Ein menschliches Herz, verstehst du?«

Aaron fingerte in der Schachtel nach einem zweiten Pflaster. »Man denkt immer, dass es schlägt, dabei ist es eher so eine Art Tanz. Und ich kam einfach nicht darüber hinweg, dass das das Einzige ist, was uns auf diesem Planeten am Leben erhält – dieser eine verletzliche Muskel. Und dass es eigentlich verdammt klein ist, mal so im Gesamtzusammenhang gesehen. Und wenn man erstmal bedenkt, was es alles zum Stoppen bringen kann … na ja, dann wird einem irgendwie klar, dass es da noch was anderes geben muss, etwas Wunderbares, dass es diesen kleinen Muskel am Tanzen hält …« Er blickte zu Christian hinauf, dessen Gesicht eine ungesunde, pistaziengrüne Farbe angenommen hatte. »Verstehst du?«

Ein dünner Schweißfilm hatte sich auf Christians Oberlippe gebildet. Seine Atmung war schnell und flach geworden. Er kniff die Augen zusammen, war aber offenbar nicht in der Lage, das Bild des verletzlichen, blutgetränkten Herzens zu verdrängen, das vor seinem inneren Auge entstanden war.

Aaron errötete. »Sorry, ich hör jetzt mal besser auf damit.«

Christian öffnete die Augen und nickte. Einzelne Locken klebten ihm nass auf der schweißtriefenden Stirn. Seine Pupillen schienen ziellos in der Gegend herumzuwandern, kamen dann aber wieder zur Ruhe. »Ich glaube, ich muss mich hinlegen.«

Aaron stützte Christian auf dem Weg ins Schlafzimmer. An den kirschrot gestrichenen Wänden hing eine Reihe kleiner, leerer Bilderrahmen. Das einzige wirkliche Bild hing über dem Bett: eine riesige gelb grundierte Leinwand mit einem in schwarzem Acryl aufgetragenem abstrakten männlichen Geschlechtsorgan. Über dem Bett war eine weiße Schaffelldecke ausgebreitet. In einem Regal über dem Bett befand sich diverser Krimskrams: ein Bowling-Kegel, ein Goldfischglas mit einigen Kondomen darin, eine große, rosafarbene Koralle, die Plastikfigur einer Hula-Tänzerin, ein Wackel-Dackel und eine Barbiepuppe, die Tinkie Winkie einen blies.

Christian beugte sich vor, kletterte auf sein Bett und streckte sich aus wie ein an den Strand gespülter Schiffbrüchiger, bäuchlings, den Hintern in die Luft gestreckt. »Puh«, stöhnte er. »Es ist heiß, verdammt heiß hier ... mir ist echt verdammt heiß.« Er rollte sich auf die Seite, setzte sich auf und streifte sich sein Tanktop ab. Sein schweißglänzender Torso bildete den perfekten Hintergrund für die schwarze Jockstrap-Beule, die sich zu regen schien. Als er sich wieder hinlegte, traten seine Bauchmuskeln hervor wie eine Reihe Knack-und-Back-Croissants, die im Ofen aufgingen. Der Typ hatte muskelmäßig echt ordentlich was zu bieten.

Aaron versuchte, klaren Kopf zu bewahren. »Am besten, ich hole dir mal einen kalten L-Lappen«, stammelte er.

»Ja«, erwiderte Christian, theatralisch stöhnend. »Das klingt gut.«

Aaron stürzte ins Badezimmer. Dort war er sicher. Er nahm einen frischen Lappen aus dem Schränkchen und legte ihn auf den Rand des Waschbeckens. Dann ließ er sich kaltes Wasser über die Hände laufen und kühlte sein Gesicht. Drei große Spritzer Wasser landeten auf seinem grauen T-Shirt und hinterließen dunkle Flecken. Er starrte sein Spiegelbild an.

Er wusste, dass es besser wäre, wenn er jetzt ginge.

Er wollte aber nicht gehen.

Christian lag flach auf dem Rücken, und seine Brust hob und senkte sich friedlich, während er den Geräuschen zuhörte, die Aaron im Bad verursachte. Er schloss die Augen, atmete ein paar Mal tief durch, wurde ruhiger und spürte, wie die restliche Anspannung von ihm wich.

Aaron betrat das Schlafzimmer mit fest an den Körper gepressten Armen. Den kalten Lappen hielt er sich vor den Schritt wie ein nasses Feigenblatt.

Vor ihm aalte sich Christian im Bett – die Augen geschlossen, ein Knie angewinkelt und einen Arm über die wolkenweiche Überdecke ausgestreckt, als wolle er Gottes Hand mit seinem Finger berühren.

Aaron setzte sich seitlich aufs Bett.

Christian spürte, wie die Matratze nachgab, hielt die Augen aber geschlossen.

Aaron ließ den kühlen weißen Waschlappen noch immer in seinem Schoß. Er besah sich Christians Gesicht: die breite Nase, die dunklen Wimpern, die Augenlider so bezaubernd schön wie ein Sonnenuntergang, die markanten Wangenknochen und die Lippen, die ein wenig zu lächeln schienen. Und ... Moment mal! Waren seine Augenbrauen etwa gezupft? Aaron war sich sicher, und irgendwie rührte ihn dieser Gedanke. Er beobachtete, wie Christians Brust sich hypnotisch hob und senkte, sah das schwache, verletzliche Pochen seines Herzens.

Dann tupfte er mit dem Lappen Christians Wangen und seine Stirn ab. Irgendwie gelang es ihm, sich einzureden, dass er nur noch hier war, weil es eben nötig war, und dass seine Handlungen rein platonisch waren. Er zog Christians Arm auf seinen Schoß und presste den Lappen auf sein Handgelenk.

Christian schlug die Augen auf.

Aaron legte den Lappen auf Christians Stirn und sagte: »Du bist ganz heiß.«

Christian berührte Aarons Hand mit seiner und führte sie samt dem Lappen über seine Nase und seine Lippen …

Aaron atmete schwer. Was machte er da eigentlich gerade? Wohin sollte das führen?

Christian führte Aarons Hand weiter über sein Gesicht bis hinunter zum Kinn. Er legte den Kopf schief, so als ob er seitlich an einem Getränk nippen wollte, und führte Aarons Hand über das empfindliche Terrain seines Halses. Als der Lappen über seine gemeißelte Brust fuhr, schnappten beide hörbar nach Luft. Schließlich nahm Christian seine zweite Hand zu Hilfe und half Aarons gefangener Hand auf ihrem Weg hinab zu seinen erhitzten Bauchmuskeln und noch ein Stück tiefer …

Aaron zitterte vor Verlangen.

Christian ließ mit einer Hand von dem Lappen ab und berührte Aaron am Nacken. Seine Finger strichen sanft über die kurzen Stoppeln an Aarons Haaransatz. Dann führte er Aarons Gesicht ganz langsam an seines heran.

Sie kosteten den warmen Atem des anderen.

Mit weit geöffneten Augen zog Aaron jäh sein Gesicht zurück, um mit der gleichen Plötzlichkeit über Christians Körper zusammenzubrechen und sein Gesicht in dessen muskulöser Brust zu vergraben, sich versteckend wie ein geängstigtes Kind. »Ich hab … ich hab so was … noch nie …«

Christian umfasste zärtlich Aarons Kopf. Ihn auf seiner Brust zu spüren, war ein wunderschönes Gefühl. Er senkte seine Stimme: »Es ist alles gut«, sagte er beruhigend. »Das muss überhaupt nichts bedeuten.«

Aaron hob den Kopf. »Doch, das tut es.«

»Schschsch… es kann auch einfach nur 'ne ganz harmlose Sache unter Freunden sein.«

»Mein erstes Mal wäre für dich eine ganz harmlose Sache unter Freunden?«, fragte Aaron und ging auf Abstand.

Christian stützte sich auf seine Ellenbogen. »Nein, nun werd doch nicht gleich …« Doch es war zu spät.

»Nicht gleich was?«, rief Aaron aufgebracht. »Du magst ja vielleicht Sex wie … wie einen Handschlag betrachten oder wie ein Abzeichen! Und dazu soll ich dir dann vielleicht auch noch gratulieren?«

Christian fühlte sich angegriffen. »Hey, halt mir jetzt bloß keine Predigt, ja? Was glaubst du eigentlich, wer du bist? Ein Bubi aus der Provinz! Verdammt noch mal, du kommst hier rein und meinst, über mich urteilen zu können?«

»Allerdings!«, rief Aaron und stand vom Bett auf. »Ich bin bloß ein trotteliges Landei aus Pocatello, das von der Insel der Einfältigen hierher verschifft wurde!«

Christian verzog das Gesicht, war aber schon wieder ganz von Aaron eingenommen. »Was?«

»Ich meinte damit nur, dass ich ganz genau weiß, für wie zurückgeblieben du mich hältst, okay?«

Aaron stand mit dem Gesicht zur Wand und berührte sie jetzt mit seiner Stirn. »Du bist mir auf die Schliche gekommen, na und? Mein tiefstes Geheimnis … Schön, jetzt hast du mich also erniedrigt … dann hast du ja jetzt, was du wolltest!« Er fing an zu weinen.

»Moment mal«, protestierte Christian. »Ich halte dich überhaupt nicht für einen Trottel!«

Aaron schniefte unverhohlen.

»Es ist halt bloß … deine Religion, die dich dazu bringt, dich wie einer aufzuführen.«

Aaron drehte sich um. In seinem Gesicht zeichnete sich deutlich der Kampf ab, den er mit seiner Wut austrug. »Glaubst du denn an gar nichts?«

»Doch, natürlich tue ich das.«

»Ach, woran denn? Nenne mir eine Sache in deinem Leben, eine einzige Sache, an die du voll und ganz glaubst, ohne jeden Vorbehalt!«

»Ich glaube …« Christian starrte einen Moment lang an die Zimmerdecke. »Ich glaube fest daran, dass Ann Margret als Schauspielerin nie so anerkannt worden ist, wie sie es verdient!«

»Pfff«, machte Aaron. »Schon allein für *Tommy* – und hast du gesehen, wie sie in …?« Er hielt inne und ertappte sich selbst. *»Aber kannst du darauf vielleicht dein Leben aufbauen?«*

Christian dachte darüber nach. Die Möglichkeit schien immerhin gegeben.

»Schau dich doch mal an«, fuhr Aaron fort. »So hübsch und bunt du an der Oberfläche auch immer sein magst … innerlich bist du doch nichts als … Schaumstoff! Du bist ein wandelnder Marshmallow!«

»Hey, das ist jetzt aber nicht fair.«

»Ist doch egal, wenn es stimmt, oder?« Aaron verstummte, und sein Blick irrte über die leeren Bilderrahmen an der Wand. »Ich kann einfach nicht glauben, was ich gerade fast getan hätte, wenn es nichts, aber auch *rein gar nichts* an dir gibt, Christian, das irgendwie ein kleines Stückchen tiefer geht!«

Christian lauschte dem Geräusch von Aarons Schritten auf dem Fußboden. Als die Tür ins Schloss fiel, wurde er sich seiner selbst plötzlich ungewöhnlich stark bewusst. Was, wenn Aaron Recht hatte? Was, wenn er wirklich nichts weiter war, als ein nackter, aufgeblasener Schaumschläger?«

Aaron stand verwirrt auf der Terrasse vor Christians Bungalow. Die offene Sporttasche am Fuße der Treppe und der Stapel Post, der noch immer unter dem Kürbis klemmte, waren nach wie vor da und riefen ihm ins Gedächtnis zurück, dass das, was niemals geschehen konnte, soeben doch passiert war. Es war immer noch windig, wenn auch etwas milder als vorhin. Das Feuer in den Bergen war erfolgreich gelöscht worden, und der Himmel glomm in einem rauchigen Rosa. Vom Wind umhergefegte Stückchen von Eukalyptusrinde und der würzige Duft von den Buschbränden verbanden sich zu einem Geruch, der ihn an die Zedernholz-Späne erinnerte, die seine Mutter zu Hause in seinen Kleiderschrank gelegt hatte.

Aaron trottete die Stufen hinab und überquerte den Hof, um seine Bibel zu holen. Das schwere schwarze Buch wartete an derselben Stelle auf ihn, an der er es zurückgelassen hatte. Er hob es auf, schlug es auf einer beliebigen Seite auf und spürte das schmerzliche Schuldgefühl in sich, seinen ständigen Begleiter einfach so zurückgelassen zu haben. Er las: *Doch wie selig ist der, welcher dem Ratschlag der Gottlosen nicht folgt oder auf dem Pfad der Sünder wandelt ...*

Er richtete sich auf, hielt aber vor der Tür zu seinem Bungalow noch einmal inne. »Alles in Ordnung«, sagte er zu sich, leise und resigniert. »Es ist nicht passiert.« Dann schlug er die Bibel zu und trug sie mit sich ins Haus.

Ryder schnarchte wieder auf der Couch. Im Bad am Ende des Flurs hielt Gilford Harmon gegen das Waschbecken gedrückt.

»So, Elder«, sagte Gilford. »Jetzt setzt es Schläge, und glaub mir, diesmal wird's wehtun!«

»Ich weiß nicht einmal, was Schmerzen sind«, entgegnete Harmon trotzig.

Gilford versenkte seine Faust mit einer gewaschenen Rechten in Harmons Oberarm.

Harmon fasste sich augenblicklich an die eigene Schulter und knickte vornüber ein. »Auuu ... Sch...Scheibenkleister, Mann, die hat gesessen!«

»Ich hab dich gewarnt«, höhnte Gilford mit einem fiesen Grinsen im Gesicht und kam in den Flur hinausgelaufen.

Aaron sah sich im Bungalow um. Wie konnte es sein, das hier alles beim Alten war? Dann ging er ins Bad und schloss die Tür hinter sich ab.

Das Starbuck's auf dem Sunset Boulevard war voll von jungen Schickis mit Sonnenbrillen und tief in den Hüften hängenden Jeans. Gerade lief ein Song von Nina Simone aus der gemischten Jazz-CD des Ladens.

Julie schlürfte an ihrem Latte Macchiato. »Und? Lang oder dick?«, fragte sie.

»Dick«, antwortete Traci.

»Krumm oder gerade?«

»Gerade ... hmmm, na ja ... ja doch, gerade, auf jeden Fall.«

»Behaart oder nicht so?«

»Eher nicht so.«

»Gepierct?«

»Nicht gepierct«, sagte Traci. »Ich hab noch nie einen Gepiercten gesehen, ehrlich gesagt. Du?«

Julie grinste. »Kann schon sein. Erinnerst du dich noch an John?«

»Johns Schwanz war gepierct?«

»Schsch ... schrei doch nicht so!«

»John hat einen gepiercten Schwanz?«, wiederholte Traci ihre Frage, diesmal im Flüsterton. »Der war doch so normal!«

»Der Typ mag zwar ein *Born-again-Christian* gewesen sein – aber er hatte trotzdem einen Prince Albert, okay?«

»Hmm«, sinnierte Traci. »Das versteh mal einer! Werden Männer nicht sowieso dauernd von ihrem Schwanz abgelenkt, ich meine, auch ohne? Brauchen die da wirklich noch was, das sie zusätzlich an ihr Teil erinnert?«

»Hör auf jetzt«, sagte Julie und hielt sich den Bauch. »Du tust mir weh. Hey, was ist eigentlich aus der Rolle geworden, die du kriegen solltest?«

»Vergiss es«, erwiderte Traci. »Ich will nicht darüber reden.«

»Kein Problem«, sagte Julie.

»Alles, was ich weiß, ist«, fuhr Traci fort, »dass ich irgendeine Nische finden muss.«

»Aha.«

»Weißt du ... so wie du eine Nische hast.«

»Du meinst die ›schwarze‹ Nische?«

»Ganz genau. Du hast die schwarze Nische. Christian die schwule. Und ich habe irgendwie die Arschkarte gezogen.«

»Du willst also behaupten, die schwarze Nische wäre ein Vorteil?«

»Nein, alles, was ich sage, ist, dass es eine Nische ist. Genauso wie blond eine Nische ist, sportlich-brünett und zickig-asiatisch auch!«

»Ach so, verstehe. Und was ist mit ›New Yorker Jüdin‹? Ist das etwa keine Nische?«

Traci sah Julie an. »Pah ... vielleicht wenn man klein ist. Aber ich bin einssiebzig.«

»Ist Lisa Kudrow etwa keine Jüdin?«

»Weiß nicht so genau. Aber wenn, dann gehört sie eher in die

Nische ›wahnsinnig langer Hals‹, nicht in die Nische ›Jüdin‹. Die Nische ›Jüdin‹ ist strengstens reserviert für Kleinwüchsige. Große jüdische Frauen sind für Hollywood viel zu einschüchternd.«

»Dann brauchst du also eine Nische, ja? So, so.«

»Ja, sag ich doch die ganze Zeit! Und wenn ich nicht bald eine finde, werde ich wohl irgendetwas Drastisches unternehmen müssen.«

Der Badezimmerspiegel war beschlagen. In der Mitte liefen Tropfen hinunter wie Tränen. Hinter der Schiebetür der Dusche prasselte das heiße Wasser auf Aarons Brust, während er sich mit der linken Hand abstützte und mit der rechten rhythmische Pumpbewegungen in Höhe seiner Hüfte vollführte. Er dachte an Christian, an den makellos weißen Stoff des Lappens, der seine Wunde berührt hatte, an seinen wunderschönen Arsch, den lächerlichen Jockstrap – daran, wie es sich angefühlt hatte, die Arme um einen anderen Mann zu schlingen und zu gestehen ... zu gestehen ... Aaron ließ den Kopf hängen. Der Wasserstrahl prasselte auf seinen Nacken nieder. Ich hab so was noch nie gemacht ... *Das muss überhaupt nichts bedeuten ...* Unvermittelt warf Aaron wild den Kopf in den Nacken und reckte Brust und Hals vor, wie um sie darzubieten. Er packte den Wasserhahn, drehte ihn auf kalt, schnappte nach Luft und ließ sich auf die Knie fallen. Schmerzhaft schlug er auf dem gefliesten Boden der Dusche auf. »Nein«, flüsterte er. »Nein.« Und dann betete er.

Eine Frage des Glaubens

Bei Lila ging ein weiterer Abend zu Ende. Carlos, der Koch, war vor den Laden getreten, um eine zu rauchen. Julie saß in einer geschwungenen Sechserecke und bestückte Vasen mit künstlichen Osterglocken, Traci stand ein Stück weiter über einen Tisch gebeugt und sortierte Besteck, Andrew rechnete hinter dem Tresen das Trinkgeld heraus. Christian stellte ein Brottellerchen auf einen Tisch, stemmte dann die Hände in die Taille und besah sich sein Werk.

»Glaubt ihr an Gott?«, fragte er dann.

»Wie bitte?«, fragte Julie und blickte sich nach mehreren Richtungen um, so als verfolge sie mit den Augen eine Fliege. »Mit wem redest du?«

»Mit dir«, antwortete Christian, ging zu ihr hinüber und stellte sich direkt neben sie. »Nein, ich meinte eigentlich euch alle. Also, noch mal. Frage an alle: Glaubt ihr an Gott?«

Andrew trat hinter dem Tresen hervor. »Du meinst *außer* an Madonna?«, fragte er grinsend.

Das Klappern der Teller, die in der Küche abgewaschen wurden, war bis ins leere Restaurant hinein zu hören. Irgendetwas, ein Topfdeckel wahrscheinlich, fiel zu Boden, kam unter der Schwingtür hervorgerollt und kreiselte auf der Stelle.

»Na super!«, sagte Traci. »Ja, ich glaube an Gott. Warum auch nicht?«

Julie flocht sich eine Osterglocke ins Haar. »Ich weiß nicht so genau«, sagte sie dann. Ihre Blick war plötzlich leer geworden und ihr Gesicht schlaff. Es war, als hätte sie diese eine Frage in die Vergangenheit katapultiert, zurück in ihre Blumenkindheit in Malibu, als der erleuchtete Guru Yangru des Öfteren bei ihrer Familie im Haus gewohnt und ihrer Mutter entspannende Meditationstechniken beigebracht hatte. »Ich glaube«, sagte sie seufzend, »an die Harmonie als universelles Gesetz – so ähnlich wie Schwerkraft.«

Traci stimmte ihr mit einem trägen Kopfnicken zu.

»Wisst ihr«, fuhr Julie fort, »es ist, als ob wir alle dazu bestimmt wären, miteinander zu schwingen.«

Andrew ging zu ihr hinüber und setzte sich an das eine Ende des Sechsertisches. Er kreuzte die Arme über seinem Schoß und wirkte nachdenklich. »Also dass ich positiv bin, seit ich siebzehn bin, verleiht dem Wort ›Wunder‹ bei mir schon irgendwie einen Sinn – also ja, ohne jetzt sentimental werden zu wollen, ich bin gläubig … wieso?«

Julie zeigte mit dem Daumen auf Christian und verdrehte die Augen: »Ich hätte es ahnen sollen.«

»Aber Schätzchen!«, rief Andrew lachend, schlug die Beine übereinander und wandte sich den anderen zu. Dann zeigte er mit dem Finger auf Christian. »Du solltest sie nicht in deine Psyche eindringen lassen. Nachher hörst du bloß noch Amy Grant und so was, und eh du dich's versiehst, ist es drei Uhr morgens, du holst deine VISA-Karte und schenkst sie dieser gruseligen Fernseh-Tante mit ihrer blaustichigen Dauerwelle!«

»M-hmm«, machte Julie. »Du machst jetzt besser mal 'ne Aussage, Christian. Ich meine – hallo! – schließlich haben wir 'ne Wette abgeschlossen.« Sie stieß ihn mit dem Ellenbogen an. »*Du* solltest einen von den Jungs bekehren, nicht umgekehrt, schon vergessen?«

»Hahaha!«, rief Christian und warf die Hände in die Luft. »Habt ihr schon vergessen, mit wem ihr es zu tun habt? Willst du deine Wette neu formulieren, Fräulein? Bitte schön, nur zu. Ich kann auch gern alle eure Tische bedienen, wenn ich die Sache verlieren sollte – aber lasst mich eine Sache sagen …«

»Nein, nein«, unterbrach Andrew, »lasst *mich* eine Sache sagen … Ich war mal mit 'nem Typen zusammen, der war Schauspieler.

Ein süßer Bursche aus dem Süden. Aus erzreligiöser Familie kommend ...«

»Erkenne ich da etwa ein Muster?«, fragte Traci.

»Wenn du damit meinst, ob ich auf aufrechte Chorknaben stehe, lautet die Antwort: Ja.«

Julie lachte. »Jetzt erzähl uns bloß nicht, er ist über deine Azaleen getrampelt.«

»Nein, das zum Glück nicht. Aber als seine Eltern mitkriegten, dass er schwul war ...« – Andrew warf die Hände in die Luft – »Drama ist gar kein Ausdruck!«

Traci zog eine Augenbraue hoch. »O nein – haben die seinen Pullermann etwa mit Elektroschocks behandelt?«

»Schatz«, erwiderte Andrew, »es war viel schlimmer. Sie haben ihn zu so einem christlichen ›Umpolungs-Programm‹ geschickt, wo die versuchen, deine Männlichkeit auf Vordermann zu bringen, indem sie dir beibringen, wie man an Autos herumschraubt und montagabends Fußball glotzt. Zudem kassieren die für so was tierisch viel Kohle.«

»Wow!«, rief Traci. »Und? Haben sie ihn umgepolt?«

»Umgepolt?« Andrew schnippte mit den Fingern. »Früher war der im Vergleich 'n Kerl gewesen!«

»Ach komm.«

»Doch! Kein Scherz. Der ist heute tuntiger als 'n Dutzend fönfrisierter Pudel!«

»Fönfrisierte Pudel«, wiederholte Traci, »das gefällt mir.«

»Und wie findest du: rüschiger als ein Backfischkleid? Aber im Ernst, dieser religiöse Mist hat ihm ziemlich zugesetzt.«

»Hör mal«, schaltete sich Christian ein. »Mir setzt überhaupt keiner zu. Es ist bloß ...« Er hielt inne und mühte sich ab, einen treffenden Ausdruck zu finden. »Ich bin doch nicht ... oberflächlich ... oder?«

Ein langer Moment des Schweigens folgte. Julie tat so, als prüfe sie die Makellosigkeit ihrer lackierten Fingernägel.

»Schätzchen, du brauchst doch gar nicht tiefgründig zu sein«, sagte Traci schließlich. Sie tätschelte seinen Arm. »Du brauchst nur hübsch auszusehen.«

Christian sah niedergeschmettert aus.

»Traci«, sagte Julie, »ich denke, das ist jetzt nicht gerade besonders hilfreich.«

»Pass auf«, mischte sich Andrew wieder ein, »wenn du meinst, dass du dir und den anderen etwas beweisen musst – bitte. Komm morgen früh um halb sieben zu mir.«

»Um halb sieben?«, fragte Christian mit einem nervösen Lachen. »Das soll wohl 'n Witz sein! Warum?«

»Warum?«, wiederholte Andrew. »Weil du ein Opfer bringen musst, wenn du dich finden willst – oder dich überwinden willst oder wie immer du es nennen möchtest.« Er schwang seine langen Beine über die Sitzbank, sprang vom Rand der abgetrennten Sitzecke herunter und machte sich wieder auf den Weg hinter den Tresen.

Christian sah ihm nach. »Du glaubst doch nicht im Ernst, dass ich komme, oder?«

»Es geht um dich«, erwiderte Andrew schulterzuckend, »nicht um mich.«

Christian verstand nicht ganz.

Um sieben nach sechs stand er vor seinem Badezimmerspiegel und probierte verschiedene nicht-oberflächliche Gesichtsausdrücke aus. Er stand dort schon seit halb sechs, denn er hatte nicht mehr schlafen können angesichts der Vorstellung, dass irgendetwas mit ihm nicht stimmen könnte. Jemand hatte einen Mangel an ihm konstatiert! Zu seinen Gunsten war zu sagen, dass er einige recht interessante Gesichtsausdrücke hingekriegt hatte, von denen viele Gesichtsmuskeln beanspruchten, von deren Existenz er bis dahin noch gar nicht gewusst hatte. Nur leider hatte keines von diesen Gesichtern ihn auch nur entfernt ›tiefgründig‹ aussehen lassen.

Der Trick bestand darin, jegliche Eitelkeit fahren zu lassen und sie dann durch Aufrichtigkeit zu ersetzen – und genau das war der Teil, an dem er jedes Mal scheiterte. Er versuchte es noch einmal. Nein – zu viel von Mutter Teresa. Noch mal – nein, auch nicht. Ein letzter Versuch ... die Augenschlitze noch etwas schmaler ... ja.

»Beim Jupiter«, flüsterte er zu sich selbst. »Ich glaub, ich hab's!«

Und so schleppte sich ein grauer, aber dennoch nicht allzu tiefgründig aussehender Christian an einem äußerst grauen Dienstagmorgen in einer zerknitterten Jeans, einem alten gestreiften Poloshirt, das komisch saß, mit platt anliegenden, ungewaschenen Haaren und der Sonnenbrille vom letzten Jahr die Treppe zum Hof hinunter, um dort Aaron und seinem Begleiter Ryder zu begegnen, die sich auf dem Bürgersteig ihre Fahrradhelme anschnallten.

Christians und Aarons Blicke trafen sich.

»Hi«, sagte Christian und probierte sein neues Gesicht aus.

»Hi«, erwiderte Aaron den Gruß, sah aber schnell wieder weg.

Scheiß auf den Kerl, schäumte Christian innerlich, ich bin nicht oberflächlich.

Aaron bemühte sich, Christian nicht anzusehen, denn jedes Mal wenn sich sein Blick in den wunderschönen braunen Augen seines Nachbarn verfing oder über dessen Brust streifte, an seinen Beinen kleben blieb oder auf seinem makellosen runden Arsch, dann prasselte ein Sturm der Gefühle auf ihn ein. Er konnte nichts dagegen tun, selbst Beten half nicht.

Bis jetzt hatte Gott ihn noch nicht von seinen Qualen erlöst.

Er fragte sich, warum ihn Christian so angeschaut hatte, so als ob er gerade von einem heftigen Durchfall heimgesucht wurde. Aaron hoffte, dass das nicht der Fall war. Allerdings sollte er diese fürsorglichen Gefühle ja eigentlich auch gar nicht haben – und das Gefühl der Erregung schon gleich gar nicht. Hatte sich Christian extra blicken lassen, um Aaron zu quälen? Wenn es so war, dann hatte es jedenfalls funktioniert. Aaron hatte sich im Leben noch nie so unsicher gefühlt. Seine Achseln waren feucht, seine Hosen schienen auf der einen Seite des Schritts eine Nummer zu klein zu sein, und als er sein Bein über den Fahrradsattel schwang, spürte er ganz deutlich, dass seine Fußknöchel oberhalb der Socken entblößt waren. Er radelte los und musste an den Obdachlosen denken, den er an seinem ersten Abend in der Stadt in der Nähe des Flughafens am Rand der Autobahn hatte stehen sehen. Vielleicht stimmte ja, was auf dem Schild gestanden hatte, und Los Angeles war wirklich die Hölle.

Christian hielt seine Starbucks-Kanne aus rostfreiem Stahl umklammert und rückte seine Tasche zurecht, die er über der Schulter trug. Mit verschleiertem Blick sah er zu, wie Aaron und Ryder auf ihre Räder stiegen und die Straße hinunterfuhren. Er nahm einen Schluck aus der Kaffeekanne und schüttelte den Kopf. Wenn die beiden jeden Morgen um diese Zeit das Haus verlassen mussten, dann war es kaum verwunderlich, dass Ryder so ein Stinkstiefel war.

Doch eigentlich ging es ihm nur um Aaron. Christian hatte eine ähnlich undefinierbare Besessenheit noch nie gespürt.

Er verliebte sich.

Mit einem Stift hinter dem Ohr und einem Clipboard unterm Arm stolzierte Andrew an der hinteren Ladeluke der Zentralküche von ›Project Angel Food‹ vorüber. »Ich wette, Christian, du wusstest noch gar nicht, dass alle unsere Gerichte von professionellen Köchen zubereitet werden ...«

»Ach, echt?«, erwiderte Christian ohne wirklich zugehört zu haben. Seine Besichtigung der Großküche hatte gerade mal vor Minuten begonnen, da grübelte er bereits darüber nach, woher er die geile, stiernackige Glattze kannte, die von der Ladefläche eines weißen Lieferwagens Gemüsekisten herabreichte. George?, überlegte im Stillen, bist du's, Jumbo Jock?

»Hey, Herzchen«, unterbrach Andrew seine Grübeleien. »Konzentrier dich auf das, was anliegt, okay? Ich hab nicht den ganzen Tag Zeit, um alles mit dir durchzugehen.«

Christian rieb sich den Schlaf aus den Augen. »Hör mal, ich bin um halb sechs aufgestanden um pünktlich zu sein – du kannst mir ruhig mal 'n paar Sekunden Müdigkeit zugestehen!«

»Hör zu, zick jetzt nicht rum, ja?«. Andrew betrachtete sein Clipboard. »Morgenstund hat Gold im Mund, wie es so schön heißt.«

»Na, wenn das kein Ansporn ist. Bloß wen kümmert die Morgenstund, wenn man bis drei Uhr Pizza kaufen kann?«

Andrew zielte mit seinem Stift auf Christian. »Okay, wir machen einen Deal. Ich zeig dir hier noch ein paar Sachen, und wenn wir mit unserer Tour fertig sind, wird noch 'ne halbe Stunde gehackt und geschnippelt. Und dann stellen wir dir 'ne Route zusammen.«

»'ne Route?«, nörgelte Christian weinerlich, »gleich am ersten Tag?«

»Hab dich nicht so«, entgegnete Andrew. »Du lieferst Essen aus. Ist doch im Prinzip nichts anderes, als was du bisher auch schon gemacht hast, bloß dass du eben jetzt fährst.« Er gab Christian einen Klaps auf den Rücken. »Du bist jetzt eben ein Kellner auf Rädern.«

»Na toll«, seufzte Christian. »Wenn ich jetzt noch Hotpants tragen und auf Rollerskates rumdüsen würde, wäre einer meiner größten Träume in Erfüllung gegangen.«

Andrew sah ihn von oben bis unten an. »Unser aller Traum.«

Von Tür zu Tür

∞

AARON UND RYDER näherten sich der Haustür eines kunsthandwerklich liebevoll gepflegten Hauses in Echo Park. Die vordere Terrasse hatte etwas wirklich Einladendes an sich. Blumentöpfe und Vogelnäpfchen hingen von den Balken herab. Der Briefkasten hatte die Form eines Teddybärkopfes. Ryder öffnete die Insektenschutztür. Aaron klopfte. Was diesen Haushalt anging, hatten sie ein gutes Gefühl.

Ein Mann mittleren Alters in rotem Samtbademantel öffnete und besah sich abwechselnd die beiden Missionare.

»Guten Morgen«, sagte Aaron. »Wir kommen von der Kirche Jesu Christi der Heiligen der …«

Der Mann hob einen Finger. »Einen Augenblick bitte … Schatz?« Er rief ins Haus hinein. »Stacy, könntest du bitte mal kommen? Das wird dich interessieren.«

Sie hörten, wie die Dusche abgestellt wurde. Aaron warf Ryder einen Blick zu, der zu sagen schien: Diesmal klappt es. Sie kosteten diesen Moment göttlich-heiterer Gelassenheit aus, ein Gefühl, das beide mit einer Art Anmut erfüllte. Bis jetzt hatte sich ihr Tag wirklich großartig angelassen. Das Gespräch mit Familie Ramos um sieben Uhr war gelaufen wie geschmiert. Mrs. Ramos hatte ihnen einen Teller mit kleinen Küchlein serviert. Und jetzt schien es so weiter zu gehen.

Schwere Schritte näherten sich vom Badezimmer her der Tür.

Der Mann lächelte entschuldigend. Endlich erschien Stacy.

Aarons Mund öffnete sich; sein Kiefer bewegte sich, doch kein Ton kam heraus.

Ryder legte eine Hand auf seinen Bauch und schluckte.

Ein etwa einsneunzig großer vierschrötiger Mann stand nur mit einem winzigen, durchscheinenden Handtuch bekleidet vor ihnen. Von seinen nassen Haaren tropfte es ihm auf Hals und Brust herab. Seine Haut war leicht gerötet und glänzte noch von der Dusche. »Sie mal einer an«, sagte er, »wen haben wir denn da?«

»Oh …«, stammelte Ryder und wandte sich ab. »Ist schon gut.«

Stacy zwinkerte Aaron mit einem wissenden Lächeln zu. Seinem Freund war das nicht entgangen; er drehte sich blitzschnell herum und versetzte Stacy einen eifersüchtigen Schlag auf die Brust.

Während die verdatterten Missionare über den Gartenweg wieder davonmarschierten, rief ihnen der Mann im Bademantel hinterher: »Und ihr seid sicher, dass ihr nicht auf einen Kaffee bleiben wollt, Jungs? Ich würde auch extra Milch aufschäumen!«

»Project Angel Food, hallo … jemand zu Hause?« Christian stand mit dem Ohr an der Tür eines zweigeschossigen viktorianischen Hauses in Silver Lake. Die große Einkaufstüte, die er unter dem Arm hielt, war einmal umgeschlagen und oben zusammengetackert. Ein Zettel mit der Nummer 47 war daran befestigt. Unweit seines Kopfes hing in einem mit Drähten befestigten Keramiktopf eine halb vertrocknete Pflanze herab. Er klopfte noch einmal und entdeckte erst dann die Klingel neben der Tür. Er betätigte sie. *Brrrring!*

»Hallo! Project Angel …«

»Ich hab doch gesagt, kommen Sie rein!«, schnarrte eine Stimme.

Christian öffnete die Tür und betrat das Haus. Drinnen war es dunkel. Und es roch schlecht. Doch Christian war an diesem Tag schon in mehreren dunklen, modrig riechenden Wohnungen gewesen. Was ihn hier überraschte, war die Größe des Hauses und die Eleganz, die sich hinter dem ganzen herumliegenden Krempel verbarg. Dennoch: Die Tiffany-Lampe und die übrigen Möbelstücke waren von einer dicken Staubschicht bedeckt. Auf dem Flügel, der in der Ecke stand, türmten sich meterhoch Bücher, alte Zeitungen und Magazine. Ganz oben auf dem Stapel lagen offene Tupperware-Behälter, aus denen Gabeln herausragten. Fruchtfliegen zogen darüber ihre Kreise.

»Hallo, Keith?«

»Ich hab dir schon *dreimal* gesagt, du sollst reinkommen, verdammt!«

Christian wandte sich um und sah in einer Ecke des Raumes die dunkle Silhouette eines Mannes in schwarzem Kapuzen-T-Shirt. Er saß in einem niedrigen, überdimensionierten Sessel, die besockten Füße auf einer Polstertruhe ruhend und eine Decke über den Beinen. Nicht weit von ihm befand sich ein kleines Fenster, doch die Vorhänge waren zugezogen. Das unablässige Zischen eines Sauerstoffgeräts zerteilte die Stille im Raum wie das Ticken eines langsamen Sekundenzeigers einer Uhr.

»Sorry«, sagte Christian, »ich hab dich nicht gehört.« Er hielt die Tüte hoch und sah sich nach ein paar Quadratzentimetern freier Fläche um. »Wo soll ich damit hin?«

»Mir egal«, erwiderte Keith ohne hochzusehen. »Ich hab keinen Hunger.«

»Na gut, dann ... äh ...« Christian nahm seine Sonnenbrille ab. »Vielleicht könnte ich einfach mal Licht machen ...« Die Kette der Lampe fühlte sich kalt an. Er zog daran – *klick* – und ließ sie sofort wieder los. Etwa ein Drittel des Raumes wurde jetzt von gelblichem Licht durchtränkt. Keith sah jetzt auf; sein hageres Gesicht war gut zu erkennen. Seine eingesunkenen braunen Augen mit den wunden, klaffenden Unterlidern suchten nach Christians Blick und schienen sich mit dem Ausdruck unwilligen Wiedererkennens zu füllen. An dem schmuddeligen Sauerstofftank, der neben Keith stand, war ein durchsichtiger blauer Plastikschlauch befestigt, der sich, mehrfach verschlungen, zu Keiths rissigen Nasenlöchern hinaufwand und mit stumpfen Enden in diese eindrang. *Pffff-sssss, pffff-sssss.* Das Geräusch des Sauerstoffs, der in die Nase des Mannes strömte und der Anblick des münzgroßen violetten Flecks auf Keiths Stirn weckten bei Christian das überwältigende Bedürfnis, alles stehen und liegen zu lassen und davonzustürzen.

Stattdessen starrte er seinem Kunden geradewegs in die Augen.

Keith senkte seine Stimme. Seine dunklen Haare bedeckten seinen Schädel in einzelnen flaumigen Büscheln. »Wenn du jeden so fassungslos anglotzt, wirst du den Job nicht lange machen«, sagte er.

Christians schlug die Augen zu Boden. Er wollte das hier einfach nur hinter sich bringen und ging zögernd auf die Mitte des Raumes zu. »Ich stell's einfach hier ab. Er hielt inne, um einen Stapel Zeitungen und einen angebissenen Apfel von einem Tablett zu räumen. »Hier.« Das Knistern der Tüte klang überlaut.

»Und«, sagte Keith, »hast du eine Zigarette?«

Christian räusperte sich und lachte gezwungen. »Äh, ist das da nicht ein Sauerstoffgerät?«

Keith sah auf den Behälter und nickte.

»Kann das Ding nicht ... ähm ... explodieren?«

Keith lachte heiser und beschrieb mit den Händen eine kleine Explosion – *Wumm*. Das wäre nun wirklich eine schreckliche Art zu sterben, oder? »Also los«, fuhr er fort und ließ die Hände wieder in den Schoß sinken. »Wie wär's jetzt mit 'ner Zigarette?«

»Tut mir Leid«, erwiderte Christian und machte einen Schritt seitwärts auf die Tür zu, »ich rauche nicht.«

»Warte noch«, keuchte Keith. »Kann ich dich was fragen?«

Christian verharrte. »Klar, warum nicht?«

»Was machst du hier?«

»Ich liefere dein Essen aus. Ich dachte, du kennst den Ablauf?«

»Nein, nein, nein ... ich meine, warum ausgerechnet du?« Ihr hübschen Jungs macht doch normalerweise nicht solche Drecksarbeit. Wieso also gerade du? Bestrafst du dich für irgendetwas?« Keith kniff seine blutunterlaufenen Augen zu schmalen Schlitzen zusammen. »Schuldgefühle, weil du so'n Hübscher bist, wo es doch so viele Hässliche auf der Welt gibt, ist es das?«

»Ich ... äh ... ich ...«

»Oder sind dir die Übungen im Fitnessstudio langweilig geworden?«, fuhr Keith fort. »Das Angeben mit deinen neuesten Eroberungen und der ganze oberflächliche Scheiß, der dein Leben ausmacht?«

Christians Blick verdunkelte sich. »Halt die Klappe, Mann, du kennst mich doch überhaupt nicht.« Dann machte er auf dem Absatz kehrt und ging zur Tür.

»Natürlich kenne ich dich.« Keiths heiseres Lachen hallte von den Wänden des Hauses wider und erstarb in dem herumliegenden Krimskrams. »Ich *war* nämlich mal du.«

Christian blieb wie angewurzelt stehen. Er drehte sich um und sah Keith mit zusammengepressten Lippen an.

»Ja«, sagte Keith. »Stimmt schon. Ich hatte 'nen Beruf, Freunde, sah gut aus, das ganze Drumherum.« Er seufzte dramatisch. »Doch jetzt bin ich bloß noch ein Skelett, das uns daran gemahnt, dass wir uns vielleicht bloß im Auge des Hurrikans befinden könnten.« Keith blickte Christian vielsagend an und machte plötzlich ein Geräusch: »Ehhhh.«

»Wie auch immer, Mann«, sagte Christian. »Ich geh jetzt jedenfalls.«

»Ehhh ... haha ... ha ... ich hab dich doch bloß verarscht, Mann.« Keith kicherte amüsiert und hob eine Hand. »Tut mir Leid, Mann, haha, aber du hättest dein Gesicht mal sehen sollen! Nein, warte mal. Sorry, aber mir wird hier immer so schnell langweilig alleine, deshalb nehm ich ganz gern mal die Neuen auf den Arm. So leicht wie mit dir war es übrigens noch nie; das zeigt, dass ich wahrscheinlich gerade ziemlich scheiße aussehe.« Er rückte sich in seinem Sessel zurecht. »Könntest du mir bitte kurz helfen, das Kissen unter mich zu schieben? Ich weiß auch nicht, aber ich kann mir nicht ... ich kann einfach nicht ...«

Christian nahm die Hände von den Hüften und ging auf Keith zu.

»Bei Gott, ich schwör dir, mein Hintern ist komplett verschwunden. Zu schade aber auch.« Er zwinkerte. »Ich hatte nämlich mal 'n richtigen Prachtarsch. Ich hab hier irgendwo sogar Bilder davon.«

Keith langte nach einem staubigen Fotoalbum, das vor ihm auf dem Couchtischchen lag. Er konnte es nicht ganz erreichen, verlor das Gleichgewicht und sackte nach vorn. Christian fasste ihn am Ellenbogen, um ihn zu stützen, und schob dabei das Kissen unter Keith zurecht.

»Ein richtiger Prachtarsch«, wiederholte Keith. »Du wirst es gleich selber sagen.« Während Christian Keith dabei half, sich wieder bequem hinzusetzen, hielt sich dieser an seinem Trizeps fest. Die beiden verharrten einen Moment lang in dieser Stellung, wie gebannt von einem Energiestrom, der zwischen ihnen hin- und herfloss.

»Schnee«, sagte Keith, während sich seine Augen verdrehten und sein Griff sich verstärkte. »Alles nur Schnee.«

Christian befreite seinen Arm. »Sorry, was hast du gerade gesagt?«

»Tut mir Leid«, erwiderte Keith. »Vielleicht sind es ja die Medikamente, aber ... manchmal kann ich die Leute lesen wie ein Buch.« Er hielt inne, um wieder zu Atem zu kommen, legte die Fingerspitzen an die Stirn und suchte dann wieder Christians Blick. »Aber du bist wie ein leerer Fernsehbildschirm. Ich sehe nichts als Schnee. Was, glaubst du, bedeutet das?«

»Nichts.« Christian manövrierte sich wieder in Richtung Tür. »Gar nichts ... okay, also wir sehen uns ...«

»Das werden wir nicht«, entgegnete Keith. »Genieß dein süßes Leben ...«

Christian öffnete die Tür und trat nach draußen.

»... so lange es noch süß ist.«

Hinter ihm fiel die Tür zu wie ein Sargdeckel. Christian lehnte sich mit dem Rücken dagegen und starrte auf die Rinde einer Pinie, die vor dem Haus in der Sonne leuchtete. Es war ein schönes Licht, rosig, persimonenfarben. Er wollte seine Sonnenbrille absetzen, stellte aber überrascht fest, dass er sie gar nicht aufhatte. Christian trat von der Terrasse herunter und sah in den Himmel. Überall Dunst – den die Sonne durchdrang wie ein böses rotes Auge.

Keith blieb ein paar Minuten im Dunkel sitzen, bevor er nach einem kleinen Tütchen mit feinem weißem Pulver langte, das unter dem Couchtisch lag.

Aufgrund des unglücklichen Zusammenspiels von Borkenkäfern, vier Jahren Dürre, den wütenden Santa Ana-Winden, der Prävention von natürlichen Bränden und ein oder zwei Brandstiftern tobte an diesem Morgen das erste von vier großen südkalifornischen Buschfeuern im San-Bernardino-County. Die Dunstschleier über Los Angeles waren dick wie Suppe.

Vor dem Himmel, der die Farbe von Honigmelonen angenommen hatte, radelten zwei behelmte junge Männer in weißen Oberhemden, dunklen Krawatten und schwarzen Hosen auf ihren Secondhand-Rädern durch eine der weniger befahrenen Seitenstraßen von Echo Park. Aaron perlte der Schweiß von der Stirn. Seine Hose klebten ihm förmlich an den Beinen, und seine Schuhe, die er noch an diesem Morgen geputzt hatte, waren von weißen Ascheflocken bedeckt.

Fünf, sechs Meter hinter ihm keuchte Ryder auf seinem Fahrrad und rief: »Hey, Davis, nicht so schnell, das hier ist doch nicht die Tour de France, Mann!«

Aaron hielt am Straßenrand im Schatten einer riesigen Ulme an und wartete. Ihm fiel auf, wie alles ganz eigentümlich aussah in diesem merkwürdigen Licht.

Ryder hielt neben ihm. Er fuchtelte mit den Armen vor Aarons Gesicht herum wie ein Trainer vor einem unfähigen Schiedsrichter. »Was bitte schön soll das eigentlich, Greenie? Wir sollen doch zusammenbleiben. Oder kümmern dich die Regeln etwa nicht mehr?«

»Tut mir Leid«, sagte Aaron. »Ich war ganz in Gedanken und hab alles um mich herum vergessen.«

»Tja, du solltest vielleicht besser daran denken, was deine eigentliche Aufgabe ist.«

»Ich weiß ... mach ich ja auch. Hey!« Aaron deutete mit einem Kopfnicken auf ein Schild unter der Ulme: HOSPIZ ZENTRUM.

»Ja«, sagte Aaron mit zusammengekniffenen Augen. »Und?«

»Ich denke, wir sollten es vielleicht da mal versuchen.«

»O nein«, erwiderte Ryder und fuhr wieder los. »Kommt gar nicht in Frage.«

Doch irgendetwas an diesem saftig grünen Fleckchen mit seinen sauberen, weißen Häuschen zog Aaron magisch an. Und als Priester im Namen Gottes hatte er die Pflicht, solchen momentanen Eingebungen zu folgen. Einige der eindrucksvollsten Bekehrungen in der Geschichte der Kirche hatten ihren Anfang in solchen Augenblicken genommen – starke unwiderstehliche Impulse, mit denen der Herr eingriff und seine Jünger leitete. Herr, betete Aaron, Dein Wille geschehe, denn ich bin nichts als Dein Werkzeug.

Ryder war schon mehrere Meter vorausgefahren, bevor er bemerkte, dass sein Juniorpartner keine Anstalten machte, ihm zu folgen. Er bremste, stellte einen Fuß auf den Boden und wandte sich auf dem Sattel um. »Was zur ...«

»Komm schon«, unterbrach Aaron ihn grinsend, »wir sollten es wenigstens versuchen.«

»Also wirklich, beim heiligen Petrus«, rief Ryder. »Wir missionieren doch in keinem Hospiz! Das ist doch echt krank – und ich meine *richtig* krank.«

Doch Aaron fuhr bereits in den kleinen Weg ein, der hinunter in das kleine Tal führte. »Wir versuchen's nur beim Hauptgebäude und schauen mal, ob wir da ein paar Broschüren auslegen können.«

Resigniert seufzend stieg Ryder von seinem Rad. Er schob es an den Straßenrand und lehnte es gegen die Ulme. Dann wischte er sich mit dem Ärmel den Schweiß aus dem Gesicht und blickte auf die grasigen Hügel, die im unheimlichen Licht des Tages seltsam glommen. Es war ein kühles, schattiges Fleckchen unter der Ulme – mit hartem Untergrund und stacheligen Grasbüscheln. Ryders Beine waren müde.

Aaron wartete auf dem Weg wie ein Hund, der darauf vertraute, dass sein Herrchen ihm letztendlich folgen würde. Ryder lehnte sich mit dem Rücken gegen den Baumstamm, kreuzte die Beine und verschränkte die Arme vor der Brust. »Diese Nummer kannst du alleine durchziehen, Cowboy.«

Also fuhr Aaron los; er schlingerte langsam und mit wackligem Vorderrad über den unebenen Untergrund. Er war sich sicher, dass es richtig war, den Sterbenden die Hand zu reichen. Es war eindeutig das, was ein mitfühlender Christ zu tun hatte.

Ryder nahm seinen Fahrradhelm ab, setzte sich auf eine Wurzel der Ulme und lehnte sich gegen den Stamm, der sich rau und kühl anfühlte. Sollte Davis doch losziehen und seine Zeit verschwenden, wenn er wollte; er selbst hatte keine Lust, die Ignoranz dieses Grünschnabels noch eine Sekunde länger zu ertragen. Ryder mochte Elder Davis zwar, doch er hätte ihn noch viel lieber gemocht, wenn er sich nicht ständig so neunmalklug aufführen würde. Wenn es nämlich ans Eingemachte ging – zum Beispiel darum, ein paar deutliche Worte mit ihrem schwulen Nachbarn zu reden -, dann war er nicht zu gebrauchen, ein totales Weichei. »Wahrscheinlich ist er selber 'ne Schwuchtel«, knurrte Ryder vor sich hin. Eine Ascheflocke flog ihm in den Mund und vereinte sich mit seiner Zunge. Ryder spuckte wütend aus. Als er die Augen schloss, erschien ihm plötzlich das Gesicht von Misty Johnson, blass und sommersprossig, mit mausbraunem zurückgekämmtem Haar. Misty Johnson, dachte Ryder und seufzte. Das war eine Frau! Hatte er sie nicht geliebt, seit er sie das erste Mal gesehen hatte? Sie war das hübscheste, klügste, empfindsamste Mädchen, das ihm jemals begegnet war ...

Sie hatten sich am Institut der Kirche der Heiligen der letzten Tage auf dem Campus der Uni in Utah kennen gelernt. Bereits nach ihrem ersten Date wusste er, dass er sich in sie verliebt hatte. Während sie in Salt Lake City ihre Burger aßen, war ihm aufgefallen, wie beiläufig und entspannt sie aß und wie oft sich ihre langen Haare in ihren Mundwinkeln verfingen, ständig Gefahr laufend, verschlungen zu werden. Sie redete viel, aber immer unaufgeregt. Sie war voller Selbstvertrauen und sagte, dass sie öffentliche Rednerin werden wolle – dass es in Amerika einfach nicht genug öffentliche Redner gab. Ihm gefielen ihre Ideen, er fand sie amüsant. Er hatte aufgeweckte und freche Mädchen schon immer gemocht.

Misty stammte nicht gerade aus einer der besten Mormonenfamilien. Man konnte ihre Familie eigentlich überhaupt kaum Mormonen nennen. Sie waren zwar alle getauft, doch beide Eltern waren Partygänger gewesen – hatten mit den anderen im Country Club getrunken und geraucht. Misty hatte ihm erzählt, wie sie einmal im Sommer mit dem Hausboot auf den Lake Powell rausgefahren waren. Mistys Vater hatte das Boot gegen einen Felsen manövriert, und die Mutter war durch den abrupten Aufprall in eine Glasschiebetür geschleudert worden. Der Vater und seine betrunkenen Freunde hatten Wodka benutzt, um die Schmerzen zu lindern, die die Schnittwunde über der Augenbraue der Mutter verursachte. Mistys Schwester hatte einen Juden geheiratet, und ihr Bruder war aus der Kirche ausgetreten, sobald er von seiner Mission zurückgekehrt war. Ryder dachte, er müsse Mistys Glauben vielleicht ein wenig auf die Sprünge helfen. Ihre Familie jedenfalls taugte dazu ganz und gar nicht.

Aber all das war Ryder nie besonders wichtig gewesen. Was ihm hingegen wichtig war, war das Gefühl, das ihm Misty gab: Sie schaffte es, dass er sich drei Meter groß fühlte und – witzig. Er fühlte sich, als ob er der witzigste Typ auf der Welt wäre.

Etwa eine Minute später verließ Aaron enttäuscht den Hinterausgang des Hauptgebäudes. »Hey, Ryder! … Ryder!«

Ryder öffnete die Augen. Er erspähte Aaron in der Ferne, ein kleiner Punkt. »Was ist?«

Aaron legte die Hand als Schalltrichter an den Mund: »Die legen nur nicht-konfessionelle Literatur in ihrem Empfangsbereich aus!«

»Hab ich's dir nicht gleich gesagt?«

Aaron kam sich gedemütigt vor. So viel also zum Thema Gottes Wille, dachte er bitter. Doch während er sein Rad schob, sah er plötzlich eine elegante Frau, die ihm entgegenkam.

Lila Montagne trug einen braunen Filzhut und hatte ein beigefarbenes Leinen-Cape um die Schultern geschlungen. Ihre Sandalen schlurften auf dem Zement des Gehweges. Sie hielt die Arme an ihren schlanken Oberkörper gepresst, während sie mit beiden Händen den dünnen Riemen ihrer Handtasche festhielt. Sie presste die Lippen aufeinander und hielt den Kopf gesenkt, als sie an Aaron vorbeiging.

Aaron blieb stehen und drehte sich nach ihr um. Er sah, wie sie sich noch ein paar Schritte weiterschleppte und dann, wie ein Ballon, aus dem die Luft entwich, auf einer Bank im Schatten zweier Palmen mit samtigem Stamm zusammensackte. Er konnte sie schluchzen hören.

»Ma'am? Alles in Ordnung mit Ihnen?«

Lila sah auf, und Aaron brauchte einen Augenblick, um sich von dem Schock zu erholen, den ihre Schönheit und ihr Charisma ihm versetzten.

»Geht es Ihnen gut?«

Sie nickte, doch dann zog sich ihr Gesicht zusammen, und sie begann zu wimmern.

Aaron legte sein Fahrrad im Gras ab. Er ging auf die Bank zu und blieb dann schweigend und unsicher neben ihr stehen. Sie roch nach den Tränen einer Frau – nach feuchtem Make-up – und nach zu wenig Schlaf, nach Kummer. Schließlich setzte Aaron sich mit etwa einem halben Meter Abstand neben sie. »Kann ich Ihnen helfen?«

»Mir ...« Sie sah ihn nochmals an. »Mir passiert so was nicht.« Sie brauchte einen Moment, bis sie ihre Fassung wiedererlangte. Sie setzte sich aufrecht hin und nahm eine geradezu aristokratische Haltung an. »So, jetzt ist es besser«, sagte sie dann. Sie legte ihre schmale Hand auf Aarons Knie, wie um ihm für seine Besorgnis zu danken, und fügte hinzu: »Normalerweise ... normalerweise heule ich nicht so schnell. Ist einfach nicht meine Art. Und vor Fremden schon gar nicht. Selbst wenn jemand – wahrscheinlich der wichtigste Mensch in meinem Leben – gerade gestorben ist ...«

Aaron blickte unruhig in Ryders Richtung, doch der hockte noch immer an seinem Baumstamm; das Kinn war ihm auf die Brust gesunken, die sich regelmäßig hob und senkte.

Lila schluchzte. Sie hob ihr Gesicht, sah in den Himmel und weinte bitterlich.

Aaron war hilflos. Er zupfte am Riemen seiner Umhängetasche und versuchte, einfach nur ruhig zu sein, einfach nur *da* zu sein für die Frau. Er sah sie an und sagte ernst: »Es tut mir wirklich sehr Leid.«

Lila schaute ihn an. »Wie er es gehasst hätte, mich so heulen zu sehen! Henry hasste öffentliche Gefühlsausbrüche. Er und Bogdanovich haben immer zu mir gesagt: ›Spar dir das für die Kamera auf!‹«.

Aaron platzte heraus: »Sie kennen Peter Bogdanovich?«

»Wirklich süß von Ihnen«, schniefte Lila, »dass Sie auf mein Namedropping eingehen, aber so junge Leute wie Sie wissen doch gar nicht mehr, wer der Mann überhaupt ist.«

Aaron schüttelte den Kopf und lächelte. »Ich hab *The Last Picture Show* nur ungefähr 37-mal gesehen.«

Lila versuchte, etwas Interesse vorzutäuschen, doch dann vergrub sie ihr Gesicht wieder in den Händen. »Es war ein Fehler«, stöhnte sie. »Junger Mann, das hätte alles im Dunkel der Nacht passieren müssen. Man hätte mir das nicht zumuten dürfen. *Er* hätte mir das nicht zumuten dürfen ...« Sie griff nach Aarons Hand und hielt sie fest umklammert. »Einfach ...« – Sie schluckte und kämpfte gegen einen neuerlichen Weinkrampf an – »einfach alle Geräte abzuschalten und ihn so gehen zu lassen.«

Aaron beobachtete sie. Sie starrte vor sich hin, verloren in jüngsten Erinnerungen.

»Einfach ... nur dazusitzen und zu warten, bis die Kurve auf dem Monitor keinen Ausschlag mehr zeigt.« Dann lachte sie bitter. »Er hat immer gesagt, das Fernsehen würde irgendwann einmal sein Tod sein.«

»Wer war er?«, fragte Aaron. »Ihr Mann?«

»Nein – na, ja, jedenfalls nie offiziell. Obwohl eigentlich ... Er war wahrscheinlich mein bester Freund. Auf jeden Fall war er mein bester Regisseur.« Sie wischte vorsichtig mit dem kleinen Finger unter ihrem Auge entlang. »Die Rollen, zu denen er mich ermuntert hat, waren immer die schwierigsten; jedenfalls waren sie alles andere als nahe liegend.« Lila verstummte und schaute verbittert zur Seite. Da erst erkannte Aaron sie.

Lila Montagne!

Aber er ließ sich nichts anmerken, so hoffte er zumindest.

»Sein Arzt rief mich an und sagte mir, dass sie ihn hierher gebracht hätten und dass er mir Bescheid geben würde, wenn es so weit wäre.« Nun brach sie ein zweites Mal zusammen. »Ich hätte vorbereitet sein müssen!«

Aaron rutschte näher an sie heran. Er zog ein Stofftaschentuch aus seiner Tasche und bot es ihr an.

Sie nahm es und blickte ihn mit einer Mischung aus Dankbarkeit und Neugier an.

»Mir hat schon jahrelang kein Gentleman mehr ein Taschentuch angeboten. Wer sind Sie? Cary Grant?«

Aaron errötete. »Nein, Ma'am. Ich bin ein Mormone auf Mission.«

In Lilas Tränen mischte sich nun ein Lachen. »Dann sind wir jetzt wohl von der Tragik ins Erhabene vorgerückt. Du liebe Güte, schauen Sie sich den Himmel an! Es muss irgendwo brennen.«

»Ja, in San Bernardino«, sagte Aaron. »Wir haben es vorhin im Fernsehen gesehen, als wir gerade bei jemandem zu Besuch waren. Ein Brandstifter hat es gelegt. Erstaunlich, was ein einzelner Mensch mit einem Streichholz anrichten kann, nicht wahr?«

»Ein Brandstifter! Wie schrecklich.« Lila versuchte, ein tapferes Gesicht aufzusetzen. »So, Sie sind also Mormonen-Missionar. Wenn ich Ihnen doch nur ein paar Minuten früher begegnet wäre ... ich schätze, Sie hätten die letzte Ölung vornehmen können.«

»Oh«, entgegnete Aaron lachend, »so was machen wir nicht. Wir verteilen bloß Broschüren ... und bekommen Themen vorgesetzt, die wir dann auswendig lernen müssen. Deshalb weiß ich auch gar nicht so genau, wie ich mich gerade verhalten soll.« Er hielt inne und nahm dann vorsichtig ihre Hand. »Lesen Sie eigentlich sonntags die Cartoons?«

Lila sah ihn verwirrt an. »Was bitte?«

Aaron lächelte. »Die Cartoon-Seite in der Sonntagszeitung.«

Lilas Gesichtsausdruck wechselte ganz langsam und auf wunderschöne Art und Weise zu dem eines jungen Mädchens über, dem nach einem Alptraum eine Gutenachtgeschichte vorgelesen wird. Sie drückte Aarons Hand und tupfte sich mit dem Taschentuch die Nase trocken. »Ja«, antwortete sie dann, »natürlich lese ich die Sonntags-Cartoons.«

»Gut«, sagte Aaron. »Als ich ein kleiner Junge war, bin ich immer ganz nah mit dem Gesicht herangegangen, fast bis meine Nase die Seite berührte. Und ich war ganz fasziniert davon, weil alles plötzlich wie eine Unmenge von einzelnen Punkten aussah. Nichts ergab irgendeinen Sinn, bis ich wieder auf Abstand ging. Und so sieht das Leben manchmal eben auch aus: eine Unmenge von Punkten. Nichts scheint einen Sinn zu ergeben. Dann denke ich immer, dass das Leben, alles im Grunde ... aus Gottes Perspektive betrachtet eben doch Sinn ergibt. Es sind nicht nur Punkte. Wir sind alle miteinander verbunden, und das ist schön, lustig und gut. Wenn man so nah dran ist« – er hielt sich ein imaginäres Stück Papier unter die

Nase – »können wir nicht erwarten, die Zusammenhänge zu erkennen. Jedenfalls jetzt noch nicht.«

Lila stand an der geöffneten Wagentür ihres Cabriolets auf dem Parkplatz des Sterbehospizes. Sie streckte Aaron sein Taschentuch entgegen, besah sich kurz den verschmierten Stoff und schaute dann wieder dankbar und traurig zu ihm auf. »Danke schön!«
»Behalten Sie's«, erwiderte Aaron.
Sie lächelte tapfer. »Danke. Ich verliere nicht oft die Beherrschung, aber wenn ich's tue, dann richtig.«
»Keine Sorge«, beruhigte Aaron sie. »Ich würde sagen, Sie hatten Grund dazu.«
Lila holte ein ledernes Visitenkarten-Etui aus ihrer Handtasche und entnahm eine Karte. »Bitte, kommen Sie mich mal besuchen, ja? Vielleicht in meinem Restaurant? Bitte, sagen Sie ja. Die Getränke gehen aufs Haus.«
Aaron studierte die Visitenkarte. Dann sagte er: »Oh. Ja, gut, aber …wir trinken keinen Alkohol.«
»Hm, das steigert vielleicht nicht gerade den Marktwert Ihrer Kirche, oder?«
»Manchmal nicht, da haben Sie Recht.«
»Behalten Sie die Karte trotzdem, okay? Kommen Sie doch einfach mal, um bei uns etwas zu essen, was auch immer.«
»In Ordnung, Ma'am, werde ich machen.«
»Versprochen?«
»Versprochen.«
Aaron wartete, bis sie in ihren Wagen gestiegen war, schloss dann behutsam die Tür von außen und sah ihr hinterher, wie sie wegfuhr. Langsam und glücklich ging er zu seinem Fahrrad zurück und schob es über das Gelände zur Straße zurück, wo er Ryder, mit einer Hand gegen die Ulme gestützt, vorfand.
»Na, hattest du ein nettes Gespräch mit der heulenden Frau?«
»Ja«, erwiderte Aaron. »Das hatte ich allerdings.«
»Na dann ist ja gut. Wir haben nämlich das Mittagessen verpasst.«

Misty Johnson

Als Ryder von seinem ersten Date mit Misty Johnson nach Hause gekommen war, hatte er sich neben sein Bett gekniet und gebetet. In diesem Augenblick wurde ihm die Erkenntnis zuteil, dass er und Misty heiraten sollten, und er wurde von einer derartigen Inbrunst und Vorfreude überwältigt, dass er kaum schlafen konnte. Stattdessen verbrachte er den Großteil der Nacht damit, im Buch Mormon zu blättern.

Am nächsten Morgen rief er sie an, um ihr die gute Nachricht mitzuteilen, doch sie war nicht da. Und da Anrufbeantworter ihm die Sprache verschlugen, legte er einfach wieder auf. Sein Tag war lang und ohnehin mit allerhand unterschiedlichen kirchlichen Aktivitäten angefüllt. Also begnügte er sich mit der Tatsache, dass er erst am folgenden Tag mit ihr würde sprechen können.

Am Montagmorgen machte er sich auf, sie auf dem Campus der Universität ausfindig zu machen. Er fand sie im Studentenwerk an einem Tisch sitzend; sie lernte, einen kalten Bagel und eine Tasse Kaffee neben sich. Licht strömte durch das Fenster herein und erhellte ihr wunderschönes Gesicht.

»Hey, ich hab dich überall gesucht. Boah ... ist das da Kaffee?«
Sie sah von ihren Büchern auf und lächelte. »Hi. Ja, ist es.«
Ryder setzte sich ihr gegenüber. »Aber du bist doch Mormonin.«
»Mehr oder weniger.«
»Mehr oder weniger? Aber der Prophet sagt doch ganz eindeutig, dass Kaffee gegen das Wort der Weisheit verstößt.«

Misty starrte ihn an. »Und weißt du, warum?«

»Weil Kaffee nicht gut für dich ist.«

»Nein, weil die Mormonen, als sie endlich Utah erreicht hatten, im ganzen restlichen Land so sehr verfolgt worden waren, dass sie aus Misstrauen nur Dinge aßen und tranken, die sie selbst angebaut hatten. Und da Kaffee und Tee in Utah nicht angebaut wurden, hätten die Mormonen sie einführen müssen, aber dazu waren sie eben zu misstrauisch. *Deshalb* trinken Mormonen keinen Kaffee. Ich hingegen lasse es drauf ankommen.«

»Wo hast du diese Märchengeschichte denn gehört?«

»Mein Vater hat sie auf der BYU gelernt.«

»Das ist doch völliger Quatsch. Wieso sollte denn so was an der BYU unterrichtet werden?«

»Du musst es ja nicht glauben.«

»Davon mal ganz abgesehen, muss ich dir etwas ungemein Wichtiges sagen.«

»Was denn?« Sie sah ihn an. Ihre sommersprossige Haut war weiß wie Porzellan.

»Ich hab letzte Nacht mit Gott gesprochen und ...«

Mistys Gesicht erschlaffte. »Ich unterbreche an dieser Stelle ja nur ungern, aber ... ich glaube nicht an dieses ganze Mit-Gott-Sprechen und so. Na ja, vielleicht hätte ich dir das ja sagen müssen, als wir neulich Abend zusammen aus waren.«

»Was?« Ryder hatte Angst, dass seine Neuigkeiten unter den Tisch fallen könnten.

Misty berührte ihn am Arm, und Schauder des Glücks durchfuhren ihn. »Würde es dir etwas ausmachen, wenn ich dir sage, dass ich, seit ich dreizehn war, nicht mehr in der Kirche gewesen bin?«

»Na ja, wenn's die Wahrheit ist ...«

Ihr Gesichtsausdruck ließ keinen Zweifel, dass es die Wahrheit war.

»Aber du glaubst doch noch an die Kirche, stimmt's? Du bist doch noch deinem Gelübde treu, dass es die einzig wahre Kirche ist ...«

»Gelübde?« Misty verschluckte sich beinahe an ihrem Bagel.

»Misty?« Ryder wurde nun sehr feierlich. Er spürte, wie Gott ihm zu verstehen gab, dass dies eine heikle Angelegenheit war und er sehr umsichtig vorgehen musste. »Ich hab in der Nacht nach unserem Date gebetet.« Er machte eine Pause und deutete Mistys Schweigen als Ehrfurcht. »Und Gott hat mir – übrigens durchaus unmissverständlich – gesagt, dass du meine Ehefrau werden sollst.«

»Aber wir hatten doch erst ein einziges Date!«

»Ich weiß – gerade das macht die Aussage ja so schwerwiegend.« Wieder hielt er kurz inne. »Es ist Schicksal.«

Sie blickte ihn verwirrt an.

»Aber, fuhr er fort, »du wirst wieder zur Kirche gehen müssen. Du wirst wieder beten, fasten und deinen Obolus zahlen müssen. Und dein Gelübde ablegen.«

»Hör mal, Paul. Ich werde dir mal eine kleine Geschichte über mein Gelübde erzählen ...«

»Misty! *Hörst du mir überhaupt zu?*«

»Ja.«

»Du musst das verstehen ... wie verdammt wichtig das ist: Der himmlische Vater hat in der Nacht nach unserem Date zu mir *gesprochen!*«

Mist warf einen Seitenblick auf die Leute, die kaum einen halben Meter neben ihnen saßen; sie hoffte, dass niemand seine letzten Worte gehört hatte und flüsterte: »Hör zu, ich verstehe ja, dass dir das widerfahren ist, aber ...«

»Bitte, sag mir nur, dass du die Tragweite der Sache begreifst.«

»Schon gut, schon gut, ich begreife die Tragweite. Aber hörst du *mir* jetzt vielleicht mal zu?«

»Um Himmels willen, ja doch!«

»Also: Als ich ein Kind war, bin ich mal mit der Kirche zu einem Sommercamp gefahren. Ich hatte viele Freunde, die Mormonen waren, und wir hatten unglaublich viel Spaß dort – Rumgeplantsche im Wasser, Schwimmen, Gruselgeschichten, Marshmallows, kleine Aufführungen – das ganze Drum und Dran eben. An unserem letzten Abend gab es eine große Versammlung, bei der wir alle heißen Cidre bekamen. Und dann ging jedes Mädchen einzeln vor und legte ihr Gelübde ab. Jeder achtete genau darauf, wer nach vorne ging ... und wer nicht.«

Ryder war gebannt, als Misty sich unterbrach, um eine Haarsträhne aus ihrem Mund zu entfernen.

»Die Gelübde gingen in etwa so: ›Ich glaube, dass die LDS-Kirche die einzig wahre Kirche ist und dass Joseph Smith der wahre Prophet Gottes ist‹ und so weiter. Alle haben exakt das Gleiche wiederholt.«

Ryder lachte in sich hinein. »Na ja, Kinder eben.«

»Aber trotzdem war es Pflicht!«, sagte Misty nachdrücklich. »Sie wissen nicht, *was* sie sagen sollen, aber sie wissen, dass sie irgendetwas sagen *müssen*. Na ja, jedenfalls blieben am Ende nur zwei Mädchen übrig – ich und Sarah Eddington -, und wir starrten einander an. Keine von uns beiden war als Mormonin erzogen worden. Und Sarah hatte rosa gefärbte Haare! Nach ein paar Minuten schließlich gab Sarah nach und trat vor. Und da stand sie nun und sagte genau dasselbe, was auch alle anderen gesagt hatten.« Misty nahm einen großen Schluck von ihrem Kaffee. »Und dann ruhten alle Blicke auf mir.«

»Klingt nach ziemlich großem Druck«, sagte Ryder.

Misty nickte. »Ich wünschte mir so sehr, dass die anderen dächten, dass ich schon vorne gewesen sei. Aber nein: Die wussten genau Bescheid. Und nach den vielleicht schlimmsten drei Minuten allgemeinen Schweigens trat schließlich auch ich vor.«

Ryder genoss den Anblick von Mistys Augen, die vor Trotz funkelten. »Und was hast du gesagt?«

»Ich habe gesagt: ›Na ja, ich weiß nicht so recht, ob die Kirche die einzig wahre Kirche ist und so, aber ich weiß, dass ich absolut gerne hier mit euch allen im Summercamp bin. Es macht total Spaß, und ich finde, ihr seid alle tolle Leute. Und das ist eigentlich auch schon alles. Amen.‹«

Ryder starrte Misty mit offenem Mund an. »Du bist wirklich mutig.«

»Aber darum geht es doch gar nicht!«

»Trotzdem, ich bin sicher, die Lehrer haben an dich geglaubt. Sie wussten, dass du erleuchtet werden würdest und dass du kein schlechter Mensch bist.«

»Nur weil ich kein schlechter Mensch bin, heißt das aber noch lange nicht, dass ich eines Tages zu mir kommen und an die Mormonenkirche glauben würde.«

»Misty«, sagte Ryder, »du bist vielleicht immer ein bisschen ehrlicher zu dir selbst gewesen als die anderen. Vielleicht hast du den Weg gewählt, am Propheten zu zweifeln. Und ich finde das gut. Weil ich weiß, dass du – wenn du schließlich umkehrst – dir alle Alternativen genau angesehen haben wirst und dass dein starker Glaube und deine harte Arbeit dich zu uns führen werden. Du bist keine blinde Gläubige wie all die anderen Schwachen. Verstehst du? Dein Glaube wird wirklich etwas bedeuten, und ich bin sicher, dass Gott dich genau aus diesem Grund für mich auserwählt hat.« Ryder griff nach ihrer Hand und hielt sie fest. »Weil du etwas Besonderes bist.«

Misty seufzte, und ihr parfümiertes Dekolleté, das sich hob und senkte, verfehlte seine Wirkung nicht.

Ryder fuhr betört fort: »Ich werde auf dich warten, Misty. Ich möchte, dass du dein Ausprobieren und Hinterfragen fortsetzt, denn ich werde immer für dich da sein, egal wie lange du brauchst. Wir können uns weiterhin treffen. Und vielleicht kann ich dich ja ein paar Mal zur Kirche mitnehmen. Ich meine, schließlich *warst* du ja dort bei der Single-Veranstaltung, als ich dich letzte Woche kennen gelernt habe. Das muss ja immerhin etwas bedeuten.«

»Oh«, entgegnete Misty, »aber ich wollte ja bloß ein paar neue Leute kennen lernen. Vielleicht war es der falsche Ort dafür, aber mit Mormonen kann man eben so leicht in Kontakt kommen. Die sind immer so freundlich.«

Ryder rutschte auf seinem Stuhl nach vorne. »Da hast du Recht, das sind sie. Aber ich bin sicher, da steckte mehr dahinter. Man geht nicht auf eine Single-Veranstaltung der Mormonen, wenn man nicht ...«

»Stimmt, du hast Recht. Und jetzt ist mir auch klar, dass ich einen Fehler gemacht habe.«

»Nein«, protestierte Ryder, »Du bist deinem Schicksal gefolgt! Du hattest an jenem Abend eben nicht die Wahl.«

»Okay, Paul.« Misty stand auf, sammelte ihre Bücher zusammen und stopfte sie in ihren bereits prall gefüllten Rucksack. »Können wir später weiterreden? Ich muss jetzt in meinen Unterricht.«

Als sie gegangen war, starrte Ryder auf die Überreste ihres Bagels und den Kaffeerand, den ihre Tasse auf dem Tisch hinterlassen hatte. Warum konnte nichts je einfach funktionieren? Warum musste Gott ihn ständig prüfen?«

Am darauf folgenden Sonntag trat Ryder aus der Dusche, trocknete sich eilig ab und zog seinen weißen Frottee-Bademantel über. Er war am Kragen ein wenig ausgefranst. Bevor er zu seiner Mission ging, würde er sich einen neuen kaufen müssen.

Er ging zum Telefon und wählte Mistys Nummer. Nach dem vierten Klingeln meldete sich eine belegte Stimme.

»Misty, hallo! Hab ich dich geweckt?«, fragte er amüsiert und stellte sich ihr zerzaustes Haar und ihre verschlafenen Augen vor.

»Mmh ... Hi.«

»Hast du Lust, heute mit mir zur Kirche zu gehen? Ich könnte dich abholen. Oder wir könnten auch zusammen hinlaufen.«

»Mmm ... ich denke nicht.«

»Bitte, Misty! Es wäre so schön, wenn du mitkämst.«

»Das ist lieb von dir, aber ich war gestern Abend so lange auf. Ich war mit ein paar Freunden bei der Roasting Company ...«

Ryder war enttäuscht. »Ich wollte zusammen mit dir mit dem Bischof sprechen.«

»Heute?«

»Ja.«

»Ich kann nicht. Jedenfalls heute nicht. Na ja, vielleicht nächste Woche, okay?«

»Ja, schon gut. Dann bis später.«

»Okay, viel Spaß.« Ihre Stimme war so voller Mitgefühl. Einfach nur *süß*. Sie brauchte einfach mehr Zeit. Er drängte sie. Er nahm sich vor, allein mit dem Bischof zu reden.

Ryder spazierte unter seinem Regenschirm zur Kirche. Er musste an seinen abgetragenen blauen Anzug denken. Für die Mission würde er auch neue Anzüge brauchen sowie Hemden und wahrscheinlich auch Schuhe. Als er an der Kirche ankam, war er in melancholischer Stimmung. Er wollte so gerne Misty bei sich haben. Bis zur Sakramentsversammlung waren es noch zehn Minuten. Er machte sich auf die Suche nach dem Bischof.

Bischof Anderson war ein großer, dünner Herr mit extrem blasser Haut und melodischer Stimme. Er war höchstens vierzig. Ryder entdeckte ihn in der Nähe seines Büros, umgeben von seinen Räten – zwei noch blasseren Männern in dunklen Anzügen und mit ernsten, wichtigen Mienen. Ryder wartete auf dem Gang, er wollte die Herren nicht unterbrechen. Schließlich nahmen die drei Männer eine etwas entspanntere Haltung an und gaben sich die Hände. Dann gingen sie auseinander, und Ryder rief: »Bischof Anderson!«

Der Bischof drehte sich um. »Schön, Sie zu sehen, mein Junge!« Dann drehte er sich abermals um, um die Person zu grüßen, die gerade hinter ihm vorbeiging.

»Äh, Sir?«

Wieder wandte sich der Bischof um, diesmal mit fragend erhobener Braue.

»Ich wollte fragen, ob ich heute nach dem Gottesdienst vielleicht mit Ihnen sprechen könnte.«

»Ein paar Minuten habe ich bestimmt. Wird es lange dauern?«

»Ich hoffe nicht.«

»Dann kommen Sie gegen Viertel nach eins in mein Büro.«

»Danke, Sir. Ich werde da sein.«

»Gut.« Sie gaben sich die Hand. Ryder genoss den Respekt, den ihm neuerdings die Mitglieder der Priesterschaft entgegenbrachten. Seit er ein Elder war, gehörte er zu ihnen, und sie würden ihm eine Unterredung gewähren, wenn er heute darum bat. Es war ein erhebendes Gefühl.

Pünktlich um Viertel nach eins klopfte Ryder an die Tür des bischöflichen Büros.

»Herein«, rief eine dumpfe Stimme. Ryder drehte den Türknauf herum und blickte in das lächelnde Gesicht des Bischofs.

»Nehmen Sie Platz, Elder Ryder! Was haben Sie auf dem Herzen?«

Ryder nahm bedächtig Platz und suchte nach einem Anfang. Er war sich sicher, dass Bischof Anderson ihm erläutern würde, wie er mit der Situation mit Misty umzugehen hatte und sie zu einem glücklichen Ende bringen konnte. Doch gleichzeitig fürchtete er auch, der Bischof könne sie vielleicht verdammen, wenn er von ihrer Vergangenheit erfuhr und den Dingen, die sie gelegentlich sagte ...

»Sir, es geht um Misty.«

»Das Mädchen, das Sie bei der Single-Veranstaltung kennen gelernt haben?«

Ryder nickte.

»Sie scheint ein anständiges Mädchen zu sein – nur kommt sie nicht oft genug zur Kirche.«

»Sir, ich liebe Misty.«

»Daran ist nichts auszusetzen.«

»Na ja, irgendwie schon.«

»Ich hoffe, Sie wollen mir nicht bedeuten, dass Sie beide ...«

»Nein! Nichts dergleichen, Sir! Es ist nur ...«

»Puh. Das ist nämlich immer eine äußerst haarige Angelegenheit. Sie gehen ja bald auf Mission, und da wollen Sie sich schließlich nicht mit derartigen Indiskretionen belasten.«

»Nein, natürlich nicht.« Ryder fragte sich, ob er wirklich fortfahren sollte. Doch er sah keine andere Möglichkeit.

»Sir, ich fürchte, Misty glaubt nicht an die Kirche.«

Bischof Anderson seufzte. Er lehnte sich in seinem großen schwarzen Sessel zurück, bis Ryder fürchtete, er würde nach hinten kippen. »Auch eine dieser haarigen Angelegenheiten.« Es entstand ein längeres Schweigen. Der Bischof hatte die Hände vor dem Mund gefaltet und tippte sich mit den ausgestreckten, gegeneinander gepressten Zeigefingern auf die Lippen. »Sie werden das jetzt nicht gerne hören, aber Sie sind ein junger Bursche – und es gibt viele hübsche junge Mädchen, die in zwei Jahren einen Ehemann brauchen werden, gute, fromme Mädchen ... Sie sollten Ihre Zeit nicht damit verschwenden, die eigene Freundin zu bekehren. Konzentrieren Sie sich auf Ihre Mission, junger Freund, und machen Sie sich im Augenblick über die Mädchen keine unnötigen Gedanken. Gott wird die Sache zu seiner Zeit richten.«

»Aber genau das ist das Dilemma, Sir! Gott hat mir gesagt, dass sie für mich bestimmt ist.«

Der Bischof löste seine verschränkten Finger. »Wir sollten nicht den Fehler begehen zu meinen, immer genau zu wissen, was Gott uns gerade sagen will. An dieser Stelle geraten ja auch immer diese Polygamisten in Schwierigkeiten – das ist unserem guten Ruf abträglich.«

Ryder dachte über die Worte des Bischofs nach. »Was also soll ich tun?«

Bischof Anderson stand auf und zog sich seine Jacke an. Er sammelte ein paar Papiere zusammen und heftete sie in einen Ordner. Dann legte er ein Buch, auf dessen Cover luftige Wolken und Strahlen von mystischem Sonnenlicht abgebildet waren, auf den Ordner und räumte noch einige andere Dinge auf seinem Schreibtisch zurecht. Schließlich ging er zur Tür. »Die Zeit, die Zeit, mein Junge ... ich muss.«

»Aber was soll ich tun?«

Bischof Anderson öffnete die Tür. Er hielt den Knauf in der Hand. »Lassen Sie die Finger von ihr«, sagte er schließlich und schritt eilig auf den erleuchteten, mit orangefarbenem Teppich ausgelegten Korridor hinaus.

Buntes und Weisses

~~~

Montag ist der Tag der Vorbereitung für alle Missionare, der Tag, an dem sich um Dinge wie Einkauf, Wäsche oder Briefeschreiben gekümmert werden soll. Doch da Ryder, den Mund voller Orangensaft, auf den Stapel frisch gewaschener und gebügelter weißer Hemden nieste, den Aaron am Vortag so ordentlich zusammengelegt hatte, erhielt Aaron die Sondergenehmigung, das für Dienstagnachmittag angesetzte Gruppenstudium ausfallen zu lassen und sich stattdessen seiner Wäsche zu widmen.

Ihm ging ohnehin viel im Kopf herum, also ließ er sich Zeit. Er stopfte die Hemden, die er über Nacht und den ganzen Dienstagmorgen in kaltem Wasser eingeweicht hatte, einzeln in die Waschmaschine. Zuerst war das der Vorfall in Christians Schlafzimmer gewesen. Er war entschlossen, es nicht noch einmal zu so einer Situation kommen zu lassen. Aaron fühlte, dass er die nötige Kontrolle dazu im Geiste aufbringen konnte. Er hatte seinen Frieden mit Gott gemacht, und es sollte nicht mehr vorkommen. Punkt. Sein Konflikt bestand darin, ob er dem Missionspräsidenten davon erzählen sollte oder nicht. Er wusste, dass er es eigentlich beichten musste. Aber er erinnerte sich auch noch an das, was mit Elder Todd passiert war, dem Scherzkeks mit den Klebezetteln. Was, wenn sie auch Aaron nach Hause schicken würden? Würde das nicht auch die Stellung seines Vaters in der Kirche gefährden? Aaron wusste, dass das kein guter Grund war, die Wahrheit zu verschweigen. Er brauchte einfach noch ein paar Tage, um sich klar darüber zu werden, was die ganze

Geschichte bedeutete. Wenn sie etwas Ernstes bedeutete, würde er sie dem Bischof beichten. War es hingegen nur eine momentane Versuchung gewesen, der er widerstanden hatte, so konnte er einfach weitermachen, als ob …

Und überhaupt: War er nicht ein bereitwilliger Diener Gottes? Schließlich hatte er die faszinierende Erfahrung machen dürfen, mit der Filmschauspielerin vor dem Sterbehospiz zu sprechen – das Gefühl, etwas wirklich Gutes getan zu haben. Gott hatte eben doch durch ihn gesprochen. Was ihn jedoch wirklich erschütterte, war die Tatsache, dass er, während er mit Lila Montague in jenem innigen Gespräch verbunden gewesen war (und er mittlerweile zweifelsfrei wusste, wer sie war, da sie ihm ja ihre Visitenkarte gegeben hatte) – dass es da nicht einen Augenblick gegeben hatte, in dem er mit ihr über seine Kirche hatte sprechen wollen.

Er ertrug dieses Eingeständnis kaum, es türmte sich regelrecht vor ihm auf: Indem er seine Kirche außen vor gelassen – oder sie zumindest zeitweilig vergessen – hatte, hatte er mehr erreicht und sich Gott näher gefühlt als zu jedem anderen Zeitpunkt seiner gesamten Mission …

Aarons Gedanken verschwammen. Warum nur fühlte er sich von Leuten, die nichts mit seiner Kirche zu tun hatten, so angezogen?

Er hörte, wie sich das Geräusch von Flipflops – *klapp klapp* – über den Hof und schließlich die Kellertreppe hinab näherte.

Harmon?

Ryder?

Nein, es war Christian.

Aaron beeilte sich, die restlichen Hemden in die Maschine zu stopfen. Er warf die Münzen ein und wartete, bis das Wasser in der Trommel anstieg.

Christian postierte sich direkt neben Aaron und sortierte einen dürftigen Haufen von weißen Socken und diversen Lycra-Shorts, darunter auch eine in den Regenbogenfarben. Aaron warf einen schnellen Blick auf Christians Wäsche. Nichts davon sah auch nur entfernt schmutzig aus. Er spürte Wut in sich aufsteigen. Was sollte diese ganze Inszenierung?

»Hi«, sagte Christian und krempelte eine seiner Socken um. »Ich begegne euch sonst nie, wenn ihr morgens das Haus verlasst. Seid ihr immer so früh auf den Beinen?«

»Meistens«, entgegnete Aaron kühl.

»Ich wette, ihr habt euch gefragt, was ich so früh gemacht habe.«

»Ich nehme an, du wirst mal wieder ins Fitessstudio gegangen sein«, sagte Aaron.

»Nein.« Christian berührte Aarons Arm. »Ich hab freiwillig etwas Soziales gemacht«, sagte er und sah Aaron bedeutungsvoll in die Augen. »Für Project Angel Food.«

Aaron ging einen Schritt zur Seite, füllte Flüssigwaschmittel in einen Becher und goss es in das dafür vorgesehene Fach. »Toll«, sagte er und schüttelte den Becher, damit kein Tropfen verschwendet wurde. »Und was willst du jetzt von mir? Einen Orden vielleicht?«

»Nein ... ich wollte einfach nur ...« Christian stammelte: »Weißt du, das was du über mich gesagt hast, stimmt einfach nicht.«

»Na schön«, bellte Aaron. »Dann stimmt es eben nicht, und die Welt ist ein bisschen besser!«

Christian, der dabei war, seine Maschine zu füllen, hielt inne: »Was habe ich dir eigentlich getan?«

»Nichts«, erwiderte Aaron.

»Warum bist du dann so fies zu mir?«

Aaron sah ihn an. »Du machst diesen ehrenamtlichen Job doch nicht wegen dem, was ich zu dir gesagt habe, oder?«

»Nein«, sagte Christian. »Ich dachte nur, wir könnten vielleicht zusammen ...«

»Wir könnten *was?*«, unterbrach Aaron. »Zusammen Zeit verbringen? Beste Freunde werden? In den Sonnenuntergang hineinreiten?«

»Ich weiß nicht«, erwiderte Christian verzweifelt. »Alle scheinen zu glauben, dass ... alle behandeln mich, als ob ich ...«

»Als ob du perfekt wärst«, ergänzte Aaron.

»Ja«, sagte Christian. »Manchmal jedenfalls.«

Aaron schnaubte verächtlich und schraubte die Kappe auf die Flasche mit dem Flüssigwaschmittel.

»Aber du bist der erste Mensch, der mir begegnet ist, der mir das Gefühl gibt ...«

»Was für ein Gefühl?«

»Das Gefühl, dass das nicht genug ist. Ich möchte vielleicht auch noch etwas anderes sein. Und deswegen dachte ich ...«

»Hör zu, was immer du dir da denkst ... vergiss es.« Aaron blieb am Fuß der Kellertreppe stehen. »Wir sind wie Buntes und Weißes. Wir passen nicht zusammen.«

Mit jedem Schritt, den Aaron sich die Treppe hinaufschleppte, schien sein Herz ihn stärker zurückzuziehen. Er wollte alles fallen lassen, umkehren und sich in Christians Arme werfen. Aber er tat es nicht. Er konnte nicht.

Er hatte es Gott versprochen.

OFFENBARUNGEN

FEUERSBRÜNSTE FRASSEN SICH durch den Süden Kaliforniens, und Ryders Schnarchen hatte eine neue Dimension angenommen. Alle paar Minuten hörte er ganze fünfzehn Sekunden lang vollends auf zu atmen. Die Stille, die sich dann in dem dunklen, leicht nach Rauch riechenden Zimmer ausbreitete, erfüllte Aaron mit widersprüchlichen Gefühlen. Einerseits machte er sich um Aarons Gesundheit Gedanken; andererseits wünschte er sich, dass diese kurzen Intervalle aussetzenden Atmens die ganze Nacht über andauern würden.

Aaron starrte an die Decke. Am vergangenen Nachmittag war er vor der einzigen Person davongelaufen, die ihm das Gefühl gab, uneingeschränkt *lebendig* zu sein. Doch warum war das so? Vater unser im Himmel, ich danke Dir im Namen Deines Sohnes Jesus Christus, aber ist dies deine Art, mich zu prüfen? Wenn ich diese schmerzvolle Zeit überstehe, werde ich Deiner dann vollends würdig sein?

Ryder hörte abermals auf zu atmen. Leise Schritte tappten über den Hof. Durch das Fenster drangen unterdrückte Männerstimmen ins Zimmer. Aaron setzte sich auf, stützte sich auf einem Ellenbogen ab und legte den Kopf schief. Er horchte auf das Klimpern des Schlüssels, dem eine neuerliche Schnarchsalve von Ryder folgte. Dann stand er auf und ging auf Zehenspitzen durch das dunkle Zimmer. Diesmal machte er sich nicht vor, dass ihn die Angst vor eventuellen Einbrechern umtrieb. Er spähte durch die Jalousie, nur von einem Gedanken beseelt: Christian?

Aarons Verdacht bestätigte sich. Christian sperrte seine Haustür auf, um mit einem kantigen Typen in Polohemd und Jeans hineinzugehen. Als sich die Tür hinter den beiden schloss, ging Aaron wieder zu seinem Bett zurück. Er fiel, die Ellenbogen auf seine Matratze gestützt, auf die Knie und verschränkte die Hände zum Gebet. Seine Knöchel bohrten sich in seine Stirn, und Tränen der Erleichterung strömten sein Gesicht hinab. Danke Herr, dass Du mir die Wahrheit gezeigt hast …

Christian entriegelte seine Haustür.

»Scheiße, ich muss pissen«, flüsterte sein Gast, ein Typ mit einem kantigen Gesicht, dessen Namen Christian – so er ihn überhaupt mitbekommen hatte – schon vor Stunden bereits wieder vergessen hatte.

Der Typ huschte in das Gebäude vor ihm.

»Durch den Gang, erste Tür rechts.«

Christian schaute zu Aarons Fenster hinüber. Warum kann ich nicht aufhören, an ihn zu denken? Hat sich da nicht gerade seine Jalousie bewegt? Werde ich schon verrückt?

Er hörte, wie sein One-Night-Stand fluchte und ging ihm hinterher. Er lag ausgestreckt auf dem Boden, war über Julies Rollerblades gestolpert (sie war aber auch eine Schlampe!) und sah sich voller Scham und Verwirrung um. Christian sah – eigentlich kaum interessiert und schon gar nicht belustigt – zu, wie der junge Mann aufstand und, an seinem Hosenschlitz fummelnd, auf die Toilette zurannte.

Arschloch, dachte Christian.

Er ging in sein Apartment zurück, blieb im dunklen Wohnzimmer stehen und hörte, wie der Typ seine Blase entleerte. Die Situation, in der sich Christian befand, seine Haare, seine Kleidung – alles erschien ihm unendlich banal. Wie hatte er zulassen können, dass seine Wohnung derart gekünstelt aussah? Er stand mit verschränkten Armen vor dem Fenster und starrte hinauf zu der roten Mondsichel, die im blauschwarzen Nachthimmel hing. Dann runzelte er die Stirn. Selbst der Himmel sah übertrieben gestylt aus.

Er versuchte, zu Aarons Fenster zu schauen, doch aus diesem Winkel schob sich die überhängende Dachkante eines anderen Bungalows davor. Er presste sein Gesicht an die Fensterscheibe.

So stand er noch immer da, als sich zwei Arme von hinten um seine Taille schlangen. Kurz darauf machten sich zwei geschickte Hände an seiner Gürtelschnalle zu schaffen. Ein Ständer von ziemlich durchschnittlicher Größe presste sich gegen den Saum seiner Gesäßtasche. Gehörte all dies zu ein und demselben warmen Körper? Christian drehte sich um, um dem Mann einen deprimierten Kuss zu geben.

Doch der Typ zuckte zurück. »Ich küsse nicht«, sagte er.

»Ach nein?«, erwiderte Christian kaum überrascht.

Dann ließ der Typ die Hose runter und ging vor Christians Hosenschlitz in die Knie. Er fuhr mit der Hand hinein und holte ihn ziemlich schnell heraus. Gut, wenigstens war er hart. Noch besser: Er war sogar groß.

Christian spürte, wie er in ein Wohlgefühl hinüberglitt. Doch dann überkam ihn ein jäher Anflug von Angst. »Wie heißt du noch mal?«

»Dhhhmmkkk«, antwortete der Mann.

»Dick?«

Der Mann ließ mit den Lippen von seiner Verrichtung ab, blickte zu Christian auf und wiederholte etwas genervt: »Dirk.«

»Dirk?«, fragte Christian. »Deine Eltern haben dich Dirk genannt?«

Dirk verlagerte sein Gewicht auf seine Fersen. »Also eigentlich heiße ich Mort.« Er ließ seine Augenbrauen hüpfen. »Meine Freunde nennen mich Wassersport-Mort.«

Dirk riss Christians Hose herunter, drehte ihn um und vergrub die Nase zwischen seinen Hinterbacken.

»Oh, äh ...« Christian hielt sich an der Sofalehne fest. »O-kay ... ähm ... Dirk ... nicht, dass ich das, was du da hinten machst, nicht zu schätzen wüsste, aber ... könnten wir kurz reden?«

Dirk zog seinen Kopf zurück. »Reden? Cool, Baby. Darauf stehe ich voll. Yeah, ich bin deine dreckige kleine Boyschlampe.«

Christian verdrehte die Augen.

»Ich bin deine Schwanznutte. Krieg ich was auf den Hintern? Ich bin nämlich gaaanz ungezogen gewesen!«

»Äh, Dirk?«

»Yeah, Daddy?«

»Das ist es nicht ... ich meine, das ist nicht, was ich gemeint habe.« Christian drehte sich herum und beugte sich vor, um sich die Jeans wieder hochzuziehen. »Ich meinte«, er zog den knienden Dirk auf die Füße, »ich meinte 'ne richtige Unterhaltung.«

»Unterhaltung? Aber wieso?«

Christian starrte ihn an. »Willst du denn nie jemanden etwas näher kennen lernen? Damit es etwas mehr Bedeutung gewinnt? Vielleicht nicht nur mit einem Typen schlafen, sondern tatsächlich die Nacht mit ihm verbringen?«

»Du willst *was?*« Dirk sah verwirrt aus. »Zusammen schlafen? Ich weiß nicht. Ist das nicht irgendwie ... zu intim?«

»Also entschuldige mal«, sagte Christian, lachte und zog seinen Gürtel zu, »hast du mir nicht eben noch die Rosette geleckt? Und da wäre dir das Übernachten bei mir zu intim?«

Dirk starrte Christian an, als hätte er soeben einen Geist erblickt. Dann hob er die Hände und gab auf. »Also jetzt machst du mir echt Angst, Mann. Ich werd wohl mal besser gehen jetzt. Ich wusste ja nicht, auf was für abgefahrene Sachen du stehst.« Er schnappte sich sein Poloshirt, entfernte sich langsam im Rückwärtsgang, drehte sich schließlich blitzschnell um und sprintete zur Tür.

KEITH

Es war ein schöner Nachmittag im Frühling, als Keith zum ersten Mal den Verdacht hegte, HIV-positiv zu sein. Er lag im Bett und hatte wahrscheinlich gerade den besten Sex seines Lebens gehabt – mit einem extrem gut aussehenden Typen, der in einem jener ausgesprochen beliebten *Alien*-Filme der 80er Jahre einen Kampfflieger bei der Armee gespielt hatte. Der Ärmste hatte allerdings nicht viel Text gehabt und starb bereits in den ersten dreißig Minuten des Films. Keith jedoch hatte sich noch Jahre, nachdem er den Film gesehen hatte, an ihn erinnert und konnte kaum fassen, dass er nun tatsächlich mit ihm im Bett lag. Da klingelte das Telefon. »Guten Tag, Mr. Griffin, hier spricht Teresa aus der Klinik«, sagte die junge Sprechstundenhilfe am anderen Ende der Leitung. »Mr. Griffin, Sie müssten bitte so schnell wie möglich bei uns vorbeikommen. Wir müssen mit Ihnen über Ihr Testergebnis sprechen.«

»Dann steht das Ergebnis also fest?«

»Tut mir Leid, ich kann am Telefon keine Auskünfte geben, bitte kommen Sie in die Klinik.«

Keith legte den Hörer auf und blieb einen Moment lang schweigend liegen. Der Weltraumkrieger schlief neben ihm; das Licht, das durchs Fenster hereinkam, fiel auf seine dunkle Haut. Wie friedlich er aussah! Keith stand auf, zog sich ein Hemd und ein Paar Shorts an, schlüpfte in seine Flipflops und verließ das Haus. Dann stieg er in seinen Wagen und fuhr zur Klinik.

Eigentlich hatte er gar keine HIV-Test machen wollen. Er gehörte zu den viel beschäftigten Typen, die es gar nicht so genau wissen wollen, hatte sich jedoch einen hartnäckigen Hautausschlag zugezogen. In einem Anflug von unerwartetem Verantwortungsgefühl ließ er sich untersuchen und fragte genauer nach – fast so, als wolle er dem Arzt beweisen, wie vernünftig er war. Das Ergebnis wollte er sich im Grunde gar nicht abholen; er hatte bald auch gar nicht mehr daran gedacht.

Doch als er den Anruf bekam, wusste er augenblicklich, dass er positiv war. Auf dem Weg zur Klinik begann er, sich von der Welt loszulösen. Jetzt gibt es eine Grenze, sagte er sich. Zwischen mir und allen, die nicht positiv sind.

Plötzlich begriff er sein Leben als endlich, als etwas, das einen Anfang, eine Mitte und ein Ende hatte. Auf dem Weg zur Klinik – die Fahrt dorthin dauerte bloß eine Viertelstunde – änderte sich seine Perspektive mindestens ein Dutzend Mal.

Die Klinik, in die er gegangen war, genoss nicht den allerbesten Ruf, sie hatte lediglich ein relativ kostengünstiges Arrangement mit seinem Krankenversicherer getroffen. Das Gebäude in Silver Lake war etwas schäbig, er war schon öfter dort gewesen, jedes Mal wenn er etwas hatte, was er seinem Hausarzt aus Gründen der Scham nicht zeigen wollte. Wahrscheinlich war die Tatsache, dass die Klinik nicht zu den renommiertesten zählte, gerade der Grund dafür gewesen, dass er überhaupt in Erwägung gezogen hatte, den Test dort machen zu lassen. Hier, wo viele Arme hinkamen, hatte er beinahe das Gefühl gehabt, gar nicht positiv sein zu können. Und falls er tatsächlich positiv sein sollte, so hatte er gedacht, dann wäre dies der angemessene Ort, es zu erfahren.

Keith meldete sich bei der Sprechstundenhilfe am Empfang und nahm dann im Wartezimmer Platz. Dort lief gerade ein Video über ein Therapieprojekt mit Haustieren für Menschen, die an Aids erkrankt waren. Keith schaute sich das Video an und spürte, wie ihm der kalte Schweiß ausbrach.

Nachdem er aufgerufen worden war, wartete er in dem kleinen Sprechzimmer, bis Teresa, die Schwester, mit der er telefoniert hatte, hereinkam. Sie war es auch gewesen, die das Blut bei ihm abgenommen hatte. Sah sie ihn merkwürdig an? Ja, das tat sie. »Okay, Mr. Griffin. Ich muss Ihnen etwas sagen und hoffe, dass Sie mir nicht böse sein werden. Als ich neulich Blut bei Ihnen abgenommen habe, habe ich die Probe verwechselt.«

»Bitte?«

»Ich hatte Ihr Blut in zwei Reagenzgläser gefüllt, die die falsche Größe hatten und für einen ganz anderen Test bestimmt sind. Und da ich nun die falsche Probe ins Labor geschickt habe, konnte Ihr Test nicht durchgeführt werden.«

Keith hörte der Schwester zu, die sich wortreich für ihren Fehler entschuldigte. Also war er doch nicht HIV-positiv? Die Schwester hatte ihn lediglich angerufen, um ihm noch einmal Blut abzunehmen? Bat sie ihn jetzt gar darum, Ihrem Chef nichts zu erzählen, damit sie ihren Job nicht verlor?

Keith fühlte sich wie betäubt. Er war erleichtert und dennoch völlig durcheinander. Er blickte Teresa an: »Und jetzt?«, fragte er. »Sie müssen noch einmal Blut abnehmen, das ist alles?«

Zwei Wochen später wurde Keith sein gültiges Testergebnis mitgeteilt.

Er war positiv.

STRATEGIE VERSUS SCHICKSAL

PFFFF-SSSSS, PFFFF-SSSSS. Keith dämmerte im Grabesdunkel seines Wohnzimmers in seinem Sessel dahin. Er war mit Kopfhörern eingeschlafen, auf seinem CD-Player lief ein Sinfoniekonzert von Bach. Keith träumte, dass er sich in einer überfüllten öffentlichen Toilette befand, wo attraktive junge Männer aufgereiht standen, um Sex zu haben. Einer von ihnen zog auf dem Rand eines Waschbeckens eine Linie Crack und kam dann auf ihn zu. »Komm, wir machen's ohne Kondom«, sagte er.

»Ich bin positiv«, entgegnete Keith.

»Macht nichts ... ich bin sowieso gerade am Gehen.«

Keith krümmte sich zusammen.

»Bitte«, sagte der junge Mann.

Dann ein Klopfen an der Tür – jemand kam herein.

Keith öffnete ein Auge und sah Christian mit der Essenslieferung im Türrahmen stehen. Heute war er angezogen wie ein Benetton-Model, das sich als Pizzaboy in Szene setzte: gelbes T-Shirt, Jeans, weiße Converse-Sneakers aus Leder und falsch herum aufgesetztes Basecap. Keith stöhnte. Christian sah genauso entsetzlich schön aus wie beim letzten Mal.

»Oh«, sagte Keith und streifte sich die Kopfhörer ab. »*Es* ist wieder da.«

»Ja, *es* ist wieder da.« Christian ging zum Flügel hinüber und stellte die Tüte mit dem Essen zwischen dem herumliegenden Müll ab. »Heute scheint dein Glückstag zu sein.«

Keith schniefte. »Oder ich leide noch nicht genug. Ich hab nicht erwartet, dich noch mal zu sehen.«

Christian öffnete die Tüte und nahm eine heiße Aluminiumschale mit einem Hühnchengericht und Reis heraus. Er stellte sie auf das Holztablett und griff abermals in die Tüte, um einen Apfel hervorzuholen. »Nun hör aber auf«, sagte er und stützte die Hände auf den Knien ab, »du glaubst doch wohl nicht, dass mich deine Hellseher-Nummer von neulich ernstlich abgeschreckt hat, oder?«

Keith lächelte matt. »Vielleicht hat ja auch bloß die Demenz bei mir eingesetzt. Manchmal schaue ich mir eben Leute an und denke, ich bin das Orakel von Delphi.«

Christian legte ein paar Servietten und Plastikbesteck neben das Essen. »Ach ja? Und ich knurre manchmal Leute an – nur halte ich mich deshalb nicht gleich für Eartha Kitt!« Er drehte sich mit dem Tablett um und beugte sich vor, um es auf Keiths Polstertruhe zu stellen. »Ich stell das ... mal einfach ... hier ab.«

Sein Kunde sah ihn müde an. »Ist sowieso egal. Ich hab immer noch keinen Hunger.«

»Ich erinnere mich nicht, dich danach gefragt zu haben. Vergiss nicht, ich trage das Zeug bloß aus. Aber mein guter Freund Andrew hat das gekocht, dabei kocht er normalerweise noch nicht mal für seinen Freund!« Christian näherte sich Keiths Gesicht. »Du könntest es also aus Höflichkeit essen, das wäre nun wirklich das Mindeste.«

Keith starrte auf seinen Schoß. »Ich muss mich nicht mehr bemühen, höflich zu sein. Ich denke, ... ich hab mir dieses Recht verdient.«

»Ach ja, stimmt ja«, erwiderte Christian und zog sich einen staubigen aber eleganten antiken Sessel heran. »Du stirbst ja, du bist verbittert, bla bla bla ... Na, zum Glück bin ich oberflächlich, deshalb tangiert mich so was ja auch nicht. Und jetzt iss!«

»Tangiert?«, wiederholte Keith. »Ich wette, du weißt noch nicht mal, wie man das schreibt.«

»Und ob!«, entgegnete Christian und knipste eine Lampe an, die in der Nähe stand. »Das buchstabiert man so: I-s-s e-n-d-l-i-c-h.«

Dann griff er in seine Gesäßtasche und zog eine Boulevardzeitung heraus. »Und nur um dir zu zeigen, dass unsere kleinen Problemchen auf dieser Welt nicht mal ein Fliegendreck sind, lese ich dir, während du isst, mal von ein paar Menschen vor«, er faltete die Zeitung auf, »die wirkliche Probleme haben.«

Christian schlug ein Bein über das andere, so dass sein Fuß auf dem Knie des anderen Beins zu liegen kam, lehnte sich in seinem Sessel zurück und verschwand hinter der Zeitung. Er schwieg einen langen Moment, um die Spannung zu steigern, während Keith auf den wippenden, weißen Converse-Sneaker vor seiner Nase starrte. Dann rief Christian dramatisch: »O Gott … nein … ist ja schrecklich … unfassbar … das kann einfach nicht stimmen!«

Keith regte sich nicht, nur seine Augenbrauen hoben sich: »Was?«

Christian faltete die Zeitung wieder zusammen. »So wie es aussieht, hat die arme Pamela Anderson ihre Brustimplantate so oft raus- und reinoperiert bekommen, dass ihr Busen jetzt vollends vor die Hunde gegangen ist.« Er schlug die Zeitung erneut auf, und seine Augen weiteten sich: »O mein Gott!«, kreischte er, »hier sind sogar Bilder von ihr im Bikini abgedruckt!« Er knickte die obere Ecke der Seite um und führte Keith einen Ausdruck grenzenlosen Entsetzens vor. »Widerlich!«

»Halt die Klappe«, sagte Keith.

»Nein, echt widerlich, im Ernst. Die Dinger hängen ihr bis auf die Knie runter!« Christian lächelte verschlagen. »Iss dein Huhn, und ich zeig sie dir.«

Keith rutschte ein Stück zu Christian heran, doch dieser lehnte sich zurück und hielt die Bilder gegen seine Brust gepresst. »Na, na, na! Erst wird ein Happen gegessen!«

Schmollend sackte Keith in seinen Sessel zurück. Dann verschränkte er seine knochigen Arme mürrisch vor seinem kleinen Bäuchlein und schlug die Beine übereinander. Doch aller Widerstand war zwecklos, das wussten beide. Sekunden vergingen. Keith starrte an die Decke und schluckte. Sein Mund war trocken. Wie sehr ihn nach einem winzigen Blick auf diese Klatschgeschichte dürstete! Er löste die verschränkten Arme wieder voneinander und umfasste die

Armlehnen seines Sessels, so als wolle er sich hochhieven. Doch das tat er nicht.

Stattdessen griff er nun doch lieber zur Gabel.

»Wichser«, sagte er schließlich und blickte Christian aus schmalen Augenschlitzen an. »In Ordnung. Du hast gewonnen. Und jetzt gib mir die verdammte Zeitung.«

Der Abendhimmel glomm tiefviolett. Christian fuhr mit seinem roten RAV4 an den Straßenrand und sprang heraus, die Melodie von *Rocky* auf den Lippen. Er ballte die Faust, tanzte und hob triumphierend die Arme über den Kopf. Heute Morgen hatte er Keith dazu gekriegt zu essen. Er kam sich noch immer wie ein Superstar vor. In die Luft boxend, sprang er die Treppe vor dem Apartmentkomplex hinauf, überquerte den Hof und ging zu seinem Briefkasten. Er fand keine Post vor, dafür aber einen Zettel.

Christian!
Bin für ein paar Tage nach Malibu gefahren. Meine Mom macht sich große Sorgen wegen der Brände und braucht dringend Gesellschaft. Auch Lust, zu kommen? Bitte!
Julie

Während Christian den Zettel las, hörte er das Tickern eines sich im Leerlauf drehenden Rades. Er wandte sich um und sah, dass Aaron ein Fahrrad die Stufen hinaufschleppte, während er ein zweites – mit einer Acht im vorderen Rad – geschultert hatte. Er sah abwesend aus, fast so, als hätte er einen Schock erlitten. Seine Haare waren verwuschelt, und sein Hemd hing auf einer Seite aus der Hose heraus.

»Was denn, was denn?« Christian ließ den Zettel fallen und eilte Aaron zu Hilfe. »Aaron, was ist passiert?«

Aaron ließ Christian gewähren und sich von ihm das in Mitleidenschaft gezogene Rad von der Schulter nehmen. Dann stützte er sich auf dem anderen Fahrrad ab und hielt sich die Stirn. »Ein Unfall. Ryder und ich waren unterwegs, und d-dann war da ein Auto, und es … und es muss wohl … es ist viel zu schnell gefahren.«

»Warte«, sagte Christian, lehnte das Fahrrad an die Hauswand, nahm das zweite Rad und stellte es daneben.

Aaron sah ihm hilflos dabei zu.

»Alles in Ordnung mit dir?«, fragte Christian.

»Weiß nicht«, antwortete Aaron. »Ich …«

»Egal, bringen wir dich erst mal rein.«

Aaron stieg die Stufen zu seiner Tür hinauf. »Ich bin ausgewichen«, erklärte er, während er mit seinem Schlüssel herumhantierte. »Und trotzdem hat mich der Wagen noch erwischt.«

»Gib her«, sagte Christian, nahm ihm die Schlüssel ab und öffnete die Tür für ihn. Dann legte er Aaron den Arm um die Taille und führte ihn hinein.

»Ich bin im Rinnstein ausgerutscht«, sagte Aaron und stolperte ins Wohnzimmer. Dort stellte er seine Tragetasche auf den Fußboden. »Aber ich hatte noch Glück … und bin mit ein paar Kratzern davongekommen. Aber Ryder …« Aaron ging im Zimmer auf und ab. »Er ist richtig böse hingeknallt. Und hat sich den Kopf aufgeschlagen. Seine Schulter muss auskugelt oder gebrochen sein. Es sah echt schlimm aus, so als ob«, er schluckte, »als ob sie aus dem Gelenk gesprungen wäre. Und … er lag einfach da, bis er ins Krankenhaus gefahren wurde. Hätte ich ihn doch bloß warnen können! Aber Harmon und Gilford sind bei ihm. Der Notarzt meinte, er könnte eine Gehirnerschütterung haben und sollte besser über Nacht dort bleiben. Ich bin gekommen, um ihm ein paar Sachen zu holen.« Er trommelte sich mit den Fäusten auf die Stirn. »Ich hätte ihn warnen sollen!«

»Aber nicht doch, sag das nicht«, beschwichtigte ihn Christian, griff behutsam nach seinen Fäusten und legte ihm tröstend eine Hand auf die Schulter. »Unfälle passieren nun mal.«

»Ich hab an …«, stammelte Aaron. »Ich hab nicht aufgepasst, weil ich…« Er stand wie angewurzelt da, den Blick auf Christians Hand gerichtet, die so zärtlich aussah, wie sie so auf seiner Schulter lag. Es war, als sehe er einen Film. Und der Film hatte sich verlangsamt, um zu zeigen, wie bedeutungsvoll dieser Moment war.

Christian folgte Aarons Blick und sah nun ebenfalls auf seine Hand. Plötzlich wurde ihm die Intimität deutlich, die zwischen ihnen herrschte. Als ob wir in einem Prisma wären, dachte er, in einem wunderschönen Prisma aus Licht, Trost und ...

Aaron leistete keine Gegenwehr, als Christian ihn in seine Arme zog. Ihre Körper verschmolzen miteinander. Aaron sagte: »Ich hab an dich gedacht.«

»Schsch.« Christian streichelte Aarons Hinterkopf. »Alles wird gut.«

Aaron umfasste ihn fester. Er fuhr sanft mit den Lippen über Christians glatte Wange.

Unvermittelt ging Christian auf Abstand. »Hör mal«, begann er. »Du bist in keinem wirklich guten Zustand, und ich sollte wohl besser ... gehen.«

Doch dann trafen sich ihre Blicke. Und Christian wusste, dass Aaron nicht wollte, *niemals* mehr wollte, dass er ging – egal in welchem Zustand er sich befand. Langsam streichelte er mit dem Daumen über Aarons Wangenknochen. Ihre Gesichter näherten sich einander. Dann berührten sich ihre Nasen, schließlich ihre Lippen. Die Welt blieb stehen, und Christian kam es schon wieder so vor, als schwämme er in einem Prisma, das nur noch von ihrem Atem gefüllt war, von ihren wild schlagenden Herzen, ihrem Kuss. Es war, als kreise das Zimmer um sie, als sei das Universum auseinander gebrochen und als stünde der Himmel weit offen ...

»Is' ja widerlich!«, ertönte eine Stimme von der Tür her. »Ist unser Schönling also nicht die einzige Schwuchtel hier!«

Ryder stand in der geöffneten Tür. Sein linker Arm hing in einer Schlaufe, und ein dickes Pflaster klebte auf seiner Stirn. Harmon und Gilford hatten sich hinter ihm postiert und blickten ihm finster über die Schulter wie gedrungene Schlägertypen.

Aaron zuckte zusammen und wandte ihnen den Rücken zu. Christian trat schützend vor ihn. »Okay, also ...«, sagte er. »Es ist nichts vorgefallen, okay?«

Ryder kam näher gehumpelt und ließ die beiden nicht aus den Augen. Er sah sie verschlagen an. »Ach! Wir sind reingekommen, ihr turtelt wie zwei Schulmädchen herum, und du sagst, es wäre nichts vorgefallen?«

»Schulmädchen?«, wiederholte Christian. »Ich weiß ja nicht, was für Schulen es in Utah gibt, aber vielleicht solltest du dich lieber kurz in deine fromme Spießerseele vertiefen und versuchen, mal'n Augenblick cool zu bleiben.«

Ryder trat ganz dicht an Christian heran und tippte ihm mit dem, Finger auf die Brust. »Ich denke, du hast hier erst mal überhaupt nichts zu melden, *Schwuli!*« Bei dem letzten Wort stieß er ihn zurück.

Christian schlug Ryders Hand beiseite. »Fass mich verdammt noch mal nicht an, Arschloch!«

Gilford trat zwischen die beiden und ließ seine Hand schwer auf Christians Schulter fallen. »Alter«, sagte er mit rauer stimme, »du verziehst dich jetzt mal schön.«

Christian ging an ihm vorbei zur Tür. »Jetzt macht mal bitte nicht aus 'ner Mücke 'nen Elefanten. Es ist echt keine große Sache.« Er wandte sich noch einmal zu Aaron, wie um dessen Zustimmung einzuholen: »Hab ich Recht?«

»Na ja ... nicht wirklich.« Aaron brachte es nicht fertig, den Blick vom Fußboden zu lösen. »Bitte ... könntest du jetzt bitte gehen?«

»Du hörst, was er sagt«, sagte Gilford.

Christian verließ das Apartment. Als er über den Hof ging, trat er so heftig gegen Ryders zerbeultes Rad, dass es krachend in die Sträucher fiel. Dann rannte er los, geradewegs auf seinen Wagen zu, und steig ein. Schwer atmend ließ er den Motor an und fuhr los.

Julie und Traci waren längst in Malibu und genossen das entspannte Ambiente des Strandhauses von Julies Mutter Marla; ein heißes Bad im Whirlpool gehörte immer dazu, danach wurden Tarot-Karten gelegt, schließlich irgendeine passende DVD aus der Sammlung ausgesucht. Die drei Frauen lümmelten in Bademänteln herum, hatten gerade ungefähr die erste Hälfte ihres zweiten Bridget Fonda-Films gesehen und ihre dritte Portion Popcorn aus der Mikrowelle geholt, als Christian an die Tür hämmerte.

»Julie«, sagte Marla, eine hübsche, zart gebaute Frau Mitte vierzig, die nach einer recht einträglichen Karriere als Soap-Darstellerin

– und einer noch einträglicheren Scheidung – ein Leben abseits des Glamours von Hollywood gewählt hatte. Sie trug ausgefranste Jeans und eine bestickte lange Hippie-Bluse aus Hanfwolle; außerdem genug Make-up, Lippenstift und Mascara, um gerade so für ein Gala-Diner bei irgendeiner Preisverleihung durchzugehen. Ihre Hände waren makellos manikürt. »Dein Freund Christian ist da.«

»Du bist gekommen!«, rief Julie aufgeregt. »Hey, komm rein – wir gucken gerade *Single White Female*, und Traci springt immer zu der Szene zurück, wo Jennifer Jason Leigh den Typen mit ihrem Stiletto-Absatz umbringt ... hey, was ist denn los?«

»Ja, was ist los?«, fragte auch Traci von der Couch aus. »Du siehst ja furchtbar aus.«

»Ich hab gerade was furchtbar Dummes gemacht«, antwortete Christian. »Ich hab jemanden in Schwierigkeiten gebracht.«

Julie runzelte die Stirn. »Was? Wen denn?«

»Aaron«, sagte Christian. »Ich fürchte, ich hab gerade dafür gesorgt, dass er aus der Kirche rausfliegt.«

Marla legte einen Arm um Christian und führte ihn in die Küche. »Schatz, komm erst mal hier rein und setzt dich. Ich mach dir einen Zen-Tee.«

Christian hievte sich aus seinem Wagen. Er war am Vormittag in Malibu aufgebrochen, nachdem er dort eine schlaflose Nacht verbracht hatte. Er schleppte sich die Treppe hinauf zum Hof. Jemand hatte Ryders Fahrrad weggebracht, aber die Sträucher waren noch immer umgeknickt und platt an der Stelle, wo es hingesegelt war. Christian kochte vor Wut, als er daran dachte, was für ein Arschloch Ryder gewesen war. Er ging zur vorderen Terrasse von Bungalow 3D, stieg die Stufen hinauf und klopfte unsanft. Hinter der Tür wurde ein Schlurfen hörbar, und als schließlich geöffnet wurde, stand, den Knauf in der Hand, ein Missionar in der Tür, den er noch nie gesehen hatte: ein junger, stämmiger rothaariger Typ in kurzärmeligem weißem Hemd, das bis oben zugeknöpft war, marineblauen Hosen und gemusterten blauen Socken. Aus zu eng stehenden Augen, über denen keine Brauen zu erkennen waren, musterte er Christian fragend.

»Ähm, hallo«, sagte Christian und versuchte, an dem Neuen vorbeizuspähen. Das grottenhässliche Sofa war verschwunden, und gepackte Kisten standen auf dem Fußboden herum. »Ich wollte Aa… äh, ist Elder Davis da?«

»Zu spät, Märchenprinz!« Ryder erschien am anderen Ende des Wohnzimmers, noch immer durch die Schlinge behindert, in der sein linker Arm hing. Er kam zur Tür heran, stolperte dabei über einen Karton und trat einen der Reissäcke mit einem Fußtritt beiseite. »Die werden deinen kleinen Freund noch heute Nachmittag ins Flugzeug setzen und seinen hübschen Hintern nach Hause schaffen, darauf kannst du einen lassen. Und wir müssen auch noch mal umziehen, weil wir einfach nicht gegenüber von einem hüftschwingenden Homo wohnen können.« Der rothaarige Missionar hielt noch immer höflich die Tür auf. Ryder trat an ihm vorbei, um Christian direkt ins Auge zu blicken. Er legte säuerlich grinsend den Kopf schief: »Vielen Dank auch!«

Christians Hand schoss durch die geöffnete Tür, packte Ryder am Kragen und riss ihn hinaus auf die Terrasse.

»Aargh«, entfuhr es Ryder.

Dem rothaarigen Neuling, der mit relativer Ruhe zur Kenntnis zu nehmen schien, dass sein Kollege gerade am Schlafittchen gepackt worden war, drohte Christian mit dem Finger: »Und du bleibst, wo du bist! Dein Freund und ich haben ein Hühnchen miteinander zu rupfen.«

Der Rotschopf nickte stumm.

Christian zerrte Ryder bis ans andere Ende des Hofes. Dort stieß er ihn mit dem Rücken gegen die Hauswand. »Okay, du Riesenarschloch … wenn ich das richtig sehe, hast du ein großes Maul, aber nur eine Hand, um dafür geradezustehen.« Ryder versetzte Christian umgehend mit der rechten Faust einen Haken aufs Ohr. Als Christian daraufhin seinen Griff lockerte, versuchte Ryder sich loszureißen, doch Christian fing sich wieder, schleuderte Ryder diesmal noch härter gegen die Mauer und boxte ihn obendrein noch auf seine verletzte Schulter.

»Au! Hey!«

»Na, wie sieht das wohl aus, wenn eine Schwuchtel dich vermöbelt?« Christian hob den schmächtigen Missionar an seiner Armschlaufe hoch, bis er auf Zehenspitzen vor ihm stand. »Ryder! Das ist kein Spaß! Wo ist er?«

»Was?«, brüllte Ryder. »Meinst du, ich wollte, dass er auffliegt?« Er klammerte sich an Christians Handgelenk fest. »Es mag dich vielleicht überraschen, aber ich konnte ihn sogar ganz gut leiden, ob du's glaubst oder nicht. Der hat seine Mission zwar nicht immer ernst genug genommen, aber wir sind gut miteinander ausgekommen.«

Christian lockerte seinen Griff.

»So!«, bellte Ryder wütend. »Und warum gerade er?« Dann senkte er die Stimme: »Wieso musstest du ihn versauen, he? Er verdient den ganzen Kummer nicht, der ihm jetzt bevorsteht.«

Von Schuldgefühlen überwältigt, ließ Christian Ryder los. »Ihm sollte ja nichts passieren, es war doch bloß ...«

»Schwachsinn«, sagte Ryder verächtlich. »Du hast doch was im Schilde geführt, seit wir hier eingezogen sind! Meinst du, ich hab nicht mitgekriegt, dass du ihm die ganze Zeit schöne Augen gemacht hast und ... und jedes Mal in die Waschküche runtergerannt bist, wenn er dort war? Wenn du wissen willst, wo er jetzt ist, dann will *ich* wissen, warum!«

Christian sah Ryder in die Augen.

»Du hast mich verstanden«, drohte Ryder. »Ich will die ganze Geschichte ... sonst erfährst du kein Wort.«

Christian geriet ins Stottern. »Es war ... ne blöde Sache. Zuerst war es bloß ... bloß 'ne alberne Wette ... um 50 Dollar.«

Ryder traute seinen Ohren nicht. Er schaute Christian angewidert an.

»Warte«, sagte Christian eilig. »Aber darum geht es inzwischen nicht mehr. Überhaupt nicht.«

Ryder starrte ihn an. »Und du erwartest, dass mich das noch interessiert?«

»Bitte«, stammelte Christian, »sag mir, wo er ist, ich flehe dich an.«

Ryder sah auf die Uhr. »Du bist ohnehin zu spät. Sein Flug ging vor zehn Minuten.«

Christian war geschlagen. Er schluckte hörbar. Dann wandte er sich ab.

Ryder beobachtete ihn. Er musste plötzlich an Misty denken und sagte: »Warte.«

Christian drehte sich zu ihm um. Ryder machte einen vorsichtigen Schritt auf ihn zu. »Also gut, wenn dir das hilft – sein Flug hat 'ne halbe Stunde Aufenthalt in Salt Lake City.«

In Christians Augen blitzte Hoffnung auf. Und schließlich Dankbarkeit. »Danke.«

Ryder zuckte nur die Achseln.

SCHNEE

Ein Flugzeug landete in einem frühwinterlichen Schneesturm.

»Willkommen in Salt Lake City«, erklang die Stimme einer Stewardess über den Bordlautsprecher.

Christian schnallte sich ab, stand auf und ging zum vorderen Ausgang des Flugzeuges. Da spürte er von hinten ein entschlossenes Zupfen an seinem Hemd. Er blieb stehen und drehte sich herum. Eine winzige Stewardess fasste ihn beim Handgelenk. Ihr nachdrücklicher Blick erschreckte ihn. »Sir, bitte setzen Sie sich und schnallen Sie sich wieder an, bis der Captain das Anschnallzeichen ausgeschaltet hat.« Christian blickte über seine Schulter: Wenn er es nicht schaffte, zum Vorderausgang zu gelangen, bevor die anderen Passagiere von ihren Sitzen aufstanden, würden ihm kostbare Sekunden verloren gehen. Er dachte kurz daran, sich loszureißen und zu rennen, doch der Griff der kleinen Stewardess war derart beherzt, dass er überzeugt war, sie könne Judo.

Er sah sie an und sagte: »Meine Frau bekommt ein Baby! Ich muss ins Krankenhaus. Bitte, darf ich ausnahmsweise vorne am Ausgang warten?«

»Es tut mir Leid, aber es ist zu unsicher, herumzulaufen, bevor die Maschine ihre endgültige Position erreicht hat – besonders bei diesen Wetterverhältnissen. Also, Sir, setzen Sie sich *bitte* wieder hin«, sagte die Stewardess. »Und schnallen Sie sich noch einmal an.«

Christian kehrte zu seinem Sitz zurück.

Die Stewardess zwinkerte ihm zu, während er sich nochmals anschnallte.

»Wenn die Maschine steht, sorge ich dafür, dass Sie als Erster aussteigen können.« Dann beugte sie sich zu ihm hinab und flüsterte ihm ins Ohr: »Übrigens, wenn du glaubst, dass ich dir die Geschichte mit dem Baby abkaufe, bist auf dem Holzweg, Schwester.«

Sie hielt Wort. Sie hielt die anderen Passagiere auf ihren Sitzen zurück und schützte einen ›medizinischen Notfall‹ vor, während Christian aus der Maschine und durch den Schlauch eilte. Er trat hinaus und fand sich inmitten einer Menschenmenge. Mist! Wie sollte er Aaron hier nur ausfindig machen? Er sah sich um. Keine Spur von ihm. Dann schaute er auf den Monitor und suchte nach Flügen von South West Airlines nach Pocatello. Es gab drei. Er prägte sich die Flugsteignummern ein.

Nachdem er an allen drei Flugsteigen nachgeschaut und Aaron immer noch nicht gefunden hatte, begann Christian, seinen Entschluss anzuzweifeln. Wofür hatte er seinen Kreditkartensaldo noch einmal dermaßen belastet? Was, wenn Ryder gelogen hatte? Verdammt – ausgerechnet ihm zu vertrauen! Doch genau in diesem Moment erblickte er Aaron; er bewegte sich durch den Gang von ihm weg. Christian lief ihm nach, holte ihn ein und ergriff seinen Arm: »Aaron! – oh, Verzeihung.« Der junge Mann, der sich langsam umgedreht hatte, besaß ein völlig anderes Gesicht.

Christian irrte durch die Gänge und fragte sich, was er jetzt tun sollte. In den Toiletten nachsehen? Er eilte auf die nächstgelegene Herrentoilette zu und lief an zwei Glastüren vorbei, die auf eine Raucherterrasse hinausführten. Christian stoppte, machte kehrt und presste seine Stirn an die Scheibe.

Eine einsame Gestalt – ohne Jacke – stand auf der Terrasse. Schneeflocken tanzten um ihn herum. Es war Aaron. Was macht der da draußen bloß?, fragte sich Christian. Ihm muss doch saukalt sein.

Aaron nahm sein Namensschild ab, musterte es einen Augenblick lang, fuhr mit dem Finger über die eingestanzten Buchstaben und warf es schließlich wie ein kleines Frisbee in eine Mülltonne. Dabei hob er wie ein Stierkämpfer seinen Arm in einer wütenden und dennoch hilflosen Geste. Langsam senkte er den Arm wieder. Dann vergrub Aaron die Hände in den Hosentaschen und starrte auf seine Schuhe. Als er wieder aufsah, erblickte er Christian auf der anderen Seite der Glastür.

Christian trat zu ihm nach draußen. »Gott, wie ich Schnee hasse.«

Aaron starrte ihn an. »Was machst *du* denn hier?«

Der Schnee fiel jetzt stärker und bestäubte die beiden mit dicken weißen Streuseln. Aus ihren Mündern trat der Atem in dampfenden Wölkchen.

»Ich bin dir nachgeflogen. Wie konntest du mich ohne ein Wort zurücklassen?«

Aaron zitterte. »Ich hatte keine Wahl. Man schickt mich in Schimpf und Schande nach Hause zurück. Wahrscheinlich werde ich exkommuniziert.«

»Wegen eines Kusses?«, fragte Christian. »Ich meine, es war schon ein sehr schöner Kuss, aber ... also wirklich. Es sind ja noch nicht mal unsere Zungen zum Einsatz gekommen.«

»Das verstehst du nicht«, sagte Aaron. »Mein Leben ist ruiniert, und du redest so, als währe ich gerade beim Schulabschlussball versetzt worden.«

»Tut mir Leid«, erwiderte Christian und schlang die Arme um sich selbst, um sich ein wenig zu wärmen. »Ich kann so was nicht besonders gut. Ich hab mich bislang noch nie für jemanden zum Deppen gemacht. Und ich hab garantiert auch noch niemanden über zwei Bundesstaatengrenzen per Flugzeug verfolgt.« Er schaute Aaron in die Augen. »Allerdings hab ich auch in meinem ganzen Leben noch nie so viel für jemanden empfunden.«

Aaron schüttelte mit einem skeptischen Lächeln den Kopf. »Und was, wenn ich nur irgendein Typ bin, den du nicht haben kannst? Würdest du nicht nächste Woche sowieso wieder auf Beutezug gehen?«

»Und was, wenn ich dich doch haben kann?«, schrie Christian plötzlich. »Na? Was, wenn alles, was mir in meinem ganzen bisherigen Scheißleben begegnet ist, und was ich nun mal zufällig geliebt habe, mich genau an diesen Punkt geführt hat? Hierher, in diesem Augenblick? Was, wenn du das gleißend helle Licht mitten auf dem Weg bist, das mich blendet wie diesen Typen, na wie heißt er gleich, der Typ in ...«

»In der Bibel?«

»Ja.«

»Paulus?«

»Genau. Und was, wenn sich also alles geändert hat ... und die Löwen auf einmal bei den Lämmern liegen und Buntes plötzlich doch zu Weißem passt? Was, wenn du derjenige bist, auf den ich mein ganzes Leben lang gewartet habe, und jetzt soll ich dich gehen lassen?«

»Und was, wenn nicht?«, entgegnete Aaron. »Du hast ja überhaupt keine Ahnung, was ich alles aufgeben würde.«

»Verdammt! Was ist bloß los mit dir? Du willst in Gold gravierte Offenbarungen und Engel, die vom Himmel herabposaunen? Doch was, wenn das hier das Wahre ist? Ich, der ich dir hier draußen im Schnee sage, dass ich dich liebe?« Christians Augen füllten sich mit Tränen. Sein Kiefer arbeitete. »Ich liebe dich, Aaron – und ich finde, das fühlt sich verdammt wie ein Wunder an! Aber wenn du nicht das Gleiche fühlst, dann werde ich verschwinden. Ich verschwinde, und du kannst so tun, als hätte sich alles nur um einen Zufall gehandelt. Du kannst so tun, als ob es für unser Zusammentreffen keinen tieferen Grund gegeben hätte und dass es dir Leid tut, dass ich jemals deinen Weg gekreuzt habe.«

Christian wandte sich ab. Wie ein geschlagener Preisboxer stapfte er durch das weiße Gestöber auf die Tür zu. Aaron sah ihm mit schmerzverzerrtem Gesicht nach, seine Lippen bewegten sich in einem tonlosen Gebet ... kehr um, kehr um.

Christian zog an der Tür. Sie ließ sich nicht öffnen. Er rüttelte. Nichts. Dann fiel sein Blick auf ein gelbes Schild oberhalb der Griffe: WÄHREND DER GESCHÄFTSZEIT BITTE UNBEDINGT UNVERSCHLOSSEN HALTEN! Er zog noch einmal – doch die Tür gab nicht einen Millimeter nach. Fröstelnd wandte er sich ab und suchte verzweifelt nach einem anderen Weg ins Flughafengebäude. Er ging an Aaron vorbei, der ihn erstaunt ansah. »Gott, wie ich Schnee hasse!«

Aaron fasste ihn beim Arm, hielt ihn fest, trat an ihn heran und küsste ihn leidenschaftlich. Es war ein Kuss, in dem sich das gesamte Verlangen, das sich in seiner gequälten Seele aufgestaut hatte, Bahn brach.

»Boah«, sagte Christian, als sie sich endlich wieder voneinander lösten. »Diesmal war allerdings ziemlich viel Zunge dabei.«

»Hallo!«, ertönte eine Männerstimme. »Alles in Ordnung mit euch, Jungs?«

Sie entdeckten einen Mann vom Flughafenpersonal, einen rotgesichtigen Pförtner, dessen Brustbehaarung oberhalb des Reißverschlusses aus seinem marineblauen Pullover spross. Er grinste und hielt ihnen eine der beiden Glastüren auf. »Diese verdammten Türen sind ständig eingefroren. Aber man muss das Eis eben überlisten, richtig? Ich taue sie immer mit meinem Feuerzeug auf. Kommt jetzt aber mal lieber rein, Jungs, sonst friert ihr auch noch ein.«

Christian und Aaron stapften auf den bärigen Mann zu.

»Na los«, sagte der Pförtner, »die machen den gesamten Flughafen dicht wegen dem Schneesturm.«

Jeremy Cook war seit drei Jahren Angestellter im Salt Lake Airport Hotel; er konnte Paare recht schnell erkennen. Er zog einen Kugelschreiber aus der Tasche seines braunen Sakkos und prüfte die Reservierungslisten genau. »Tut mir sehr Leid, sagte er und rieb sich mit dem Finger über die rissige Unterlippe. »Aber durch den Schneesturm bedingt sind wir völlig ausgebucht, was Zweibettzimmer angeht. Macht es Ihnen etwas aus, ein Kingsize-Bett zu teilen?«

Christian sah Aaron an: »Von mir aus kein Problem, wenn es dir auch recht ist.«

»Kein Problem«, sagte Aaron schulterzuckend.

Die Tür des Hotelzimmers mit dem Kingsize-Bett war kaum ins Schloss gefallen, da machte sich Aaron auch schon über Christian her. Er presste ihn gegen die Wand und küsste ihn stürmisch. Aaron löste ungeduldig seine Krawatte, während Christian sein Hemd aufknöpfte und es sich über den Kopf zog. Aaron streifte sich die Schuhe von den Füßen, riss sich die Hose runter und schob sie mit dem

Fuß an die Wand. Dann stand er etwas verunsichert in seinen völlig unspektakulären langen Unterhosen vor Christian, und ihm wurde plötzlich klar, was dieser Moment eigentlich bedeutete.

Doch schließlich holte er tief Luft, wie ein Schwimmer, der ins kalte Wasser springt, und ließ sich einfach treiben. Er griff sich hinter den Kopf, krallte sich zwischen den Schulterblättern in den Stoff seines Hemdes und riss es sich vom Leib.

Später lagen die beiden nackt und entspannt auf dem zerwühlten Laken. Ihre Körper glänzten wie frisch polierte Skulpturen, ihre Köpfe waren am Fußende gebettet. »Wow«, sagte Christian und streichelte Aarons schweißnasses Haar. »Wie lange waren wir miteinander beschäftigt?«

Aaron rollte sich zur Seite und griff am Fuße des Bettes vorbei nach seinen Hosen. Aus der linken Tasche fischte er seine silberne Uhr heraus, ließ sie aufspringen und schaute auf das Zifferblatt. »Zweieinhalb Stunden.«

Er sah Christian an, wie um dessen Zustimmung zu erlangen: »Das ist doch okay, oder?«

Christian lachte und nahm ihn in den Arm. »*Okay?* Das ist ganz erstaunlich!«

Aaron errötete. »Na ja, ich weiß ja nicht, wie lange man so was normalerweise macht.«

»Hey«, sagte Christian, »ist das 'ne echte Taschenuhr?«

»Ja, albern, oder?«

»Nein, wie kommst du denn darauf? Zeig mal her.«

Christian nahm die Uhr vorsichtig in die Hand. »Die ist cool. Wie alt ist die?«

»Die gehörte mal meinem Urgroßvater, und der gab sie meinem Großvater, als der Missionar wurde, und der gab sie dann meinem Vater, als der seine Missionarszeit begann. Na ja, und mein Vater hat sie mir dann gegeben …« Aaron nahm die Uhr wieder an sich und schaute Christian frech an. »Aber ich glaube nicht, dass du hierhergeflogen bist, um meinen Stammbaum zu ergründen, oder?« Er legte die Uhr auf den Fußboden und fiel dann wieder über Christian her, leckte über sein Schlüsselbein, seine Brustwarzen und schließlich hinab über seine Bauchmuskeln bis ... »Was ist los?«, fragte er lachend. »Was ist so komisch?«

»Nichts«, erwiderte Christian lachend. »Ich schätze, ich hatte einfach nur erwartet, dass du ein wenig ... äh ... zurückhaltender sein würdest.«

»Ach so ...«

»Ja, aber ich bin durchaus angenehm überrascht.«

Aaron hob den Kopf. »Nun ja, da ich ja ohnehin in die Hölle kommen werde, weil ich dich geküsst habe, dachte ich, ich könnte es dann auch genauso gut in vollen Zügen genießen.« Er versuchte zu lächeln, doch seine Lippe bebte. »Ja ... von Mord mal abgesehen, ist das hier wohl die schlimmste Sünde, die ich begehen kann. Und wenn meine Familie die Wahl hätte, würden sie wohl einen Sohn bevorzugen, der ein Killer ist.«

»Im Ernst?«

Aaron nickte.

»An was für einen Gott glaubt ihr bloß?«

Aaron setzte sich aufrecht hin und starrte an die Wand. »Es ist nicht nur Gott«, sagte er schließlich. »Es ist alles. Meine Familie, meine sämtlichen Freunde, der Großteil meiner Klasse auf der Highschool, meine Heimatstadt, alles was ich bisher kannte.« Er streckte die Hand aus, um Christians Wange zu streicheln. »Das hier ... du ... dieser Abend – das alles bedeutet, dass ich der ganzen Sache den Rücken kehre. Aber weißt du ...«, und er gab Christian einen bittersüßen, liebevollen Klaps auf die Brust, »... ich schätze mal, einer wie du kann nicht wirklich begreifen, wie das ist ... so völlig abgeschnitten zu sein von allem.«

Christian griff nach Aarons Hand und starrte an die Zimmerdecke. Draußen heulte ein eisiger Wind über den Parkplatz. Seine Stimme klang wie von fern, als er schließlich sagte: »Als ich dreizehn war, hat mein Dad ... Er war so ein Machotyp, ein knallharter Banker ...« Auch Christian setzte sich jetzt auf. »Und ich war ein kleiner schmächtiger Junge, der zu oft dabei erwischt worden war, wie er die Schuhe seiner Mutter anprobierte ...« Er verstummte kurz und küsste Aaron sanft auf die Schulter. »Egal, mein Vater sagte, er wäre lieber tot, als dass er ein *Mädchen* großziehen wollte – und ich dachte, dass ich lieber tot wäre, als so ein *Mädchen* zu sein. Also beschloss mein Vater, der in seinem ganzen Leben noch nie die Stadt verlassen hatte, dass wir zum Jagen rausfahren sollten. Mein Alter schleppte mich zu dieser Lodge in der Sierra. Bis zu unserem letzten Tag hatte ich noch immer nichts geschossen. Es war Anfang November, so wie jetzt, und ein Schneesturm kündigte sich an, aber mein Vater war so entschlossen, dass sein mädchenhafter Sohn etwas abknallen sollte, dass er darauf bestand zu bleiben. Der Schnee wehte von allen Seiten auf uns zu, bis alles – der Himmel, die Erde, die Luft – nur noch ein einziges schreckliches, heulendes Weiß war. Und ich dachte: Es wird schon nicht so schlimm werden. Und ich glaubte auch wirklich daran, bis ich die Augen meines Vaters sah ... und die hatten dasselbe Weiß angenommen.« Christians Kiefer war angespannt. Auf seiner Stirn standen Schweißperlen.

»Und dann hat er es getan.«

»Was?«, fragte Aaron. »Was hat er getan?«

»Gerannt. Er ist gerannt«, sagte Christian und schloss die Augen ganz fest, so als könne er es selbst nicht glauben. »Und ich hab versucht, mit ihm Schritt zu halten, doch da war so ein verkrüppelter Ast, und ich stolperte über ihn und fiel in ein Flussbett, verlor mein Gewehr und riss mir den Arm auf.« Christian fuhr sich mit dem Finger über die Innenseite seines Bizeps. »Davon stammt die Narbe hier.«

Auch Aaron befühlte die Narbe mit einem Finger.

»Und als ich aus dem Flussbett herauskroch, war ich über und über mit Schnee bedeckt, und ich blutete und war allein.«

»Er ...«, Aaron schluckte, »... hat nicht auf dich gewartet?«

»Nein«, antwortete Christian. »Hat er nicht. Ich hab mal Leute sagen hören, dass es fast angenehm sein soll, wenn man erfriert. Aber das stimmt nicht. Es ist entsetzlich. Aber nach einer Weile beruhigte ich mich. Ich wusste, dass ich sterben würde. Da hörte ich es dann. Ich hörte einen Engel singen.«

Aaron starrte Christian an. »Einen Engel?«, fragte er zärtlich.

»Es war so kalt, und ich war so müde, dass ich dachte: Okay, bringen wir es einfach hinter uns. Also stapfte ich dorthin, woher das Singen kam – und es stellte sich heraus, dass es kein Engel war.«

»Was war es dann?«

»Bloß der Wind, der über einen Felsen fegte – über den Zugang zu einer Höhle. Ich krabbelte hinein und war wenigstens erst mal vor dem Schnee sicher, und dann bin ich wohl weggedämmert. Als ich aufwachte, war es dunkel. Es schneite immer noch sehr stark. Und ich hörte so eine Art Knurren am Eingang zur Höhle.«

»Ein Knurren?«

»Ja, es klang wie ein Bär«, sagte Christian. »Und es langte zu mir in die Höhle herein und schnappte nach mir, und ich versuchte, mich zu wehren, aber ich war ja so erschöpft und verfroren, dass ich es gerade mal schaffte ...«, er unterbrach sich, um Aaron durch das Haar zu wuscheln, »... dem Bären seine Mütze runterzureißen.«

»Der Bär trug eine Mütze?«

»Na ja, es war nur insofern ein Bär, als der Mann vom Rettungsdienst ziemlich behaart war. Aber dann passierte was Merkwürdiges.«

»Ach, erst dann, ja?«

Er riss mir alle Kleider vom Leib«, fuhr Christian fort. »Und dann riss er auch sich selbst alle Kleider vom Leib.«

Aaron lachte. »Bist du sicher, dass du nicht im Delirium warst?«

»Nein, ich bin ganz sicher, dass es so war. Und dann hat er uns beide in einen Schlafsack gesteckt.«

»Ach so, klar«, merkte Aaron an, »das ist die normale Behandlung bei Hypothermie. Das weiß ich noch aus einem Pfadfinderbuch.«

»Genau. Aber ich wusste nicht, was ich davon halten sollte. Mir war einfach nur kalt, ich hatte Angst und war müde.« Christian lächelte in sich hinein und sah dann Aaron in die Augen. »Aber trotz allem hatte ich den größten Ständer aller Zeiten.«

»Bitte!«, rief Aaron aus und lachte.

»Und er hat mich bloß in seine starken Arme genommen und an seine wollige Brust gezogen und mir versichert, dass alles gut werden würde. Das war der erste Moment während dieser ganzen Tortur, dass ich zu weinen anfing.«

»Kann ich gut verstehen«, sagte Aaron. »Ich wäre genauso fertig gewesen.«

»Nein«, entgegnete Christian. »Es war aus purer Freude. Ich hatte gedacht, dass ich lieber tot sein würde als schwul. Und ich hatte einen ziemlich guten Eindruck davon bekommen, wie sich das Sterben anfühlt; aber als ich dort plötzlich in den Armen dieses Mannes lag, dachte ich: Wenn sich Schwulsein so anfühlt, dann mal immer her damit!«

Aaron presste seine Stirn auf die von Christian, dachte noch einmal über seine Erwägungen von vorhin nach und küsste ihn – so als glaubte er wirklich an eine komplette Aussöhnung mit Gott – leidenschaftlich auf den Mund.

Am nächsten Morgen erwachte Christian zwischen den aufgeworfenen Falten des Bettlakens. Er warf sich herum, um Aaron zu umarmen, doch da lag niemand. Hallo? Er sprang auf und lief in das winzige Bad des Hotelzimmers. Der Toilettendeckel war kaputt, und die Spülung plätscherte unablässig. Er verspürte so etwas wie einen Hieb in den Magen. Warum? Er ging zurück ins Bett und versuchte sich einzureden, dass er nur irgendetwas falsch verstanden habe. Aber nein: Aaron war wirklich fort. Das Einzige, was auf seine kürzliche Anwesenheit deutete, war eine Haarsträhne und eine flache Mulde in seinem Kissen. Christian atmete bebend ein. Sein Blick fiel auf ein Funkeln auf dem Fußboden unweit der Überdecke. Er kniete sich hin, sah, dass es das Ende einer Kette war, nahm sie zwischen die Finger und zog Aarons alte Taschenuhr unter dem Stoff hervor.

Christian ließ sie zuschnappen, schloss fest die Faust um sie und führte sie langsam an seine Lippen.

Pocatello Airport

Was sollte sie den Leuten bloß erzählen?

Wie sollte sie es ihren Freundinnen aus der Strickgruppe erklären?

Gladys Davis saß allein am Ende einer langen Reihe von Stühlen im Flughafenterminal; sie hatte ihren warmen Mantel über ihren Schoß gebreitet und ihre Handtasche unter den Arm geklemmt. Die kalte Novembersonne schien durch die Fensterscheiben wie ein Scheinwerfer direkt in ihre Augen. Also schloss sie sie fest und zog die Schultern hoch; sie wünschte sich, sich einfach in Nichts auflösen zu können.

Aaron starrte sie aus kurzem Abstand an; er war gerade aus dem Flugzeug gestiegen. Ihre Haltung signalisierte Rückzug: Sie hatte dunkle Ringe unter den Augen, ihr orangefarbenes Haar war kaum gekämmt, und ihre Haarspangen – die sie sich nach einer kurzen Auseinandersetzung mit ihrem Mann schnell ins Haar gesteckt hatte – saßen unordentlich. Es brach Aaron fast das Herz zu wissen, dass er für all dies verantwortlich war.

Er trat auf sie zu, und Worte der Liebe und der Entschuldigung gingen ihm durch den Kopf, doch als sie die Augen öffnete und ihn erblickte, war er schockiert. Zuerst entspannten sich ihre Züge zu einem Ausdruck der Sorge, doch dann verhärteten sie sich augenblicklich zu einer vorwurfsvollen Miene. Sie stand auf, trat ein paar Schritte auf ihn zu und reichte ihm mit beschämender Wortlosigkeit seinen Wollmantel. Sie hielt ihm das Kleidungsstück mit abgewandtem Blick hin, beugte sich ein wenig vor, hielt dabei die Ellenbogen fest an den Körper gepresst und neigte den Kopf zurück; es war offensichtlich, dass sie so viel Distanz wie möglich zu ihm wahren wollte. Sobald er den Mantel gegriffen hatte, zog sie sich wieder zurück.

Aaron hatte sich alle möglichen Szenarien am Flughafen ausgemalt: Dass sein aufgebrachter Vater von ihm verlangen würde, die heiligen Kleider, die Taschenuhr und seine Bibel zurückzugeben; dass eine Gruppe von Störenfrieden ihn mit hochgehaltenen Schildern empfing, auf denen SCHWULE SOLLEN IN DER HÖLLE SCHMOREN stand. Sogar einen Lynch-Mob mit brennenden Fackeln ... Aber er hatte nicht mit dem Einfachsten, Schmerzlichsten gerechnet: der Zurückweisung durch seine Mutter.

Ohne den Versuch zu unternehmen, den Abstand zwischen ihm und ihr zu überbrücken, beobachtete er, wie sie in ihrer Handtasche nach den Schlüsseln suchte. Als sie sie endlich gefunden und herausgenommen hatte, ging sie einfach los und sagte nur: »Komm. Auf nach Hause.«

»Mom!«, rief er ihr hinterher.

Sie blieb stehen, drehte sich jedoch nicht um. »Was, Aaron?«

»Ich muss noch auf mein Gepäck warten.«

»Dann tu das«, erwiderte sie. »Ich warte am Auto.«

Plötzlich schallte eine zuckersüße Stimme durch das Terminal und durchbrach die unerträgliche Anspannung: »Gladys? Gladys Davis? Ich dachte doch, dass du es bist!«

Gladys drehte sich um und erkannte Noreen Douglas mit ihrem braunen Lockenschopf, der an einen Pudel erinnerte.

»Ich habe gerade Johns Mutter in ihre Maschine nach Denver gesetzt«, sagte Noreen und kam, den Saum ihres Pullovers in den Händen wringend, herangeeilt. »Ihrer Schwester geht es nicht gut, Gott segne sie. Es heißt, sie habe Nierensteine so groß wie Kumquats. Ich weiß zwar selber nicht genau, was Kumquats sind, aber es klingt nicht gerade wie etwas, dass man gerne auspullern würde.«

»Nein«, erwiderte Gladys nervös. »Das tut es wirklich nicht ... tja ... ich muss leider ...«

»Oh, Aaron, mein Herz!« Noreen war Gladys' nervösem Blick gefolgt. »Ich hab dich gar nicht gesehen, so weit da drüben stehst du! Haben wir dich nicht gerade erst vor zwei Monaten auf Reisen geschickt?« Dann bedeckte sie plötzlich ihren Mund mit der Hand, denn ihr fiel das Gerede ein, das sie mitbekommen hatte. »Oh!«

Noreen hatte im letzten Moment eine Vollbremsung gemacht, die der eines schweren Trucks würdig war.

Gladys warf ihr einen scharfen Blick zu.

»Tja ...«, sagte Noreen, »dann werd ich jetzt wohl mal lieber ... Ich muss Didi beim Zahnarzt abholen, mit ihrer Spange stimmt was nicht. Nett, euch getroffen zu haben.«

Gladys seufzte und blickte aus den Fenstern auf den hässlichen, halb geschmolzenen Schnee draußen. Dann kramte sie kurz in ihrer Handtasche, bis ihr einfiel, dass sie den Schlüssel ja bereits herausgenommen hatte. Sie lächelte, zwar nicht wirklich in Aarons Richtung, aber dicht an ihm vorbei, mit zusammengepressten Lippen, ohne die Zähne zu zeigen. »Dann hol jetzt mal dein Gepäck, damit wir nach Hause können, bevor dich noch die ganze Welt angaffen kann.«

Julie saß in ihrem geliebten grünen T-Shirt am Küchentisch vor dem Fenster und zupfte gedankenverloren an den Saiten ihrer Gitarre, die ihr den Schoß wärmte wie ein großer, freundlicher Hund. Es war ein einsamer, grauer Morgen – perfekt, um ein paar melancholische Akkorde zu spielen. Ab und an unterbrach sie ihr Spiel, um einen Schluck Kaffee zu trinken oder ein paar Zeilen in ihr Notizbuch zu schreiben. Da klingelte plötzlich ihr Telefon, das in bequemer Reichweite vor ihr auf dem Tisch lag.

Julie nahm ab. »Hallo?«

»Hallo? Ist dort Julie Taylor?«

»Ja?«

»Hi Julie, hier spricht Clive Davis.«

»Ha ha, sehr witzig, Andrew! Auf Wiederhören!« Julie beendete das Gespräch mit einem Knopfdruck und legte das Telefon auf den Tisch zurück. In diesem Augenblick schlurfte Christian zur Tür herein. Er stellte seine Tasche im Korridor ab.

Sie schaute ihn an. Seine Kleidung sah aus, als hätte er die letzten beiden Nächte irgendwo auf der Straße geschlafen. Seine Haare klebte ihm an Schädel, seine Gesichtsfarbe war fahl, seine Augen geschwollen.

»Wo zum Teufel warst du?«

»In Salt Lake City«, sagte Christian.

»Wie bitte?«

Christian trat an den Küchentisch und fing an, die Post durchzusehen. »Ich bin Aaron nachgeflogen.«

»Moment mal.« Julie legte ihre Gitarre beiseite. »Wenn du so 'ne Reise hinter dir hast, dann heißt das hoffentlich, dass du die Wette gewonnen hast!«

Christian seufzte. »Ich denke eher, dass ich der Verlierer bin.« Er ging zur Küchenzeile hinüber. »Mann, ich hab jetzt echt 'nen Kaffee nötig.«

»Hey«, rief Julie und ergriff seine Hand. »Mach dir nichts draus. Selbst ein Tiger Woods verkackt ab und zu mal.«

»Julie, bitte! Er hat mir viel bedeutet, okay?«

»Was? O Gott, Christian, ich wollte ja nicht … o Gott, o Gott, komm mal her.« Sie stand auf und nahm ihn in den Arm.

Schon wieder klingelte das Telefon. Julie drehte sich um, nahm ab, drückte dann aber sofort mit beiden Daumen auf ›Gespräch beenden‹ und knallte das Telefon auf den Tisch zurück. »Andrew, der Arsch!«

Christian lachte; sein morgendlicher Atem entfuhr ihm wie eine Giftgaswolke. »Macht er schon wieder diese verrückte Telefonmarketing-Nummer?«

»Nein, diesmal verarscht er mich mit …« Julie verstummte und dachte kurz nach. »Christian?«, sagte sie dann und tippte ihm mit dem Zeigefinger auf die Brust. »Mal ganz nebenbei gefragt … du hast nicht zufällig mein Demo-Tape weitergegeben, oder?«

»Ähm, doch. Einem Kunden von Angel Food, bei dem ich ausliefere. Er meinte, er sei mal im Musikgeschäft gewesen, deshalb dachte ich, es könnte ihm vielleicht gefallen. Ich glaube, er hat es an jemanden weitergereicht.«

»Und an wen?«, fragte Julie nachdrücklich und umklammerte Christians Handgelenk.

»Keine Ahnung. Hör mal ... ich bin müde und ... na ja, der Typ steht unter schwerer medikamentöser Behandlung und ist auch sonst ziemlich durchgedreht; man kann nicht alles ernst nehmen, was er sagt. Julie, mein Arm! Du tust mir weh!«

»Wem hat er es weitergegeben?«, wiederholte sie und verstärkte noch ihren Klammergriff.

»Au, au, au! Er sagte, er wolle es Clive ...«

»Davis???«

»Ja, ich glaube.«

»Clive Davis? Verdammte Scheiße! Ich hab gerade Clive Davis abgewürgt!«

In diesem Moment klingelte das Telefon abermals.

Julie quiekte und sah abwechselnd auf Christian und das klingelnde Telefon. »Das ist er!« Sie zerrte Christian zum Tisch hinüber. »Geh ran!«, befahl sie ihm und drehte ihm das Handgelenk um.

»Kommt gar nicht in Frage«, sagte Christian lachend. »Du gehst schön selber ran. Autsch, Vorsicht! Das ist der Arm, mit dem ich früher immer masturbiert habe!«

»Pfft«, zischte Julie und ließ Christian los.

Christian nahm ab. »Hallo?« Er lauschte in den Hörer und tippte sich mit dem Zeigefinger auf die Lippen. »Ähm, Julie Taylor? Ja-a. Verstehe. Ach die, die eben rangegangen ist? Nein, die sollte eigentlich gar keine Gespräche entgegennehmen, weil ... nun ja, sie ist ... sie ist ein sehr aggressives Mädchen, ein Pflegekind, wissen Sie? Okay, ich hole Julie, einen Moment.«

Christian sah Julie an, gestikulierte wild und stampfte ein paar Mal im Kreis herum.

»Wen darf ich ihr denn melden, bitte? Okay. Clive mit ›v‹ oder Clyde mit ›d‹?«

Julie entriss ihm den Hörer.

Aaron lag da, einen Arm über den Kopf geschlagen; seine Fingerspitzen berührten den Rand seines Ohres. Er hatte stundenlang dagelegen und versucht zu schlafen, während seine Gedanken ständig hin und her sprangen zwischen der Erinnerung an die sinnliche Nacht mit Christian und dem mit Angst vermischten Schuldgefühl, ein Aussätziger im eigenen Elternhaus zu sein. Anstatt seine Eltern zu besuchen, suchte er sie *heim* wie ein Geist, von dem sie zwar wussten, dass er anwesend war, den zu sehen sie sich jedoch weigerten. Es war zum Verrücktwerden. Er war aus einem Gefühl der Liebe und Verpflichtung heraus nach Hause gefahren, doch was für eine Liebe zeigten sie ihm jetzt?

Aarons Hand glitt zu seinem Schritt hinab, und er umfasste sein Geschlecht – eine tröstende Angewohnheit, die noch aus seiner Pubertät stammte. Warum auch nicht? War er nicht gerade von einem Sammelsurium aus Erinnerungsstücken umgeben, die wie Fossilien aus seiner späten Kindheit überdauert hatten? Modellflugzeuge und Raketen; ein Filmplakat, das Janet Leighs vor Angst verzerrtes Gesicht in *Psycho* zeigte; ein gerahmtes Farbporträt von Jesus; Genau wie seine Mutter und sein Vater waren diese Dinge vertraut und dennoch verstörend. Wie seine Eltern gehörten sie dem Aaron von einst.

Als er endlich eingeschlafen war, dauerte es nicht lange, bis ihn ein warmes Tippen auf der Stirn weckte. Er öffnete die Augen und sah einen Tropfen Blut von der Zimmerdecke auf sein Gesicht zufallen. Er landete auf seiner Nasenwurzel, spritzte ihm über die Augenbrauen und überzog seinen Blick mit einem rosafarbenen Schleier. Aaron rieb sich die Augen mit den Fäusten und blinzelte angestrengt, um wieder klar sehen zu können. An der Decke, in einen zerfetzten Lendenschurz gehüllt und mit Dornenkrone versehen, prangte ein Abbild Aarons als Christusfigur am Kreuz. Von den Nägeln, die ihm in Hände und Füße geschlagen waren, tropfte das Blut herab und tränkte Aarons Bett …

»Warum bringst du dich nicht einfach um?«, fragte ihn der Gekreuzigte. »Bring's hinter dich.«

Aaron erwachte mit einem Ruck. Er setzte sich auf und lauschte auf die gedämpften Stimmen seiner Eltern, die vom anderen Ende des Hauses zu ihm drangen.

GESTRANDET

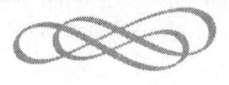

CHRISTIAN UND JULIE hatten die zirka 20 Quadratmeter große betonierte Fläche, die sich an der Hinterseite ihres Bungalows an die Küche anschloss, zu einem improvisierten Strand umgestaltet. Sie hatten Sand ausgestreut, einen Strandball in der einen und eine aufblasbare Palme in der anderen Ecke platziert, ihre in tropischen Farben leuchtenden Badetücher ausgebreitet und schließlich einen gelben Plastikeimer – samt Schaufel – mit hinausgenommen, in dem sie Eis, Limetten und zwei Flaschen Corona kühlten.

An diesem Nachmittag also streckten sich die beiden in Badesachen in der gleißenden Novembersonne aus, vor der sie ihre Augen mit großen 70er-Jahre-Sonnenbrillen schützten. Nach etwa zwanzig Minuten fiel ein einzelnes gelbes Blatt von einem der Bäume herab und landete auf Julies Schenkel. Sie setzte sich auf und inspizierte es.

»Hey, Christian.«

»Ja?«

»Guck mal, hier.«

Auch er richtete sich auf, und sie starrten beide auf das Blatt. Eine leichte Brise wehte, und das Blatt zitterte wie ein Schmetterling.

»Das war's. Jetzt ist es amtlich«, sagte Julie. »Der Winter steht vor der Tür.«

»Dann lass uns was überziehen«, erwiderte Christian.

Die beiden streiften sich in perfekter Synchronizität ein Paar Nylonshorts über und ließen sich dann kichernd wieder auf ihren Handtüchern nieder.

»Ah«, seufzte Christian. »Schon viel besser.«

»Du hast Recht«, erwiderte Julie. »Na ja, jedenfalls«, fuhr sie dann fort, »wollen die keinen meiner Songs für ihre Videos.«

Christian schüttelte den Kopf. In der vergangenen Woche hatte er sich von Julies Euphorie angesichts ihres bevorstehenden Karrieredurchbruchs mitreißen lassen und sich immer wieder ihre Berichte von den Entwicklungen angehört; wie ein Cheerleader war er zu ihrem ersten Aufmunterer geworden, wenn sie von den unvermeidlichen Selbstzweifeln geplagt wurde. Diese Rolle war ihm eine willkommene Ablenkung von seinen Gefühlen bezüglich Aarons, die er herunterzuspielen bevorzugte, da er ohnehin nichts unternehmen konnte.

»Du machst wohl Witze«, sagte er. »Was soll das auf einmal?«

»Ach, es gibt so viele politische Entscheidungen im Musikgeschäft«, sagte Julie und spritzte sich etwas Sonnenschutzcreme auf die Brust. »Ich hatte gedacht, wenn ich erstmal unterschrieben habe, wäre alles viel einfacher.«

»Hmm«, sagte Christian. »Ich wünschte, dass es auch für mich leichter würde.«

»Was meinst du damit? Oh, warte«, rief Julie, »fast hätte ich es vergessen ... in der Plattenfirma gibt's diesen süßen Typen, der sich immer absolut verschämt herumdruckst, wenn es darum geht, von welchem Ufer er ist.«

Christian war bereits gelangweilt. »Und?«

»Ich dachte mir, ich könnte euch ja mal vorstellen; du könntest ihn dir garantiert kinderleicht vorknöpfen und klare Verhältnisse schaffen.«

Christian streckte seine Wirbelsäule. »Sorry, aber ich fürchte, da werde ich lieber passen.«

»Nun mach aber mal halblang! Wieso denn? Der ist total süß. Im Ernst!« Julie rollte sich auf die Seite und stützte sich auf einem Ellenbogen ab. »Was ist eigentlich los mit dir? Du bist irgendwie gar nicht mehr der alte, seit du ... Moment mal: Bist du etwa immer noch nicht über deinen *Missionary Man* hinweg?«

Christian wandte sich ihr zu und schob sich die Sonnenbrille auf die Stirn. »Weiß nicht.«

»Du weißt nicht?«

»Na ja, es ist irgendwie komisch, dass er einfach so verschwunden ist. Es ist eben hart, so plötzlich …«

»Na gut, aber dann hör auch auf, wie ein Schulmädchen zu schmollen, und unternimm irgendwas!« Sie riss ihre Augen weit auf, um ihren Worten Nachdruck zu verleihen: »Ruf ihn an!«

»Und wie, bitte schön? Soll ich vielleicht 'ne 0180er-Nummer anrufen und nach dem GEQUÄLTEN MORMONEN fragen?«

»Warum nicht? Immerhin klingt es so, als ob es genug davon geben könnte, um eine Selbsthilfegruppe zu gründen. Aber wenn du die Wahrheit wissen willst, Christian, dann bin ich der Meinung, dass du die Sache einfach hinter dir lassen solltest. Es ist jetzt immerhin fast zwei Wochen her.«

»Vielleicht will ich das aber gar nicht«, erwiderte Christian gereizt. »L.A. ist eine Stadt, in der jeder auf der Tanzfläche ständig ein Auge auf die Tür hat, weil jeden Moment etwas Besseres reinkommen könnte. Nur, würden wir überhaupt bemerken, wenn denn mal wirklich was Besseres kommt? Es wäre einfach schön, endlich mit diesem Ringelreihen aufzuhören. Es wäre schön, Sex nicht mehr mit 'nem bloßen Händedruck gleichzusetzen. Und es wäre schön, wenn etwas plötzlich zur Abwechslung mal *von Bedeutung* wäre!«

»Ohooo«, flötete Julie. »Du solltest dich mal hören … du wirst ja zu 'nem heiratswilligen Mädel!«

»Ach, halt doch die Klappe!« Christian sprang auf, griff nach dem Biereimer und machte sich au den Weg ins Haus.

»Warte mal, Christian. Warte – im Ernst … dir ist was runtergefallen.«

Er drehte sich um. »Was denn?«

»Deine Eier! Die müssen hier irgendwo im Sand rumliegen. Warte, ich guck mal nach«, kicherte sie und tat so, als suche sie die Umgebung ab.

Christian hob eine Hand. »In Ordnung, bitte schön. Ich werd ab jetzt einfach nicht mehr mit dir reden.«

»Aber zu meinem Auftritt heute Abend kommst du trotzdem, oder?«

GERICHT

DER WIND RAUSCHTE in den Palmwedeln und zerzauste zahllose Haarschopfe auf dem Sunset Boulevard, während die üblichen hippen Leute und ausgesuchte Touristen auf dem Gehweg vor dem ›Viper Room‹ Schlange standen. Coole Mädels trugen dünne Jäckchen über Minikleidern mit Spagettiträgern und warten darauf, dass ihnen von James-Dean-Verschnitten Feuer gegeben wurde, während zumeist schwarz gekleidete Poseure bemüht waren, über all das erhaben zu wirken. Das Haus war voll, und in der Schlange ging es nur schleppend voran; manchmal bewegte sich minutenlang gar nichts. Reihenweise rollten Autos vorbei, deren unsichere Insassen sofort zu der Überzeugung gelangten, nicht *was auch immer* genug zu sein – hip, jung, glamourös, wichtig -, um überhaupt in den Club reinzukommen. Deshalb hielten sie gar nicht erst an.

Drinnen kippten die Leute Cocktails und wurden langsam ungeduldig. Christian, Andrew und Traci saßen an der Bar, rissen einen Witz nach dem anderen und kicherten albern. Sie waren aufgeregt und nervös – wegen Julie. Im Publikum waren Agenten und Leute von Plattenfirmen, und sie waren nicht gekommen, um sich bloß mal umzusehen oder neue Talente zu rekrutieren – sie waren gekommen, um die Frau zu hören, deren Stimme, einer gewissen Quelle zufolge, klang »wie Zimtstangen in einer Tasse heißem Kakao«.

Als auf der Bühne die Lichter angingen, setzte die Band augenblicklich mit einem harten Beat ein, und Julie kam, geschmeidig wie eine Tigerin, in schwarzen Samthosen und eingenähten Seitenstreifen aus

Seide auf die Bühne. Ihr enges, metallisch glänzendes Top ließ ihren muskulösen Bauch, ihre perfekten Brüste und Arme erkennen – all das schrie förmlich nach einer Karriere als Star.

When you were just a child of eight
You were taught not to deviate
Only one way to heaven
But a half-million ways to fall …

Ihre Stimme, ihr Aussehen und ihre Bewegungen waren magnetisch. Die Zuschauer drängten sich nahe an die Bühne heran. Köpfe wippten, Hände flogen in die Höhe.

»Sie sieht verdammt gut aus!«, schrie Andrew. »Madonna, du kannst einpacken.«

Er und Traci schlugen verschwörerisch die Handflächen gegeneinander.

Die ganze Crew vom ›Lila's‹ war gekommen. Carlos und fünf seiner Kumpel reckten die Fäuste in die Luft und tanzten ab. Christian machte mit.

Ein knackig kalter Abend in Pocatello: Einige Männer in unspektakulären Anzügen und Mänteln drängten sich in den langweiligen Backsteinbau einer großen Mormonenkirche. Sie vermieden es, dem schwarzen Dodge Durango Aufmerksamkeit zu schenken, in dem Aaron Davis und sein Vater in aggressivem Schweigen saßen.

Als der letzte Mann in der Kirche verschwunden war, öffnete Farron mit einem knackenden Geräusch die bereits wieder eingefrorene Fahrertür und setzte einen stahlkappenbewehrten Stiefel auf den Boden. Er wandte sich mit mitleidigem Blick zu seinem Sohn um.

»Ich kann dir leider keine Sonderbehandlung angedeihen lassen, bloß weil du mein Sohn bist.«

»Das weiß ich«, erwiderte Aaron. »Das würde ich auch gar nicht wollen.«

In dem großen Konferenzraum der Kirche mit seiner hohen Decke saßen fünfzehn Männer mit gefalteten Händen und gesenkten Köpfen an einer hufeisenförmig angeordneten Tischgruppe. An der Biegung des Hufeisens übernahm ein gestresst aussehender Farron Davis die Leitung der Sitzung. Er murmelte ein schnelles Eröffnungsgebet. Auf der anderen Seite, am offenen Ende des Hufeisens, saß Aaron in ehrfürchtigem Trotz auf einem einzelnen Klappstuhl. Seine Körpersprache war unübersehbar.

»... Amen.« Farron beendete sein Gebet und hob den Kopf. Die Leuchtstoffröhren oberhalb der Versammlung leuchteten die kahle Kuppel des hohen Raumes aus und verliehen dem Konferenzraum eine spartanische Atmosphäre. »Als Präsident der Gemeinde von Pocatello ist es meine unerfreuliche Aufgabe und Verpflichtung, dieses Kirchengericht einzuberufen, um über Elder Aaron Davis zu befinden, der sich der schweren Sünde der Homosexualität schuldig gemacht hat.«

Aaron kniff die Augen zusammen, wie um sich vor dem versammelten Gericht zu schützen, das vor ihm zu verschwimmen schien.

Die Akustik der weiträumigen, gesichtslosen Halle ließ jedem noch so winzigen Geräusch ein unheimliches Echo folgen. Verschiedene belegte Kehlen räusperten sich in der Stille, die nun folgte. Hände wurden gerieben. Unförmige Hintern rutschen auf Stühlen hin und her. Am Ende dieser Symphonie äußersten Unbehagens ließ Farron seinen Blick gewichtig auf seinem Sohn ruhen. »Schämst du dich für das, was du getan hast?«

»Es ist ziemlich schwer«, antwortete Aaron, »überhaupt noch etwas anderes als Scham zu fühlen.«

»Aber bereust du?«, hakte Farron nach. »Niemand kann den langen und schmerzvollen Weg der Buße antreten, ohne zunächst zu bereuen.« Seine fleckigen Hände erhoben sich von der Tischplatte, und Farron legte die Fingerspitzen aufeinander, um sie gegen seinen Sohn zu richten. »Bereust du deine schwere Sünde zutiefst?«

Aarons Blick fiel auf einen Lichtfleck am Boden. »Sicher, ich schäme mich. Dafür, dass es auf diese Art herausgekommen ist, dass es in der Öffentlichkeit verbreitet wurde ... natürlich ist das demütigend. Wie sollte ich mich denn sonst fühlen?« Er blickte seinem Vater in die Augen. »Aber ob ich bereue, dass es passiert ist? Nein.«

Schlaffe Augenlider weiteten sich. Gemurmel – wie tröpfelnder Regen vor einem Gewittersturm – verbreitete sich im Raum. Farrons Gesicht lief dunkelrot an. Er sog scharf Luft ein. »Das hier ist nicht leicht für mich, Aaron. Aber angesichts deines abnormen und schändlichen Zustandes und deiner Weigerung zu erkennen, dass du in üble alternative Kreise abgerutscht bist, kann ich nur wünschen, dass meine Scham für uns beide ausreicht – von der Schande ganz zu schweigen, die du über unsere Kirche, unsere Familie und unsere Vorfahren gebracht hast ...«

»Einen Augenblick«, unterbrach Aaron und richtete sich in seinem Stuhl auf. »Unsere Vorfahren?«, fragte er ungläubig nach. »Dad, dein Großvater hatte mindestens ein Dutzend Ehefrauen, und das Gleiche gilt für jeden Einzelnen der Herren hier in diesem Raum. Ich würde viel eher sagen, *wir* sind die eigentlichen Gründer dessen, was du da gerade mit ›alternativ‹ bezeichnet hast. Doch nun, da wir diese Episode fein säuberlich aus unserer Theologie getilgt haben, hat *unsere* Kirche auf einmal das Recht, für sämtliche Menschen zu definieren, was ›normal‹ ist? Siehst du denn diesen eklatanten Widerspruch nicht?«

Farron starrte seinen Sohn mit unbewegter Miene an. »Du nennst uns also Heuchler?«

»O nein«, flüsterte Aaron. »Über Heuchelei sind wir bereits weit hinaus, Dad. Heute sind wir einfach nur noch niederträchtig.«

Farron wies mit dem Finger auf Aaron und sagte mit schriller Stimme: »Ich lasse mir hier keine Predigt halten, schon gar nicht von dir, und schon gar nicht jetzt!« Dann beruhigte er sich wieder und verkündete sein Urteil mit gewichtig-monotoner Stimme: »Mit der mir durch die Melkezedik-Priesterschaft übertragenen Verfügungsgewalt und im Namen Jesu Christi bleibt mir keine andere Wahl, als das Verfahren zu deiner Exkommunikation einzuleiten, die zum Entzug deiner Priesterschaft, der heiligen Kleidung sowie der Mitgliedschaft in unserer Kirche führt.«

Wortlos erhoben sich die Männer und verließen nacheinander den Raum, unfähig, den jungen Verstoßenen auch nur anzublicken, der doch dereinst ein so vielversprechendes Mitglied ihrer Gemeinde gewesen zu sein schien.

LANGSTRECKE

CHRISTIAN MARKELLI war besessen.

Das letzte Mal, dass er geduscht hatte, lag 48 Stunden zurück, und er trug immer noch dieselben Navy-Shorts und das Baseball-Shirt vom Vortag. Filzig hing ihm eine dicke Strähne in die Stirn. Auf seinem rosafarbenen Teppich lag zerknülltes Papier, leere Chipstüten und Pappbecher von Starbucks herum. Er saß breitbeinig auf der Kante seines Sofas und beugte sich zu seinem Laptop herunter, das auf dem Couchtisch stand. Auf dem Boden neben ihm lag eine CD-Rom mit dem Gesamtverzeichnis der US-amerikanischen Telefonnummern. Abwechselnd weiteten und verengten sich seine Augen, während er angestrengt auf den Bildschirm starrte und nach den Nummern auf den Namen ›Davis‹ in Pocatello, Idaho suchte.

Julie kam auf ihrem Weg zur Küche an ihm vorüber. Sie mümmelte einen Apfel und summte eine selbstgeschriebene Melodie, deren Text ihr noch nicht in Fleisch und Blut übergegangen war. »Na, immer noch auf der Suche?«

»Ja«, sagte Christian, ohne den Blick vom Monitor abzuwenden. »Nur so viel: Da oben heißen 'ne ganze Menge Leute Davis!«

Sie beugte sich von hinten über die Sofalehne und sah ihm über die Schulter. »Kann man wohl sagen. Warum machst du nicht mal 'ne Pause? Ich hab 'ne Idee: Lass uns 'ne Runde Billard spielen gehen.«

»Ach nee«, erwiderte Christian grinsend. »Klingt zwar verführerisch, aber ich kann nicht. Ich muss das hier zu Ende bringen.« Er sah sie an. »Das ist mir echt wichtig.«

»Na gut, dann viel Glück«, sagte sie und gab ihm einen Kuss auf den Scheitel.

Schon Sekunden später wählte Christian eine Nummer und presste sich den Hörer ans Ohr. Er wartete, während es am anderen Ende klingelte und hielt einen rosa-glitzernden Stift über einer bereits vollgeschriebenen Seite seines Notizbuchs einsatzbereit in der Hand. »Aaron Davis, ich suche einen gewissen Aaron Davis.« – »Nein? Dann trotzdem vielen Dank.« Er legte auf, sah wieder auf den Bildschirm und wählte die nächste Nummer. Während er auf Antwort wartete, kritzelte er eine gotische Neun an den Rand der aufgeschlagenen Seite seines Notizbuches.

»Nein«, sprach er in den Hörer und fügte den hingekritzelten Zahlen eine futuristische Drei hinzu, »nicht Errol! Aa-ron. Aaron Davis.« Ungeduldig tippte er mit dem Stift auf die Tischplatte. »Mit zwei ›a‹. Nein, er hat nichts gewonnen. Nein? Na ja, trotzdem vielen Dank.«

Christian riss eine weitere Seite aus seinem Notizheft, zerknüllte sie und warf sie zu den anderen auf den Boden. Dann ließ er sich in die blauen, kuscheligen Kissen zurückfallen. Warum machte er sich überhaupt diese ganze Mühe? Was, wenn er schon die richtige Familie am Apparat gehabt hatte? Immerhin war das ja möglich. Warum sollte ihm, einem fremden Anrufer, auch bereitwillig Auskunft gegeben werden? Und was, wenn er irgendwann doch durchkam? Würde Aaron überhaupt mit ihm sprechen wollen? Hatte er Christian nicht gesagt, dass er alles würde aufgeben müssen?

Christian schloss die Augen und versuchte, seine Zweifel abzuschütteln. Dass Aaron nicht mit ihm sprechen wollte, war unmöglich. Tief in seinem Inneren wusste er es. Also beugte er sich wieder vor und scrollte auf die nächste Seite.

»Hallo? Hallo! Ja, hi. Ich suche einen Aaron Davis.«

»Was?«, krächzte die Stimme eines alten Mannes am anderen Ende der Leitung.

»Ich suche einen Aaron Davis, Aa-ron Da-vis.«

»Was?«, fragte der alte Mann wieder. »Sie suchen R. und Mavis?«

»Nein, ich suche …« Christian wollte schon auflegen, überlegte es sich dann aber doch im letzten Moment noch einmal anders.

»Wollen Sie nicht lieber mit meiner Frau sprechen, ich sollte eigentlich mein Hörgerät drin haben, aber ich hasse das verdammte Teil.«

»Gut!«, brüllte Christian in den Hörer. »GUT, DANN GEBEN SIE MIR IHRE FRAU!«

Es schien Stunden zu dauern, bis seine Frau ans Telefon kam. Christian hoffte, dass sie nicht in der Badewanne lag oder dergleichen. Aber zu spät: Das Bild hatte sich bei ihm festgesetzt: Ein gebeugter alter Mann half seiner schrumpligen Alten aus der Wanne. Christian schüttelte die Vision ab und starrte, um sich abzulenken, auf einen Fleck an der Wand. Seine Finger trommelten auf der Tischplatte.

»Hallo?«, meldete sich die Stimme einer Großmutter.

Christians Herz machte einen Freudensprung. Sie klang alles andere als senil.

»Hallo, ich bin auf der Suche nach einem Aaron Davis.«

»Nach wem? Den Jungen der Familie Davis?«

»Ja«, sagte Christian. »Aaron – blond, blaue Augen …«

»So um die neunzehn Jahre?«, fragte sie. »Der in Kalifornien Missionar war?«

»Ja, ja genau! Das müsste er sein!«

»Hat er schon wieder Schwierigkeiten gemacht?«

»Nein, nein, ganz und gar nicht. Was meinen Sie mit Schwierigkeiten?«

»Hören Sie mal, Sportsfreund«, sagte sie schnippisch, »wenn Sie es nicht wissen, dann werde ich den Teufel tun, und es Ihnen hier am Telefon ausplaudern!«

»Nein, schon in Ordnung, ich wollte nicht indiskret sein. Ich bin nur ein Freund von ihm, aus Kalifornien.«

»Ach so – keine Sorge, hab nur Spaß gemacht. Klingt so, als suchten Sie nach dem Jungen von Farron Davis.«

Christian scrollte eilig die Nummernliste auf dem Bildschirm durch. »Farron Davis? Könnten Sie das bitte buchstabieren?«

»F-a-r …«, die Frau räusperte sich heftig, » …r-o-n.«

Christian hatte die Nummer gefunden. »Farron Davis, Stonecreek … tausend Dank!«

»Gern geschehen. Aber jetzt muss ich auflegen, im Fernsehen läuft gerade 'ne Hitparade mit alten Schnulzen, Buck Owens ist mit dabei, er singt gerade ›Rollin' In My Sweet Baby's Arms‹. Ich liebe diese alten Gassenhauer!«

»Buck Owens? Den zeigen die immer noch?«

»Schätzchen, hier draußen in Idaho werden die nie aufhören, so was zu zeigen.«

»Na gut, dann will ich Sie nicht länger stören. Und nochmals vielen Dank. Bye.«

Christian legte auf und rieb sich aufgeregt die Hände. Er markierte den Namen, die Telefonnummer und die Adresse von Farron Davis auf dem Bildschirm, schrieb alles in sein Notizbuch ab und machte einen Kreis um den Eintrag. Plötzlich flimmerte es ihm vor den Augen, und seine Nackenhaare stellten sich auf. Er bückte sich und hob die zerknüllte Seite auf, die er gerade auf den Boden geworfen hatte. Als er sie auffaltete, fiel sein Blick auf die sieben zufällig hingeschmierten Zahlen – und diese Zahlen ergaben die Nummer von ... Farron Davis!

Es war drei Tage vor Thanksgiving. Im gelb tapezierten und feiertäglich geschmückten Esszimmer aßen Aaron und seine Mutter zu Abend. Gladys aß gerade den letzten Bissen ihrer grünen Bohnen auf und legte ihre rote Serviette auf der lebhaft in den Herbstfarben gemusterten Tischdecke ab. »Was ist los mit dir, Aaron? Stimmt irgendwas nicht mit deinem Essen?«

Aaron zog seine Gabel lustlos durch den Haufen gewürfelter Yamswurzeln auf seinem Teller. »Nein, ich hab bloß keinen Hunger.«

»Ich wünschte, du würdest beherzigen, was wir neulich besprochen haben«, sagte Gladys und faltete die Hände.

»Ich gehe in kein Therapiezentrum, Mom!«

»Aber das Dyer Center ist wirklich sehr fortschrittlich, bietet ein angesehenes Therapieprogramm an, und dir kann dort geholfen werden.«

»Mag sein ...«

»Hast du gebetet?«

»Ich hab nichts anderes getan als gebetet! Nur denke ich nicht, dass ich in ein Krankenhaus gehen muss.«

»Ach, Aary, es ist ja gar kein Krankenhaus in dem Sinne. Man kann dort ambulant behandelt werden. Hast du dir die Broschüre mal angesehen? Warte, ich hole sie mal.«

»Mom, ich *hab* mir die Broschüre bereits angesehen!«

»In Gottes Namen, du kannst doch nicht den Rest deines Lebens mit so einem Gesicht herumlaufen!«

In diesem Moment klingelte das Telefon.

»Ich geh schon«, sagte Gladys und eilte in den mit Holzdielen ausgelegten Korridor zwischen Wohn- und Esszimmer.

Aaron lauschte ihren Schritten und starrte auf das traditionelle Arrangement aus Herbstlaub in der Mitte des Esstischs. Das Gesteck mit den von goldenem Laub umkränzten Plastikweintrauben und Stechäpfeln, den seidenen Ahornblättern und den aprikosenfarbenen und weißen Rosen aus Seide war ein Geschenk von Tante Nora aus den frühen Neunzigern – ein Überbleibsel ihres damaligen, gescheiterten, Blumenbinderei-Betriebs. Jedes Jahr holte es die Familie nun in der Thanksgiving-Woche aus der Versenkung hervor. Und jedes Jahr roch es muffiger und stärker nach Mottenkugeln. Aaron pickte in seinem Essen herum. Wahrscheinlich war der Anruf von seinem Vater, der Bescheid gab, dass er es mal wieder nicht zum Abendessen schaffen würde. Sein Teller stand am Kopf des Tisches, und das Essen darauf wurde kalt und harrte schon jetzt dem späteren Aufwärmen in der Mikrowelle.

»Hallo?«, meldete sich Gladys.

»Ja«, sagte die Stimme am anderen Ende der Leitung. »Ist Aaron Davis zu sprechen?«

»Tut mir Leid, aber Bruder Davis ist noch im Missionszentrum – ach so, sie meinen ... *Aaron*?« Sie warf einen raschen Blick über die Schulter zurück, kam dann um die Ecke geeilt und versuchte, die Telefonschnur hinter sich zu entwirren. Wie eine Spionin und Geheimnisträgerin lehnte sie sich mit dem Rücken an die Wand, beugte sich vor und senkte ihre Stimme. »Äh, darf ich fragen, warum Sie mit Aaron sprechen wollen?«

»Ich ... ich bin ein Freund von ihm.«
»Aha ...«
» ... aus Los Angeles.«
»Ein Freund? Los Angeles? So so. Dann sind Sie einer der dortigen Elders?«
»Ähm ... nein, bin ich nicht.«
»Ach nein?« Gladys verschränkte die Arme.
»Verzeihen Sie, könnten Sie ihm sagen, dass Christian am Apparat ist?«
Dieser Störenfried! Gladys' ohnehin schon verschwommener Blick verschleierte sich noch stärker. Sie sprach durch ihre zusammengebissenen Zähne hindurch: »Wissen Sie was? Mein Sohn hat kein Bedürfnis, mit Ihnen zu sprechen ...«
»Aber ...«, stammelte Christian.
»... und ich hoffe, Sie werden so viel Anstand besitzen, hier nicht noch einmal anzurufen.«
Gladys nahm den Hörer vom Ohr, legte leise auf und kehrte durch den Korridor zum Esstisch zurück. »Vater im Himmel«, murmelte sie leise vor sich hin, »ich danke Dir im Namen Deines Sohnes Jesus Christus ...«

»Ju-huu!«, rief Christian. »Hey Julie, komm mal her!«
Julie war inmitten einer ihrer Yoga-Übungen eingeschlafen. Sie kam in ihren blauen Trainingshosen, einem lavendelfarbenen Trikot und ihrem Sweatshirt, das sie sich um die Taille geschlungen hatte, verschlafen hereingetappt.
Christian hockte auf der Armlehne des Sofas. »Ich hab ihn!«
»Du hast mit ihm geredet?«
»Nein, das nicht, aber seine Mutter hat gerade mit mir gesprochen und das Gespräch abrupt beendet.«
Julies Kiefer klappte herunter. »Blöde Kuh.«
»Nein, warte!«, plapperte Christian aufgeregt weiter. »Wenn er wirklich nicht mit mir hätte sprechen wollen, dann hätte sie ihn bestimmt ohne weiteres ans Telefon geholt, damit er es mir selber mitteilen kann, meinst du nicht? Beim nächsten Mal geht er bestimmt selber ran.«

Julie stemmte die Hände in die Hüften und sah Christian von oben bis unten an. »Du denkst ja richtig mit, Schatz! Ist zwar neu, aber gefällt mir.«

Christian nahm sie in den Arm. »Verdammt, Baby, wer hätte gedacht, dass es mich mal so glücklich machen würde, am Telefon abgewürgt zu werden!«

»Na, dann können wir ja jetzt endlich ausgehen. Du bist nämlich schon viel zu lange nicht mehr so richtig auf der Rolle gewesen.«

Aaron hatte sich wieder lustlos seinen grünen Bohnen zugewandt, als seine Mutter mit aufgesetzter Gleichgültigkeit an den Tisch zurückkehrte. »Alles in Ordnung, Liebes?«

»Ja. Schafft Dad es wieder nicht zum Essen?«

»Hm? Oh nein, nein. Das war wieder bloß so eine nervende Telefonumfrage. Aber du hast Recht, dein Dad kommt mal wieder ziemlich spät vom Gemeindezentrum zurück!« Sie griff nach dem Teller ihres Mannes. »Bringt ja auch nichts, das hier kalt werden zu lassen.« Sie marschierte in die Küche, um das Essen mit Zellophan zu bedecken. Als sie zurückkam, um den Tisch abzuräumen, blieb sie stehen und sah Aaron dabei zu, wie er noch immer bedrückt in seinem Essen herumstocherte. »Ich nehm das dann mal auch mit raus«, sagte sie und schnappte ihm den Teller vor der Nase weg. »Wenn du sowieso nur damit rumspielst ...« Sie verdrehte die Augen himmelwärts, während sie abermals in die Küche eilte. »Ich weiß gar nicht, warum ich mir die Mühe überhaupt noch mache.«

Aaron blieb schmollend am Tisch sitzen und kaute auf einem unappetitlichen, kalten Stück Yams herum. Er fragte sich, ob Christian versucht hatte, ihn zu erreichen. Plötzlich hörte er ein lautes Krachen in der Küche, stand auf und lief seiner Mutter nach, um nach ihr zu sehen. Gladys kniete auf den Bodenfliesen und sammelte die verstreut herumliegenden Scherben des Tellers ein, der ihr runtergefallen war. Ihre langsamen Bewegungen standen in scharfem Kontrast zu den festlich geschmückten Wänden und Schränken, den Kränzen, Beeren und Keksdosen.

»Bist du ... ist alles in Ordnung mit dir?«

Sie fuhr mit dem Aufsammeln fort, ohne ihn anzusehen. Auf ihrem Scheitel sah Aaron die grauen Haarwurzeln deutlich. »Ja, mir ist nur ein wenig schwindelig. Kümmer dich nicht drum.«

Aaron betrachtete sie einen langen Moment.

»Mom?«

»Mhm?«

»Mom!«

Sie blickte mit einem kurzen, verärgerten Aufflackern zu ihm hinauf. »Was, Aaron? *Was?*«

»Nichts. Ich wollte nur mal sehen, ob du dich überwinden kannst, mich anzuschauen.«

»Ich schaue dich an, Aaron!« Sie griff nach der Kante der Arbeitsfläche, um sich aus ihrer knienden Position hochzuziehen. »Und was soll ich nun sehen?«

»Nichts«, erwiderte Aaron und ging.

»Er hieß Christian«, rief sie ihm nach, »stimmt's?«

Aaron kehrte zur Küchentür zurück. »Bitte?«

Er zitterte, das sah sie, und sie hasste ihn dafür. »War Christian derjenige?«

Noch bevor Aaron etwas dagegen unternehmen konnte, strahlte er vor Freude, als er den Namen hörte.

Gladys' Gesicht zog sich zu einer Fratze zusammen. »Was hat er mit dir angestellt?«

»Er …« Aaron lächelte und nickte glücklich. »Er hat mich geliebt.«

»Nein! Hat er nicht! Sag so etwas nicht.« Gladys stellte eine Schüssel ins Waschbecken. »Weißt du überhaupt, wie lachhaft das klingt? Wie abstoßend das klingt für Gott und alle anderen? Zwei Männer?« Sie schüttelte den Kopf. »Männer lieben nicht, Aary. Es sind die Frauen, die Liebe in eine Beziehung bringen.«

Aaron lächelte wehmütig. »Er hat es mir aber gesagt.«

»Er hätte dir wahrscheinlich alles Mögliche gesagt! Er hat gelogen. Er hat dir geschmeichelt. Werkzeuge des Satans … das tun sie alle!«

»Das kannst du gar nicht wissen.«

»Oh, doch.«

»Nein, das kannst du nicht wissen, Mom.«

»Doch, das kann ich – und weißt du warum? Weil ich den Präsidenten deiner Mission angerufen habe, an dem Abend, als du nicht nach Hause gekommen bist.«

»Ach, du hast mir nachspioniert?«

»Ich habe mir entsetzliche Sorgen um dich gemacht. Und weißt du, was er mir gesagt hat? Dein Zimmergenosse hat ihm erzählt, dass dieser *Christian* – dass es bei der Sache um nichts weiter als eine dumme Wette ging.«

»Das ist nicht wahr!«, schrie Aaron.

»Es ist wohl wahr«, beharrte Gladys. Er hat deine Seele für lumpige 50 Dollar rumgekriegt.« Sie streifte ihre Küchenhandschuhe ab und warf sie in die Spüle. »Mehr warst du ihm nicht wert. Und weißt du, was? Er hat dich wahrscheinlich sowieso schon längst wieder vergessen und geht zu seiner schändlichen Tagesordnung über.«

»Mom, so was würde er nie tun.«

»O doch! Begreifst du denn nicht? Das Ganze hat ihm nichts bedeutet. Er hat dich nur benutzt. Deshalb solltest du nicht einen Gedanken mehr an ihn verschwenden.« Sie ging zu ihrem Sohn hinüber und blieb vor ihm stehen. »Nie, nie wieder!«

Aarons Augen füllten sich mit Tränen. *Das muss überhaupt nichts bedeuten* – waren das nicht Christians erste Worte gewesen, bevor sie ...?

»Aaron, hör mir zu: Du musst diese Sache unbedingt hinter dir lassen«, sagte Gladys. »Diesen schrecklichen Fehltritt, von dem jeder weiß. Jeder hier! Du hast ja gesehen, wie die Leute uns anstarren. Wie sie in den Gängen im Supermarkt stehen bleiben und herüberschauen; wie sie auf der Bank demonstrativ weggucken. Warum, glaubst du wohl, kommt dein Vater nie nach Hause? Wie können wir das, was du uns angetan hast, überhaupt jemals hinter uns lassen, wenn ...?«

»Und was, wenn es gar nicht darum geht, was ich getan habe?«, entgegnete Aaron flehend. »Sondern darum, was ich *bin*?«

Gladys schlug ihm ins Gesicht. »Sag so etwas nicht! Wag es ja nicht, so was überhaupt auch nur zu denken!«

Aaron hielt sich die Hand vor den Mund und schluchzte wie ein Kind. Seine Welt brach in sich zusammen. Warum sollte er überhaupt noch weiterleben, wenn er nicht sein durfte, wer er war?

Gladys vergrub ihr Gesicht in den Händen. Als sie schließlich zu weinen aufhörte, hob sie den Kopf und sagte entschlossen: »Aaron, dir kann für deine Taten vergeben werden. Mit Buße, Gebeten und aufrichtiger, bitterer Reue, kann dir der Himmlische Vater deine Sünden *vielleicht* vergeben. Aber das, was du *bist*, das kann er dir niemals vergeben.«

Aaron sackte in sich zusammen. Er fiel auf die Knie und krümmte sich mit der Schulter an der Wand wie ein Embryo zusammen. Gladys wandte sich ab und kehrte zur Spüle zurück. Still und gelassen, als wäre nichts vorgefallen, nahm sie die Schüssel, in der die Scherben lagen, in die Hand und warf eine nach der anderen in den Müll. »Vielleicht möchtest du dich jetzt lieber ein bisschen zusammenreißen«, sagte sie nüchtern, so als spreche sie mit sich selbst. »Deine Schwester kommt in zwei Stunden, und du solltest dir besser überlegen, was du ihr erzählen wirst.«

Ein perfekter Mann

~~~~

»Noch zwei?«, fragte der Barkeeper.
»Warum nicht?«, antwortete Christian.

Der Laden, den sie sich auserwählt hatten, war wie üblich die reinste Sauna – er dampfte regelrecht vom Schweiß der Menge und der Hitze des Cruisens und Gecruistwerdens. Julie und Christian klemmten an der Bar und kippten kleine Tequilas für 99 Cents.

»Hier«, brüllte Christian, um die hämmernden Bässe zu übertönen. »Darf ich?«

Er streute ein wenig Salz zwischen Julies Daumen und Zeigefinger. Dann tat er dasselbe bei sich. Die beiden hatten bereits jeder ein Bier und zwei Tequila-Shots intus und sahen einander jetzt an, wie sie das Salz ableckten, den dritten Tequila stürzten und dann von ihren Barhockern aufsprangen, um sich in dem Gewühl auf der Tanzfläche zu verlieren.

Aaron wanderte unruhig in seinem Zimmer auf und ab. *Du bist nichts wert*, flüsterten ihm Stimmen aus dem Verborgenen ein. *Und? Hast du jetzt Angst?* Er öffnete seinen Kleiderschrank und holte einen großen Pappkarton, der mit verschiedenen Stickern beklebt war, heraus. Auf einem der Aufkleber stand FAMILIE ZERBRICHT NIE. Aaron las den Spruch wie benommen und faltete die oberen Klappen der Kiste auf. Sie war mit Bauteilen von Spielzeugraketen, Streifen aus Balsaholz und uralten Klebstofftuben gefüllt. Mit entschlossenen Griffen ging Aaron die Kiste durch – auf der Suche nach dem einen

Gegenstand, den er brauchte. Dann sah er ihn. Er holte ihn heraus und öffnete eine Lasche.

Zum Vorschein kam ein blankes Messer. Der Griff war von ein paar kleinen Rostflecken gesprenkelt, aber die dunkelgraue Klinge glänzte makellos.

In der Küche war Gladys immer noch mit dem Abwasch beschäftigt. Was soeben zwischen ihr und ihrem Sohn passiert war, brach ihr das Herz – besonders, dass sie Aaron die Schuld dafür gegeben hatte, dass sein Vater nie nach Hause kam. Denn das ging ja schon länger so, und beide wussten es. Sie hatte lediglich ihre Wut an Aaron ausgelassen. Aber warum musste er auch so starrsinnig sein? Wenn er doch bloß die Therapie im Dryer Center ausprobieren würde!

Dann hörte sie, wie die hintere Tür ging, und sah auf: Aarons Schwester war, in einen dicken Wollmantel gehüllt, mit einem schweren Koffer hereingekommen. Susan strahlte regelrecht. Die Kälte hatte ihr eine gesunde Röte auf Wangen und Lippen gezaubert, und ihre blonden, schulterlangen Haare waren von kleinen Schneeflocken wie gepudert.

»Mom, was ist denn los?«, fragte sie, stellte ihren Koffer ab und fummelte mit von der Kälte tauben Fingern an den riesigen Knöpfen ihres Mantels herum. »Wo ist Dad? Ist etwas mit Großmutter?«

Gladys ging auf sie zu und warf die Arme um ihre Tochter. »Es ist wegen Aary ... er ... er wurde von seiner Mission entlassen. Ich wusste nicht, wie ich es dir sagen sollte ... wir wollten ja nicht, dass du dir während deines Examens noch zusätzliche Sorgen machst.«

»Was?«, fragte Susan. »Wie lange ist er schon wieder zu Hause?«

»Ein paar Wochen. Und die waren schrecklich. Es tut mir so Leid, mein Schatz. Thanksgiving ist jedenfalls ruiniert.«

»Vergiss mal Thanksgiving, Mom. Was ist passiert?«

Gladys starrte sie an. Dann flüsterte sie: »Etwas Entsetzliches.«

Im Bad konnte Aaron die Haustür nicht hören. Susans Ankunft und ihr hysterisches Gespräch mit ihrer Mutter wurde vom Gluckern des Wassers übertönt, das ins Waschbecken lief. Aaron besah sich seine

Augen im Spiegel. Er verachtete sich. Nichts schien mehr möglich. Christian nicht; seine Mutter nicht; sein Vater nicht; auch Liebe nicht. Dampf füllte das Bad wie eine lindernde, balsamische Wolke. Der Spiegel beschlug. Das Wasser füllte das Waschbecken. Fast schwerelos lag das Messer in seiner Hand. Er legte es auf den Rand des weißen Porzellanbeckens, wo es im sterilen Licht glänzte.

Dann zog er sich aus. Er hängte seine Sachen sorgfältig an den Haken, der an der inneren Seite der Badezimmertür befestigt war. Danach tauchte er die Hände in das Wasser im Waschbecken und schloss sie wiederholt zur Faust wie ein Junkie, der eine Vene zu finden versucht. Schließlich wischte er mit einer Hand über den beschlagenen Spiegel und sah sich noch einmal an. Doch schnell wurde sein Gesicht abermals von dem feuchten Dunst verschleiert.

Wie es sein soll.

Und dann nahm er das Messer in die Hand.

Christian und Julie groovten im Mittelpunkt der Tanzfläche zu einem elektronischen Mix. Sie waren ganz und gar bei der Sache und gaben alles, was sie hatten – wie zu guten alten Zeiten. Und die lagen erst ein paar Monate zurück. Julie hatte das Gefühl, ihren alten Freund endlich wieder zu haben, und sie wollte ihn nie mehr verlieren. Sie streifte Christian das T-Shirt vom Leib, was ein über und über tätowierter bulliger Typ in Tarnfleckhosen mit wohlwollenden Blicken zur Kenntnis nahm. Christian warf den Kopf hin und her. Schweiß spritzte ihm in allen Richtungen vom Kopf und taufte die Menge.

Blut tropfte auf Aarons Füße, doch er war schon weit, ganz weit weg. Das überflutende Waschbecken war nur noch ein Rauschen in seinen Ohren. Schlaff sackten seine tauben Arme herab, und er glitt auf den Badezimmerboden, nackt. Sein Kopf fiel nach hinten und schlug dumpf auf dem Linoleum auf. Rosafarbenes Wasser lief über den Rand des Beckens und plätscherte auf seine kreideweiße Stirn hinab.

Christian schleuderte die Arme von sich und drehte sich im Kreis. Der Typ in der Tarnfleckhose kam quer über die Tanzfläche herangetanzt. Seine Muskeln schoben sich pulsierend übereinander wie die Wolken eines aufziehenden Hurrikans. Als Christian mit dem Kreiseln aufhörte, trat der Kerl noch näher an ihn heran, streckte seine tätowierten Arme nach ihm aus und küsste Christian auf den Mund. »Ich bin rattig«, gab er ihm mit eindeutigen Mundbewegungen zu verstehen.

Christian ging ein Stück auf Abstand. Die Musik wummerte wie ein rasender Herzschlag. Christian sah den Rattigen kühl an, und sein Blick sagte: ›Danke nein‹. Er klopfte dem bärigen Kerl tröstend auf die massige Brust. Von all dem war er meilenweit entfernt. Der Tätowierte hatte schöne grüne Augen, die Christian mit Sympathie betrachteten. Die beiden Männer waren in einem kurzen surrealen Moment gefangen, der aus einer Mischung aus Verführung und Verständnis zu bestehen schien. Prahlerisch ließ der Tarnhosentyp seine Finger über seine harten, schweißglänzenden Bauchmuskeln gleiten, doch in seinem durchaus leckeren Grinsen sah Christian nichts weiter als einen perfekten Mann mit einem heimlich-traurigen Lächeln. Er zuckte die Achseln und schüttelte den Kopf. Der Mann wirbelte davon, sein Rücken schimmerte wie ein Fisch, bis er schließlich wieder von der stampfenden Menge aufgesogen wurde und verschwunden war.

Christian sah ihm nach. Dann machte er sein T-Shirt vom Gürtel los, winkte Julie zu und bedeutete ihr mit einer Kopfbewegung, dass er gehen wollte.

Julie warf fragend die Hände in die Luft: »Was ist los mit dir?«

Susan klopfte an die Badezimmertür. »Hi, Aary! Bruderherz. Wie geht's da drinnen?«

Dann ging sie mit den Lippen ganz nah an die Tür heran und sagte: »Hör mal, ich hab gerade mit Mom geredet. Ich weiß, für dich ist das alles gerade ziemlich heftig. Aber du weißt, dass sich – jedenfalls was mich betrifft – zwischen uns nichts geändert hat. Das weißt du doch, oder? Aary? Du verstehst mich doch, ja?«

Susan trat unruhig von einem Fuß auf den anderen. Es war glitschig unter ihrer rechten Sohle. Sie sah zu Boden und blickte verwirrt auf den dunklen Fleck, der sich auf dem Teppichboden direkt vor der Tür ausbreitete.

Nimm's nicht persönlich

Ein kalter Wind rüttelte den Wagen der Familie Davis durch, als er über den verschneiten Schotter der Auffahrt vorfuhr. Farron stieg aus. Er trug seinen altmodischen schwarzen Anzug. Dann erschien auch Gladys in einem kohlrabenschwarzen Sweater-Kostüm. Die zwei stapften über den gefrorenen Boden auf das Haus zu – beide auf einem bewusst anderen Weg.

Drinnen starrte Gladys trübselig auf die Polaroid-Familienfotos, die mit buchstabenförmigen Magneten an der Kühlschranktür befestigt waren. Was war aus alledem geworden? Wie konnten sie sich je wieder davon erholen?

»Ich mach die Bohnen warm«, rief sie beiläufig, immer noch auf die Bilder schauend, »und eine Champignoncremesuppe dazu.«

Als von Farron keine Antwort kam, drehte sie sich nach ihm um und sah, wie er mit seinen Schlüsseln und seinem Ranzen hantierte. Sie entdeckte Falten in seinem Gesicht, die ihr früher nie aufgefallen waren, und die anderen, die ihr vertraut waren, waren tief wie Einschnitte.

»Wo willst du hin?«

Er nahm seinen Hut. »Hab noch ein paar Sachen in der Kirche zu erledigen.«

»Jetzt? Aber wir kommen gerade von …« Die Worte blieben ihr im Halse stecken. »Dein Sohn … wir kommen gerade von …«

Farron brachte es nicht fertig, sie anzusehen. »Ob ich jetzt oder später gehe, ist doch völlig egal.«

Das Geräusch der Haustür, die hinter ihm zufiel, hallte wider wie das Knallen einer Ohrfeige.

Gladys war allein mit sich. Sie hielt sich mit einer Hand an der Arbeitsfläche in der Küche fest und halluzinierte: Die Wände glitten davon und ließen sie in einem immer größer werdenden, leeren Raum zurück, mutterseelenallein. Ihre Lippen, die zu einem verkniffenen, matten Lächeln gefroren waren, bebten. Für wen lächelte sie noch? Zitternd hob sie die Hand an die Brust und fiel ihn Ohnmacht.

Sie lag auf der Seite. Ihr Rock war bis zu ihren breiten Hüften hochgerutscht. Schwärze umfing Gladys, kurz kam sie zu sich, dann versank sie wieder in Finsternis. Als das Telefon klingelte, setzte sie sich ruckartig auf. Es klingelte wieder. Langsam kam sie auf die Beine. Aus unerfindlichem Grund hob sie auf dem Weg zum Telefon im Flur einen Ohrclip vom Fußboden auf.

Dann räusperte sie sich. »Hallo?«

»Mrs. Davis, ich weiß, dass Sie nicht wollen, dass ich mit Ihrem Sohn spreche, aber ...«

Gladys hielt den Hörer eisern umkrampft. Ihr mattes Lächeln war noch immer in ihrem Gesicht festgefroren, doch ihre Augen sahen Rot, während sie um Atem rang. »Mit meinem Sohn?«, erwiderte sie verächtlich. »*Mein* Sohn? Hören Sie mir jetzt mal gut zu, Sie Dreckskerl! Dank Ihnen hat sich mein Sohn mit einer Rasierklinge die Pulsadern aufgeschnitten!« Sie nahm den Hörer vom Ohr; sie wollte keine Antwort hören. Doch dann zog sie die Sprechmuschel noch einmal an den Mund »Dank Ihnen habe ich meinen Sohn verloren, und ich hoffe, dass Sie dafür in der Hölle brennen werden, ich hoffe, Sie werden auf ewig brennen, ich hoffe ...« Gladys Arm sackte herab, und ihre Hand öffnete sich. Der Hörer tanzte wie ein Jojo an der geringelten Schnur und knallte laut gegen die Wand.

Julie schleppte sich durch die Eingangstür. Sie trug Jeans und eines von Christians weißen Oberhemden, das ihr bis zu den Knien herabhing. Sie war nach einem langen Vormittag im Aufnahmestudio völlig erledigt. »Scheiße«, fluchte sie; sie dachte, sie sei allein. »Ich brauch 'ne Cola light oder so was.« Dann stieß sie einen müden Seufzer aus, trat aus ihren Flipflops und warf ihre Handtasche auf das Sofa. Auf halbem Weg zur Küche sah sie Christian reglos am Tisch sitzen. Er hielt noch den Telefonhörer in der Hand.

»Hey, was machst du denn da? Alles in Ordnung mit dir?«

Ihre Gegenwart riss ihn aus seiner Lähmung. Kehlige Laute brachen aus ihm hervor.

»O Gott, Christian – was ist passiert?«

Sie ging zu ihm. Er schlang seine kräftigen Arme hilflos um ihre Taille und sah zu ihr hinauf. »Aaron ist tot.«

»Was?«

Er vergrub sein Gesicht im Stoff ihres weiten Hemdes.

Der Betrieb im ›Lila's‹ war abgeebbt, nur noch ein paar letzte Gäste saßen über ihrem Kaffee, so als ob sie nie mehr gehen wollten. Christian bediente die letzten Tische, ein Schatten seiner selbst, niedergeschlagen, zwischen weißen Tischtüchern. Lila beobachtete ihn. Dann ging sie hinter den Tresen und nahm zwei Schnapsgläser und eine Flasche.

Als Christian seine Chefin bemerkte, legte er einen Zahn zu.

Sie schlenderte auf ihn zu, trat von hinten an ihn heran und sagte: »Christian.«

»Ja, ja ... tut mir Leid«, erwiderte er heftig. »Es ist weil ...«

»Setz dich«, unterbrach sie ihn und goss Brandy in die Gläser.

Christian schob sich in eine der Sitzecken.

Lila stellte die Flasche ab und nahm ihm gegenüber Platz. Dann blickte sie in seine todtraurigen Augen und hob ihr Glas: »Trink.«

Sie stießen an. Christian nahm einen kleinen Schluck.

»Auf ex«, befahl Lila. »Dann wirkt es wie Medizin.«

Beide kippten ihren Brandy hinter. Christian atmete scharf aus. Lila füllte die Gläser aufs Neue. »Einen noch«, sagte sie lächelnd. »Vorschrift vom Onkel Doktor.« Sie stürzten auch die zweite Runde auf ex. »Brav«, sagte sie dann. »Es ist äußerst wichtig, dass ein Mann zwei Schnäpschen intus hat, bevor er über seinen Kummer spricht. Ich glaube, Hemingway hat mir das mal gesagt.«

Christian setzte seine tapferste Miene auf. »Du kanntest Ernest Hemingway?«

»Nein, aber Margaux Hemingway.« Sie grinste über ihren eigenen kleinen Witz und legte dann ihre kühle Hand auf seine: »Weißt du, Christian, auch die Schönen bleiben nicht immer von Tragödien verschont.«

Christians Fassade bröckelte. »Verdammt ... das ist die Hölle. Ich habe etwas Furchtbares getan. Ich bin schuld, und ich werde dafür in der Hölle brennen.«

»Komische Sache, das mit der Schuld«, sagte Lila. »Es gibt nichts, das so schlimm ist, dass man nicht noch ein Quäntchen Schuld hinzufügen könnte, um die Sache noch schlimmer zu machen. Aber umgekehrt gibt es nichts, das so gut ist, dass man es mit etwas Schuld noch besser machen könnte.«

Christian sah sie an. »Aber ich ...«

»Schsch, Kind. Du wirst nicht brennen.«

»Nein?«

»Nein. Schuld lenkt uns nur von einer tieferen Wahrheit ab – dass wir nämlich die Fähigkeit zur Heilung in uns tragen. Wir scheinen auch die schlimmste Trauer immer noch überleben zu wollen.«

»Aber wie?«, fragte Christian.

»Übung.« Sie tätschelte ihm sanft die Hand und schenkte noch einen Brandy ein. »Einen auf die Übung!«, sagte sie dann und hob erneut ihr Glas. »Denk immer dran: Was uns nicht umbringt ...«, sie legte eine dramatische Kunstpause ein, »... versehrt uns manchmal fürs ganze Leben.« Sie streckte die Hand aus und streichelte Christians Wange. »Aber um das herauszufinden, muss man der Sache ins Auge sehen. Das ist der einzige Weg.«

Lila stand auf, um in ihr Büro zu gehen, und ließ Christian in dem gedämpften gelblichen Licht allein zurück. Wie aber sollte er etwas ins Auge sehen, das nicht mehr da war? Er schob sich aus der Sitzecke heraus und nahm die beiden Schnapsgläser vom Tisch. Doch auf dem Weg zu Tresen hielt er plötzlich inne, griff in seine Tasche und holte Christians Uhr hervor.

Im warmen, weihnachtlichen Schein einer einsamen Lichterkette streckte sich Christian auf der Couch aus; Julie nannte die bequeme Trainingshose, die er anhatte, seine schlabberigen ›Lümmel-Buxen‹. Er tippte einen Tagebucheintrag in seinen PDA.

Der Schlüssel drehte sich im Schloss der Haustür. Julie kam nach einem langen Tag nach Hause.

Christian starrte sie fassungslos an und griff sich voller Empörung ans Collier wie eine schockierte Gouvernante. »Nach drei Uhr?«, rief er vorwurfsvoll. »Du Schlampe!«

»Schön wär's«, entgegnete Julie und verdrehte die Augen. »Wir waren im Studio. Und du?«

Christian schloss seinen PDA. »Ich konnte nicht schlafen.«

Julie warf sich neben ihm auf die Couch. »Hey, ich hab 'ne Idee – vergessen wir die beschissene Diät und gehen zu ›Dupar's‹, Pancakes essen, bis wir kotzen. Na? Was meinst du?«

»Ach nee«, sagte Christian und schüttelte den Kopf. »Ich glaub, ich geh lieber wieder ins Bett.« Er hievte sich hoch, tappte ungelenk in sein Zimmer und schloss die Tür hinter sich.

»Nur gut, dass ich einen Korb nie persönlich nehme«, rief Julie ihm nach, obwohl sie wusste, dass er sie wahrscheinlich nicht mehr hörte. Dann ließ sie ihre Tasche von der Schulter gleiten und holte ihr Notizbuch heraus und durchblätterte zunehmend deprimiert die Seiten mit ihren mittelmäßigen Songtexten. Sie verschränkte die Arme, seufzte und sah plötzlich Christians PDA auf dem Couchtisch liegen. Sie blickte zu Christians Tür hinüber, zögerte kurz, und nahm ihn in die Hand. Dann rief sie die letzte Eintragung ihres Mitbewohners auf.

Es ist drei Uhr nachts, kann mal wieder nicht schlafen. Als ob ich darauf warten würde, dass die Zeit heilt, was immer wieder in mir aufbricht. Hab schon die alten Zeitungen rausgebracht und den Abwasch gemacht. Nichts mehr zu tun außer dasitzen und nachdenken ...

Julie las Christians Worte ein zweites Mal. Das ist echt. Auf so was muss ich mich konzentrieren.

Sie legte Christians geöffneten PDA auf den Tisch zurück und kopierte den Eintrag Wort für Wort in ihr Notizbuch. Das blassblaue Licht erhellte ihr Gesicht im Halbdunkel des Wohnzimmers.

Sie sehen so aus

Regentropfen glitzerten an der Fensterscheibe. Christian las Keith aus der Zeitung vor. »Die Angreifer flohen, nachdem mehrere … Schüsse …« Keith war eingenickt.

Langsam und lautlos legte Christian die Zeitung beiseite. Er betrachtete die kleine Vase mit den welken Gänseblümchen, die er bei seinem letzten Besuch mitgebracht hatte. Zeit für ein paar frische, dachte er, erhob sich aus dem Sessel, nahm die Vase und machte sich auf den Weg zur Küche.

»Wo willst du eigentlich mit meinen verdammten Blumen hin?«

Christian drehte sich um. »Aber die sind doch …«

»Hier wird nichts entsorgt, was noch nicht wirklich tot ist. Okay?«

Die beiden starrten einander an.

»Okay«, erwiderte Christian und stellte die Vase wieder hin.

»Und noch was«, fuhr Keith fort. »Du musst damit aufhören, hierherzukommen, um Trübsal zu blasen. Das zieht mich total runter.«

Christians Augenbrauen hoben sich. »Ich ziehe *dich* runter?«, fragte er und setzte sich neben Keith.

»Du hast richtig gehört, ja. Und wenn wir an dem Punkt angelangt sind, wo du mir den Tag vermiest, dann haben wir ein Problem.« Er streckte den Arm aus und legte seine Hand auf Christians. »Im Ernst«, sagte er dann, »du musst etwas unternehmen. Du musst einen Schritt machen. Einen Weg finden, die Sache hinter dir zu lassen.«

Christian versuchte zu lächeln, doch es gelang ihm nicht. »Ach, spielst du mal wieder Orakel, oder was?«

»Nein«, entgegnete Keith. »Ich spreche lediglich als Freund zu dir.«

Die Spangen in Gladys' Frisur wippten mit jeder Bewegung ihres Kopfes, während sie Herd und Backofen mit einer fünf Jahre alten Spülbürste schrubbte. Aus der Stereoanlage plärrte eine rechtschaffene christliche Hymne: *When other helpers fail and comforts flee* ...

Da klingelte es – *ding-dong* – an der Haustür.

Gladys streifte ihre roten Gummihandschuhe ab und ging zur Stereoanlage, um die Lautstärke herunterzudrehen. Dann drückte sie ein paar Mal das Kreuz durch, so wie sie es bei der Krankengymnastik gelernt hatte. Seit vier Wochen ging sie jetzt wieder dorthin, denn ihr Ischias hatte sich wieder gemeldet. Es klingelte ein zweites Mal. Sie ging entschlossen zur Tür. Haben die Leute keine Manieren mehr?, dachte sie und zog sich in Erwartung der bitterkalten Windes den Stoff ihres blauen Strickpullovers fester über den Bauch. Die Kälte dauerte jetzt schon seit Thanksgiving an, seit ...

Gladys öffnete die Tür. »Guten Tag, Sie wünschen?«

Vor ihr stand ein hoch gewachsener, blendend aussehender junger Mann mit schwarzer Skimütze, schwarzen Jeans, schwarzem Rollkragenpullover und einer langen, schwarzen Anzugjacke. Eine anthrazitfarbene Umhängetasche aus Vinyl hing über seiner Schulter. Seine olivfarbene Haut sah im hellen nachmittäglichen Winterlicht makellos aus. Doch in seinen dunklen Augen glomm Trauer. Wer war der junge Mann? Ein Elder aus der Nachbarschaft?

Er stand mit respektvoll gesenktem Kopf und gefalteten Händen vor ihr. »Sind Sie die Mutter von Aaron Davis?«

Gladys zuckte die Achseln und nickte argwöhnisch: »Ja, ich bin Sister Davis.«

»Ich habe Ihren Sohn gekannt. In Los Angeles.«

»Oh«, erwiderte Gladys und beäugte die graue Umhängetasche, »dann sind Sie sicher einer der Elder von dort. Sie sehen so aus.«

»Nein«, sagte er höflich. »Mein Name ist Christian.« Er nahm die

Hände auseinander. »Er hat seine Uhr verloren.« Christian begann zu weinen, als er jetzt die fleckige silberne Taschenuhr hervorholte. »Ich wollte Ihnen sagen, wie Leid es mir tut. Es bringt mich um, wenn ich daran denke, dass ich ...« Er legte die Uhr in Gladys' Hand und schloss ihre kleinen Finger behutsam um das silberne Erbstück. »Dass ich ihm Schmerzen bereitet haben könnte.«

Dann drehte er sich um und eilte fluchtartig über den Kiesweg davon.

Gladys sah, wie er in einen Mietwagen stieg. Er hat den Motor laufen lassen, fiel ihr beiläufig auf. Unter Schock stehend, ging sie ins Haus zurück und hörte, wie der Wagen draußen auf dem Schotter der Auffahrt wendete. Sie hielt die Uhr voller Schmerz umklammert. All die Hasstiraden, all die Vorwürfe, mit denen sie diesen unglückseligen jungen Mann im Geiste überzogen hatte ... wo waren die hin? Welcher Mensch, dachte sie, welcher Mensch unternimmt so eine lange Reise, nur um ... Sie ließ die Uhr aufspringen und starrte auf die Gravur im Inneren.

ABER DIE LIEBE
IST DIE GRÖSSTE
UNTER IHNEN
1. KORINTHER 13.

Glayds schwankte ein wenig, und Wogen der Reue überwältigten sie.

Er weiß nicht ...

Sie lief zur Tür. Gerade bog der Wagen in die Straße ein. Sie rannte über die Terrasse auf die Auffahrt hinaus und winkte mit beiden Armen. »Warten Sie! Warten Sie doch!«

Aber es war zu spät.

Sie reckte den Hals, um einen letzten Blick auf den davonfahrenden jungen Mann zu erhaschen.

Auf dem Weg zurück ins Haus sah sie nach der Post und fand einen Brief von Susan im Briefkasten.

Liebe Mom,

Du ahnst nicht, wie oft ich diesen Brief im Geiste schon angefangen habe. Seit all dies passiert ist, war es, gelinde gesagt, schwer für mich, mich auf mein Studium zu konzentrieren. Nichts davon scheint im Augenblick wichtig zu sein, wenn du weißt, was ich meine. Ich mache mir Vorwürfe und frage mich ständig, was ich gegenüber meinem großen Bruder falsch gemacht habe. Ich frage mich, ob das alles hätte verhindert werden können, wenn ich die Dinge nur ernster genommen hätte, die mir schon länger aufgefallen sind. Wenn ich nur dieses oder jenes gemacht, wenn ich nur irgendetwas getan hätte ...

Ich bin sicher, du leidest mehr als jeder andere Mensch unter dem Geschehen, indem du dir Vorwürfe machst, als Mutter versagt zu haben. Aber du musst damit aufhören, verstehst du? Niemand hat Aaron schwul gemacht, okay? Du warst eine gute Mutter und bist es nach wie vor.

Ich habe das alles ja schon mal zu dir gesagt – ich meine, es ist ja nicht so, dass wir nicht schon darüber gesprochen hätten. Aber gestern Abend habe ich im Internet ein paar Nachforschungen angestellt und möchte dir etwas mitteilen, was vielleicht neu für dich ist, vielleicht aber auch nicht. Du bist nicht die einzige Mutter eines schwulen Sohnes in Pocatello. Du bist auch nicht die einzige Mutter eines schwulen Sohnes aus einer Mormonenfamilie in Pocatello. (Ich weiß, dass du das Wort ›schwul‹ nicht magst, und wahrscheinlich hasst du mich dafür, dass ich ihn so nenne, besonders angesichts des Ortes, wo er jetzt weilt, aber ich glaube nun mal, dass es die Wahrheit ist.)

Ich habe dem Brief ein paar Sachen beigelegt, die ich gestern von verschiedenen Websites ausgedruckt habe. Eins davon ist die Homepage von PFLAG (Eltern und Freunde von Lesben und Schwulen). Oben auf dem Ausdruck habe ich dir die Telefonnummer von ihrem Büro in Pocatello aufgeschrieben. Der andere Ausdruck ist von den Eltern homosexueller Kinder aus Mormonenfamilien. Bitte urteile nicht überstürzt, sondern schau dir mal an, was diese Leute zu sagen haben. Das Mindeste, was dir das geben könnte, ist das Gefühl, nicht ganz und gar allein dazustehen ...

Christian parkte etwa einen halben Block von seiner Wohnung entfernt. Er hüllte sich in seinen Mantel und eilte über den schwarz glänzenden Bürgersteig. Es regnete ohne Unterlass. Versehentlich betrat Christian den Rasen eines anderen Hauses und knickte um, als er auf den Sprinkler trat. Braunes Wasser lief in seinen Schuh.

Das verzweifelte Unterfangen, die Uhr zurückzugeben, hatte nichts bewirkt, als seinen Schmerz nur noch gegenwärtiger zu machen. Der Blick von Aarons Mutter war so kalt gewesen! Jetzt spürte er, wie ihn ihre Vorwürfe und ihr Hass überallhin verfolgten. Der Gedanke daran durchstach ihm die Brust und drehte sich wie eine Messerklinge in seinem Herzen herum.

Vor seiner Haustür trat er sich die Schuhe ab und sah nach der Post: ein Stapel Magazine und Kataloge. Er nahm alles an sich. Gerade, als er die Sachen durchsehen wollte, setzte ein nasser schneidender Wind ein, und ein Umschlag – irgendeine Rechnung – glitt ihm vom Stapel und flatterte die Stufen hinunter in den Matsch. Er stapfte die Treppe hinunter und hob den Brief auf – die Stromrechnung. Während er den durchnässten Umschlag ausschüttelte, fiel sein Blick auf den scharfen Rand des Kastens für den Gartenschlauch. Er dachte an seine Verletzung und an die Zärtlichkeit, mit der Aaron die Schnittwunde mit dem Waschlappen abgetupft hatte. Ihren gemeinsamen Moment auf dem Bett. Ihre Nacht im Hotel.

Lag das alles wirklich erst wenige Monate zurück?

Christian presste die Post an die Brust und weinte.

Als er sich wieder genügend gefasst hatte um hineinzugehen, war er komplett durchnässt.

Durch das Dunkel der Wohnung konnte er sehen, wie Julie vor dem Fernseher auf der Couch saß und ihre langen Beine quer über den Couchtisch ausgestreckt hatte. Sie hatte eine Decke über ihren Schoß gebreitet, mit Krümeln darauf, so als hätte sie irgendeine Kleinigkeit gegessen, sich aber nicht die Mühe gemacht, die Krümel zu entfernen. Auf ihrem ausdruckslosen Gesicht tanzte das flackernde Licht der Bildröhre.

»Himmel«, murmelte Christian. »Das ist wirklich gruselig. Vielleicht sollten wir wirklich heiraten.«

Sie sah zu ihm hinüber. »Was sagst du?«
»Schon gut, war nur ein Witz.«
»Na dann trotzdem hallo!«
»Hallo«, sagte Christian.
»Oops, sorry«, rief sie und wischte die Krümel auf den Fußboden. »Was hast du gemacht? Mitsamt deinen Klamotten geduscht?«
»Nein, ich ähm ... ich hab keinen Parkplatz gefunden und musste ein ziemliches Stück laufen.«
»Wie unangenehm.«
Christian zog sich die Socken aus und wrang eine über der Erde einer Topfpflanze aus. Er seufzte. »Na ja, es hätte auch schlimmer kommen können. Zum Beispiel regnen.« Er streifte sich sein Hemd ab und schmiegte sich seitlich an Julie. »Ach ja ... es regnet übrigens.«

Julie starrte auf den Fernseher. »Das kommt auch nur in L.A. vor, dass die Hauptmeldung der Elfuhrnachrichten den Titel ›Operation Storm Watch‹ trägt.«

Dann fiel ihr Blick auf den nassen Stapel sich auflösender Magazine und Kataloge in Christians Schoß. »Die Post?«

Er gähnte. »Ja.«

»Irgendwelche Rechnungen für mich dabei? Oh, was ist das denn?« Sie nestelte an der Ecke eines dicken, braunen gepolsterten Umschlages herum.

Christian hob die Hälfte des aufgeweichten Stapels hoch, damit sie den Brief herausziehen konnte.

»O mein Gott«, rief sie, als sie den Umschlag endlich geöffnet hatte. »Eine Kopie meines Videos!«

»Was?« Christian richtete sich auf, um sein Interesse zu bekunden. »Ist aber auch höchste Zeit! Das wollte ich schon lange mal sehen.« Er knuffte sie in die Seite.

Julie starrte auf das Band, schluckte und sah plötzlich panisch aus.

»Na komm schon, Mädel, du hast lange genug ein Geheimnis draus gemacht. Wirf's ein. Na los!«

Doch sie konnte einfach nicht. Ihre Hände zitterten.

»Ach Schatz, kein Grund, so aufgeregt zu sein! Gib her, lass mich mal.« Er nahm ihr das Video ab und ging zum Fernseher hinüber.

Sie streckte den Arm nach ihm aus: »Nein!«

»Doch, mein Schatz. Jetzt nur nicht nervös werden. *It's showtime!*« Er hielt inne, um zu lesen, was auf der weiß ummantelten Videokassette stand: »›Love Letter. Artist: Julie Taylor.‹ Großartig! Unverkäufliches Rezensionsexemplar.‹ Na, dann wollen wir es doch mal rezensieren!« Er öffnete die Schutzhülle, nahm die Kassette heraus und …

Julie hechtete von der Couch hoch. »Nein, lass mich das machen!«

Christian gab ihr das Video. »Na gut, okay. Aber warte, bis ich sitze. Er ging zum anderen Ende des Zimmers zurück und drapierte sich mit einem über der Rückenlehne ausgestreckten Arm auf der Couch. »So«, sagte er und rieb sich die Hände. »Dann mal los!«

Julie legte langsam das Video ein. Dann sah sie Christian an und hielt sich die Fernbedienung wie einen schützenden Schild vors Gesicht.

»Fräulein, na los doch«, munterte er sie auf. »Ich weiß, ich werde es lieben!«

»Na gut«, sagte sie, »ich spiele es ab … aber ich möchte nicht, dass du gleich mit einem vorschnellen Spruch kommst, okay?«

»Wieso?«, fragte er. »Ist das etwa so ein fieses Schlampenvideo à la Christina Aguilera, oder was?« Er beugte sich vor und lachte etwas beunruhigt.

»Nein … es ist nur …« Sie drückte die Play-Taste, setzte sich weit von Christian entfernt auf einen Sessel in der Nähe des Fernsehers und starrte auf den Bildschirm.

Christian schaute seine Mitbewohnerin an.

Ein großer Augenblick für sie. Warum sieht sie bloß so aus, als müsste sie jeden Augenblick auf die Guillotine?

Aber ihm blieb keine Zeit, weiter darüber nachzudenken. Ein Bild erschien auf dem Fernseher, ein Orchestertusch erfüllte den Raum, und Julie erschien in einem weißen langen Kleid. Sie glitt durch eine kahle Winterlandschaft.

»Ach, gar keine schnellen Schnitte?«, witzelte Christian. »Keine aufreizenden Background-Girls?«

Die Kamera machte einen langsamen Schwenk auf Julie, die sich nun in der Totalen das Herz aus dem Leibe sang:

Dienstag, drei Uhr nachts,
und ich warte, dass die Zeit heilt,
was immer wieder aufbricht in mir.

Christians Gesicht verfinsterte sich, während er gebannt auf den Fernseher starrte. »Was soll das denn?«

Hab die Zeitungen schon rausgebracht
und den Abwasch gemacht.
Dienstag, drei Uhr nachts,
und zu viel Zeit zum Nachdenken.

»Das ist aus meinem Tagebuch! Was zum Teufel haben meine Tagebuchaufzeichnungen in deinem Video zu suchen?«

»Hey«, versuchte sie ihn zu beschwichtigen. »Du hast doch immer darauf gedrängt, dass ich mal 'nen Song über dich machen soll.«

»Ja und? Das heißt doch wohl nicht …«

»Und ich wollte es dir ja auch sagen, beziehungsweise dich fragen, wie auch immer, bloß dass …«

Christian stand auf, ging zu ihr rüber und drohte ihr mit dem Finger. »Bloß dass du wusstest, dass ich ausrasten würde, und deshalb hast du …«, er ging im Kreis, »… deshalb hast du dich an meiner intimen, persönlichen Hölle vergriffen, die ich zu überwinden versuche … und jetzt … jetzt setzt du mir das ganze Zeug brühwarm wieder vor, ist es das?«

Julie stand auf. »Okay, okay. Du hast ja Recht, nur fahr mal bitte die Drama-Queen-Nummer etwas runter, okay?«

»Drama-Queen-Nummer? Ich zeigt dir, was eine Drama-Queen-Nummer ist!« Christian schleuderte ein Sofakissen an die Wand. »So, genug runtergefahren?«

»Vielleicht hörst du dir den Song mal an?«, schrie Julie. »Da geht's gar nicht bloß um dich, und übrigens ist es auch für mich nicht gerade leicht gewesen.« Sie sank auf der Couch zusammen und schlug die Hände vors Gesicht. Als sie wieder hochsah, war ihr Gesicht tränenüberströmt. »Glaubst du vielleicht nicht, dass ich mich frage … wenn ich dich nicht angestachelt und das ganze alberne Spiel nicht vorangetrieben hätte … ob er dann nicht vielleicht noch … hast du vielleicht schon mal daran gedacht, dass ich mich deswegen verdammt scheiße fühlen könnte?«

Christian verschränkte die Arme. »Soll ich dich vielleicht trösten?«

»Nein, verdammt noch mal, aber ausschließen musst du mich auch nicht! Ich habe halt gedacht, dass uns das irgendwie helfen könnte.«

»Ja, *dir* vielleicht.«

»Himmel, Christian! Ich kann das nicht. Ich kann nicht mit ansehen, wie mein bester Freund sich in sein Elend vergräbt, so als wäre er … Kurt Cobain«

»Dann versuch auch nicht, Courtney Love zu spielen und Kapital draus zu schlagen!«

Das Telefon klingelte. Die zwei erstarrten und schienen sich beide dasselbe zu fragen: Wie konnte jemand gerade jetzt anrufen und sie unterbrechen?

Julie ging ran. »Hallo. Bitte? Hier ist Julie. Ja. In Ordnung.« Sie warf Christian einen Blick zu, der ungeduldig mit dem Fuß wippte und an die Wand starrte. »Toll. Ja. Nein, ich bin nur gerade beschäftigt. Danke. Ja, mache ich. Bye.« Sie legte auf und ließ den Kopf resigniert auf die Sofalehne sinken.

»Und?«, fragte Christian.

»Das war New York. Ich soll zu irgendso'ner Videoshow kommen, was weiß ich.«

»Na, ist doch toll: Mein intimster Kummer wird für dahergelaufene Teenagermassen vermarktet, mein Schmerz, den mir meine beste Freundin gestohlen hat! Du hast mir nicht mal so weit vertraut, dass du dich getraut hättest zu fragen?«

»Jeder andere würde sich wenigstens ein kleines Bisschen mit mir freuen.«

»Oh, Verzeihung! Glückwunsch!«

»Chris, bitte!« Sie berührte ihn am Arm. »Ich wollte nicht, dass du es auf diese Weise erfährst. Aber die Plattenfirma ... die wollen, dass ich für ein paar Monate nach New York ziehe. Weil alle wichtigen Produzenten da in den Clubs arbeiten.«

Christian blickte sie an. »Na dann, gute Reise.«

Korrektur

All die dekorativeren Elemente im Wohnzimmer waren verschwunden; stattdessen standen halb gepackte Kisten auf dem Boden herum.

Christian schlief im schattigen Halbdunkel seines Zimmers. Er stöhnte, warf sich herum, zappelte und zuckte wie unter Schmerzen.

In seinem Traum saß er inmitten eines blendend weißen Raumes splitternackt gefesselt auf dem elektrischen Stuhl. Hinter einer Sichtscheibe, die in die linke Wand des Raumes eingelassen war, wechselten sich zwei hämisch-vergnügte Ärzte in weißem Hemd und Krawatte damit ab, verschiedene Schalter auf einem kleinen schwarzen Kästchen von der Größe einer Bibel zu betätigen. Christians Blick folgte vier grauen Drähten, die von der Wand quer über den weiß gefliesten Fußboden auf ihn zu und an seinem Bein heraufliefen und schließlich an einer Elektrode mit vier Klemmen endeten, die mittels einer Vorrichtung eng um seinen Unterleib geschnallt war. An seinem Rücken verspürte Christian eine feuchte Fläche – das muss die geerdete Elektrode sein, dachte er ruhig.

An der Wand vor ihm prangte das projizierte Bild eines lebensgroßen, nackten blonden Mannes.

War das Aaron?

Zzzzzttt!

Ein Stromstoß fuhr ihm in die Genitalien. Er zuckte auf dem Stuhl zusammen, bog den Hals durch und biss auf einen weißen Waschlappen, der ihm in den Mund gestopft worden war. Er zerrte an den Schnallen seiner fixierten Handgelenke und Arme. Langsam verebbte der elektrische Impuls.

Die Projektion verschwand, um einem weiteren Bild von Aaron Platz zu machen. Christian wappnete sich gegen den zweiten Stromstoß. Er schrie. Plötzlich sah er Aaron, der nun an seiner Stelle auf den elektrischen Stuhl gebunden war. Jetzt war Christian das an die Wand projizierte Bild. Er spürte, wie sein Körper eine Pin-up-Pose nach der anderen einnahm. Er musste mit ansehen, wie Aarons Augen rot hervorquollen und sich sein Nacken mit jedem Stromstoß verkrampfte und wieder entspannte. *Zzzzzttt!* Fröhlich drückten die Ärzte auf ihren Knöpfen herum. *Zzzzzttt!* In immer kürzeren Abständen. Christian schrie gellend.

»Christian, wach auf!«

Es war Julie. Sie rüttelte ihn wach.

»Wach auf, wach schon auf! Du hast schlecht geträumt.«

Christians Lider öffneten sich flatternd, doch sein Blick blieb leer vor Angst. Er war noch immer in seinem Traum gefangen.

Julie strich ihm eine feuchte Locke aus der Stirn. »Ist ja gut«, murmelte sie, nahm ihn in den Arm und wiegte ihn. »Ich bin ja da.«

Ein junger Mann in Anstaltskleidung und mit ausdruckslosem Gesicht rutschte auf den Knien über verwitterte, bräunliche Bodenfliesen und schrubbte den Fugenkitt. Seit seine Eltern ihn in psychiatrische Abteilung des Dyer Centers eingeliefert hatten (dessen Südflügel der ›reparativen Therapie‹, der Verhaltenskorrektur, gewidmet war), war Aaron Davis ein wenig gestört; jede Nacht um drei Uhr schlafwandelte er auf den Gang hinaus, um wie besessen den Kitt zwischen den Fliesen zu schrubben. Die Pfleger hatten es längst aufgegeben, ihn zu wecken; jedes Mal, wenn sie es versucht hatten, war der Junge total ausgeflippt, so dass das Nachtschichtpersonal schweigend übereingekommen war, dass es den Stress nicht lohnte, noch länger zu versuchen, ihn davon abzuhalten.

Draußen donnerte es, was selten vorkam im Winter. Aus dem Regen, der gegen die Scheiben der vergitterten Glastüren prasselte,

wurde Graupel. Aaron stammelte im Schlaf vor sich hin, während er mit einer hellblauen Zahnbürste schrubbte und schrubbte: »Muss mich würdig erweisen ... muss mich würdig erweisen ... muss ...«
Ein jäher Donnerschlag hallte durch den Gang, und ein Blitz erhellte Aarons Gesicht. Er wachte unsanft auf. »Hä?«

Es war das einzige Mal, dass ihn etwas zu wecken vermocht hatte, ohne dass er gewalttätig reagierte.

Vielleicht lag es an dem Geräusch jenseits des Regens, einem orchestralen Klang, der den Korridor entlangströmte und vertraut, wenn auch deplatziert klang.

Eindeutig musikalisch, ja.

Die Stimme eines Engels.

Aaron erhob sich mühsam vom Fußboden. Er ging in den Freizeitraum, wo gelangweiltes Personal die Nachtschicht bei Kartenspiel und Kaffee herumbrachte. Niemand bemerkte, wie er im Türrahmen stand. In einer Ecke des Raumes hing ein vergitterter Fernseher.

Da ist sie, dachte Aaron. Ich wusste, dass es ihre Stimme war!

Rau – fast wie die eines Mannes, nur feiner.

Julie glitt in einem weißen Kleid über den Fernsehbildschirm.

Dienstag, drei Uhr nachts,
und ich warte, dass die Zeit heilt,
was immer wieder aufbricht in mir.

Hab die Zeitungen schon rausgebracht
und den Abwasch gemacht.
Dienstag, drei Uhr nachts,
und zu viel Zeit zum Nachdenken.

Während sie sang, lief ein Text über den unteren Bildschirmrand: *Julie betont, dass der Song nicht von ihrem Freund handelt, sondern vom Liebeskummer ihres Mitbewohners ...*

Zitternd starrte Aaron auf den Fernseher. Also stimmte es doch! Es hatte also doch etwas bedeutet!

Nichts kann dich zurückholen.
Er hat nichts mehr vorzuweisen,
als eine Taschenuhr
und die Erinnerung an einen Kuss draußen im Schnee.
Ich höre ihn, wie er den Himmel anruft,
ich sehe ihn, wie er in die Hölle hinabkriecht.
Er kommt nicht hinweg über dich,
und ich weiß, er wird es niemals schaffen.

»Er kommt nicht über mich hinweg!«, schrie Aaron.

»Was?« Ein schwergewichtiger, vierschrötiger Pfleger sah von seinem Kartenspiel auf. »Was hast du gesagt, Bodenschrubber?«

»Er kommt nicht über mich hinweg!«, wiederholte Aaron. »Er kommt nicht über mich hinweg! Er kommt nicht über mich hinweg!«

Und dann rannte er durch den Korridor zurück in sein Zimmer.

LOS ANGELES

IN EINEM LEEREN HOF in Hollywood, zwischen Bungalows im spanischen Stil und mondlichtbeschienenen Palmen und Eukalyptusbäumen, zögerte ein junger Mann müde, aber hoffnungsvoll vor der blau gestrichenen Tür von Apartment 3B. Es war seit langem das erste Mal, dass er hierher zurückgekehrt war – und trotz der Gewissheit, dass etwas von Bedeutung zwischen ihm und Christian bestanden hatte, durchlebte er eine Krise. Aaron fuhr sich mit den Fingern durch sein von der Reise verfilztes Haar, roch kurz an seinem Kunstfaserpullover und widerstand dem Impuls, zu seinem Taxi zurückzulaufen. Da bemerkte er den Schatten, den ein kleiner, eingetopfter Kaktus über den Stuck der Außenwand warf. Das muss etwas bedeuten, entschied er, wenn so etwas Kleines wie ein Kaktus so wichtig werden kann.

Er klopfte. Die Tür glitt nach innen auf. Aaron spähte hinein und erkannte eine Gestalt, die drinnen im Schatten stand – nein: posierte: mit nacktem Oberkörper, gebräunt, die Verkörperung gemeißelter Perfektion. Die Gestalt lehnte verschlafen im Türrahmen.

»Hä?«

Aaron stand oben auf der Treppe und sah blass und hager aus wie ein Gespenst.

Die Gestalt im Haus erkannte ihn nicht. »Kann ich Ihnen irgendwie behilflich sein?«

»Ich ... ähm ... ich suche Christian.«

»Ja, der ... der ist nicht hier, er ...«

»Schon gut, macht nichts.« Aaron wandte sich um und ging eilig davon.

»Warten Sie!«, rief der Mann. »Soll ich ihm vielleicht etwas ausrichten?«

Doch Aaron war bereits verschwunden und stolperte niedergeschlagen die Stufen zur Straße hinunter.

Christian begutachtete geistesabwesend ein paar Pommes auf einem Teller, der auf der Ablage in der Küche stand. Er war derselbe Mann, war am selben Ort, und doch hatte sich in seinem Gesicht eine kaum merkliche Änderung vollzogen: Ein beinahe weiser Zug war hinzugekommen, der ihn zwar nicht mehr ganz so hübsch, dafür aber schöner aussehen ließ. »Hey, Carlos, könnte ich 'n paar mehr Pommes auf diesen Teller hier bekommen?«

Lila kam herein. Sie sah umwerfend aus in ihrem braunen Samtanzug.

»Mr. Markelli, ich würde Ihnen gerne einen besonderen Gast vorstellen, eine Berühmtheit, die uns heute Abend beehren wird.«

»Schön, ich freue mich«, erwiderte Christian.

Er erwartete, von ihr aus der Küche ins Restaurant geleitet zu werden, doch stattdessen hielt sie nur die Schwingtür auf.

»Darf ich Ihnen die wunderschöne und talentierte Miss Julie Taylor vorstellen!«

Julie kam herein und strahlte.

»Wir kennen uns bereits«, sagte Christian.

»Dann«, sagte Lila lächelnd, »sollte ich Sie beide jetzt vielleicht allein lassen.« Sie machte auf dem Absatz kehrt und zog sich diskret zurück.

»Hi«, sagte Julie.

»Hi.«

»Ich bin nur kurz zwischengelandet, bevor ich nach Seattle weiterfliege, um meine Tournee zu beginnen. Nur ein Auftritt als Vorsängerin ... aber immerhin!«

»Du wirst großartig sein«, sagte Christian. »Hals- und Beinbruch.«

»Ich ... ich wollte die Sache zwischen uns nicht einfach so stehen lassen.«

Christian machte eine wegwerfende Handbewegung.

»Nein, wirklich«, sagte Julie. »Geht's dir gut?«

»Na ja, es gibt immer noch Momente, da habe ich das Gefühl, völlig zusammenzuklappen. Ich bin definitiv noch nicht über die Sache hinweg. Aber wenigstens spüre ich, dass ich auf dem Weg dahin bin, du verstehst?«

»Ich glaube, ich weiß, wie sich das anfühlt.«

»Ja?«, fragte er seufzend. »Gut, denn ich selber weiß gar nicht so genau, was ich damit eigentlich meine.«

Julie trat auf ihn zu und griff in ihre Tasche. »Ich hab dir was mitgebracht.« Sie hielt ihm ein kleines verpacktes Geschenk hin.

Christian nahm es behutsam entgegen und begann, vorsichtig an dem Papier zu zupfen.

»Ach«, sagte Julie. »Nicht so! Es ist schließlich kein Fabergé-Ei oder so was. Für wen hältst du mich? Für Madonna?« Sie zerrte an dem Geschenkpapier.

Er lachte und schubste sie weg. »Na gut, dann reiß ich's eben auf. Siehst du? Jetzt zerreiß ich's!«

Einen Augenblick lang trafen sich ihre Blicke. »Wie in alten Zeiten«, sagte Julie und boxte ihn leicht gegen die Schulter.

Christian riss das Papier komplett auf und betrachtete das Geschenk. »Oh, ein ... was ist das?«

»Ein Tagebuch. Aber eins mit Vorhängeschloss, gegen neugierige Mitbewohner ... oder sonst wen.«

Christian deutete auf das Umschlagmotiv: »Hello Kitty?«

»Ja, manche Seiten glitzern«, sagte Julie. »Für ganz besondere Tage.« Dann wurde sie plötzlich ernst. »Es tut mir wirklich unendlich Leid, Christian. Bitte versprich mir, dass du mich nicht hasst.«

»Ach, Schatz.« Er streckte ihr die Arme entgegen. »Versprich du mir lieber, dass ich dich nicht eines Tages im Radio höre und sagen muss: ›die kannte ich mal.‹«

»Hör auf! Wir gehören zusammen. Daran wird sich nie was ändern.«

»Versprich's trotzdem!«, sagte Christian, krümmte den Finger und ahmte E.T. nach.

»Ich werde immer da sein!«, beruhigte ihn Julie. »O Scheiße, ich verpasse meinen Flug! Also, mach's gut. Und schreib was auf die Glitzerseiten! Ich wünsch dir ein paar ganz besondere Tage!« Julie machte sich von ihm los. Vor der Schwingtür blieb sie noch einmal stehen, drehte sich zu ihm um und hauchte ihm einen Kuss zu. »Vorsicht, heiß und fettig«, rief sie mit wehmütigem Lächeln.

»Vorsicht, heiß und fettig«, sagte er gleichzeitig.

Dann glitt sie durch die Schwingtür hinaus.

Christian stand allein in dem unablässigen Geschirrgeklapper in der Küche. Er schaute zu, wie die Schwingtür auspendelte und einen Teil seines Lebens abschloss. Dann sah er auf das Tagebuch und schlug es auf. In fröhlichem Gelb leuchtete ihn die erste Seite an. Er lächelte traurig, zog einen Stift aus seiner Kellnerschürze und kritzelte etwas hinein.

Der Bus mit der Nummer 2 fuhr laut röhrend davon und hinterließ eine schwärzliche Auspuffwolke. Aaron stand auf dem Bürgersteig vor dem ›Chevron‹ gegenüber des ›Virgin Records Megastore‹. Auf der zerknitterten Visitenkarte stand eine Telefonnummer und eine handgeschriebene Notiz auf der Rückseite: ›Kommen Sie mich mal besuchen!‹ Er drehte sie noch einmal um, um die Adresse nachzuprüfen. Es war nur noch ein paar Häuserblocks in Richtung Süden.

Er rückte seine Tasche zurecht und machte sich auf den Weg. Eine Frau mit rosa gefärbtem Pony, schwarzem Lippenstift und Schlangentattoos auf den Armen schlenderte vorbei – Hand in Hand mit ihrem Freund, der angezogen war wie ein Tankwart aus den Fünfzigern. Sogar ein handgesticktes Original-Namensschild prangte auf seiner Jacke: Roger.

»Na hallo!«, rief sie ihm im Vorübergehen zu.

»Hallo«, erwiderte Aaron. »Und hallo Roger.«

»Wie geht's?«, fragte Roger.

»Kennt ihr zufällig ›Lila's‹?«

»›Lila's‹? Ähm, warte … ja, ungefähr zwei Querstraßen weiter.«
»Danke.«
»Kein Problem. Tschau.«

Aaron war überglücklich, endlich von seinen ständigen Begleitern und seinem strengen Zeitplan befreit zu sein. Los Angeles kam ihm auf einmal viel lebendiger vor – das Chaos noch geschäftiger, der Verkehr lauter, und den Gestank konnte er fast auf der Zunge schmecken. Doch anstatt ihn zu enttäuschen, zu stören oder anzuwidern, fühlte sich alles einfach nur *lebendiger* an. Die Stadt selbst hatte sich gar nicht verändert. Nur er war es, der sich verändert hatte. Im Tempel hatte er Gott ein Versprechen gegeben. Und auch im Greyhound-Bus nach Los Angeles hatte er Versprechen gegeben – sich selbst *und* Gott. Nichts – weder Wut, Liebe noch Versuchung – wollte er jemals mehr ausklammern.

Denn jetzt wollte er sein neues Leben als wirklicher Aaron – der gut *und* schlecht war – beginnen.

Traci kam mürrisch in die Küche geschlurft. »Bestellung«, rief sie und betätigte die Klingel.

Andrew schnitt Zitronen auf der Arbeitsfläche. »Tut mir Leid, Kleines. Hab gehört, du hast die Rolle nicht gekriegt.«

»Dieser Wichser von Produzent«, fluchte Traci. »Oder ist das doppelt gemoppelt?«

»Ja«, sagte Andrew, »ich glaube, das ist es. Ich geb's ja ungern zu, aber ich werde dich vermissen, wenn du nach New York zurückgehst.«

»Wer hat gesagt, dass ich gehe?«

»Na ja, du selber, glaube ich. Erst letzte Woche noch hast du gesagt: ›Wenn ich die Rolle nicht kriege, dann …‹«

»Hör mal, Andrew. Wenn du irgendjemandem erzählst, dass ich das gesagt habe, dann reiß ich dir deine Lippen ab! Ich hab mich viel zu beschissen gefühlt in New York.«

»Aber hier fühlst du dich doch auch beschissen.«

»Stimmt, aber in L.A. kann man sich wenigstens in der Sonne bräunen, während man sich beschissen fühlt.«

»Ja, das hab ich mir auch sagen lassen.«

Aaron kam sich völlig deplatziert vor zwischen den hippen Leuten, die im vorderen Restaurantbereich herumstanden und darauf warteten, dass ihnen ein Tisch zugewiesen wurde. Dann entdeckte er Lila. Sie sah wunderschön aus, war nur ein paar Schritte von ihm entfernt und gerade dabei, eine offenkundig superwitzige Anekdote vor einem Tisch mit gefesselt zuhörenden, dickbäuchigen Männern in teuren Klamotten zum Besten zu geben.

Während die Männer Tränen lachten und über ihren Tellern wieherten, sah Lila plötzlich auf, bemerkte Aaron und entschuldigte sich bei ihren Zuhörern. Dann kam sie elegant durch das Restaurant auf Aaron zugeschwebt.

Er ging ihr schüchtern ein paar Schritte entgegen.

»Mein lieber Junge«, sagte sie warmherzig.

Aaron hielt ihre Visitenkarte hoch. »Ich hoffe, die gilt noch.«

Sie umarmte ihn fest. »Natürlich gilt die!«

Als sie sich voneinander lösten, fügte er hinzu: »Ich ... ich wusste sonst nicht, wohin.«

Lila lächelte entwaffnet. »Willkommen.« Sie hakte sich bei ihm ein und ergriff seine Hand. »Na komm, setzen wir uns.« Sie führte ihn zum Tresen hinüber. »Andrew, gib meinem jungen Freund hier, was immer er haben möchte.« Sie nickte Aaron zu. »Und? Was darf's sein?«

»Ähm, einfach nur 'ne Cola, danke.« Er lächelte verlegen.

»Nichts Stärkeres? Du siehst aus, als könntest du's gebrauchen. Um nicht zu sagen ... mit Verlaub ... du siehst ziemlich fertig aus. Wie kommt's?«

Aaron starrte auf einen Wassertropfen auf dem Tresen. »Ich bin nicht hergekommen, um meine Probleme bei dir abzuladen.«

»Wieso nicht?«, erwiderte Lila. »Du hast mir schließlich auch mal die Gelegenheit dazu gegeben. Ich möchte mich gern revanchieren.«

Lilas Hand, die tröstend auf Aarons Hand lag, gab ihm Selbstvertrauen. »Na gut. Damals, nach unserer Begegnung«, begann er, »wurde ich aus der Kirche exkommuniziert und nach Hause geschickt ... weil ich schwul bin.«

»Deine Kirche hat etwas gegen Alkohol und Schwule und Lesben? Hmm ... Dann trete ich definitiv nicht ein. Ich kann mir den Himmel nicht vorstellen, weder ohne das eine noch ohne das andere.« Sie senkte den Kopf ein wenig und zwinkerte; ihr war nicht entgangen, wie kitschig sie sein konnte. »Sorry, erzähl weiter.«

Aarons Cola kam. Er roch kurz daran und nahm dann einen großen Schluck. »Das führte dann« – er wischte sich mit dem Handrücken den Mund trocken – »zu einer desaströsen Begegnung zwischen mir und einem scharfen Gegenstand.«

Lila beobachtete ihn, während er einen zweiten großen Schluck nahm. Dabei rutschte sein Ärmel ein wenig hoch und gab den Blick auf mehrere dunkelrote, wulstige Narben frei.

Aaron stellte sein Glas ab. »Nachdem ich im Krankenhaus zusammengeflickt worden war, haben mich meine Eltern in eine Anstalt gesteckt – eine Klinik, in der ich umgekrempelt, also korrigiert werden sollte.« Er seufzte und schüttelte den Kopf. »Dann, eines Nachts, fand ich mich draußen im Flur wieder. Ich ... ich hab den Fußboden mit einer Zahnbürste geschrubbt. Und da hab ich's plötzlich gehört: diese Stimme. Wie ein Engel. Aber es war bloß der Fernseher. Wir durften diesen Kanal offiziell gar nicht schauen, aber einer der Pfleger hatte wahrscheinlich umgeschaltet, als alle Patienten im Bett waren.« Aaron starrte ins Leere. »Es war wirklich ein unglaublicher Zufall ...«

»Ich glaube nicht an Zufälle«, unterbrach Lila. »Ich glaube mittlerweile nur noch an Wunder.«

Er lächelte. »Mag sein. Denn das Mädchen, das da sang ... sie ist nicht besonders berühmt, damit will ich sagen, du würdest sie nicht kennen, aber ... na ja, ich kannte sie eben. Und obwohl ich weiß, dass Leute oft das Gefühl haben, persönlich gemeint zu sein, wusste ich ganz genau, dass sie nur für mich sang.«

Plötzlich ertönte hinten im Restaurant ein ohrenbetäubendes Krachen.

Lila, Aaron und mehrere Gäste wandten sich um, und sahen, wie Christian vor der Schwingtür zur Küche stand: mit heruntergeklapptem Kiefer, leeren Händen, und einem Schlamassel – das Resultat eines fallen gelassenen Tabletts – aus zerbrochenen Tellern, fleckigen roten Servietten und einer ordentlichen Ladung Basmati-Reis vor seinen Füßen auf dem Boden verteilt.

Er starrte Aaron an. War das möglich? Konnte er es wirklich wagen, seinen Augen zu trauen? Lila ergriff den Moment beim Schopf: »Das hier ist mein junger Freund ...«

»Wir kennen uns«, sagte Christian.

»Also ehrlich«, protestierte Lila. »Ich frage mich, warum ich mir überhaupt noch die Mühe mache, dich Leuten vorzustellen!«

Aaron rutschte von seinem Barhocker herunter. »Ich war bei dir zu Hause.«

»Ich konnte da nicht länger bleiben«, erwiderte Christian, und seine Augen füllten sich mit Tränen. »Ich dachte, du wärest tot.«

Aaron breitete die Arme aus.

Christian stakste durch die Sauerei auf dem Boden.

Lila blickte abwechselnd von einem zum anderen. Die Gesichter der beiden jungen Männer glühten vor Liebe und Tränen. »Ist das etwa ...? Moment mal, sag nicht, das ist ...«

Aaron fiel Christian in die Arme. Sie hielten sich einen Moment lang ganz fest und küssten sich zärtlich auf den Mund.

»Mann-o-Mann«, murmelte Lila, als der Kuss der beiden an Leidenschaft gewann. »Ich verstehe.« Diskret entschwand sie in Richtung Küche. Als sie an einem Tisch vorbeikam, an dem einige ältere Herren angesichts des stürmischen Gefühlsausbruchs indigniert die Augenbrauen hoben, beugte sie sich beiläufig zu ihnen hinunter und flüsterte dem Schockiertesten von ihnen zu: »Er gibt sensationelles Trinkgeld, wissen Sie?«

»Oh ...«, hauchte der Mann und nickte. Selbstverständlich. Das erklärte ja nun wirklich alles.